自序自跋

— 陈平原 著 —

图书在版编目（CIP）数据

自序自跋 / 陈平原著 . -- 北京：
生活·读书·新知三联书店 ,2014.1

ISBN 978-7-108-04811-0

Ⅰ . ①自… Ⅱ . ①陈… Ⅲ . ①序跋 – 作品集 –
中国 – 当代 Ⅳ . ① I267

中国版本图书馆 CIP 数据核字（2013）第 274104 号

责任编辑　卫　纯
装帧设计　张　红　朱丽娜
责任印制　郝德华
出版发行　生活·讀書·新知 三联书店
　　　　　北京市东城区美术馆东街22号
邮　　编　100010
经　　销　新华书店
网　　址　www.sdxjpc.com
印　　刷　北京昊天国彩印刷有限公司
版　　次　2014年1月北京第1版
　　　　　2014年1月北京第1次印刷
开　　本　787毫米×1092毫米　1/32　印张 12.25
字　　数　160千字　插图81幅
印　　数　0,001—5,000册
定　　价　59.00 元

（印装查询：010-64002715；邮购查询：010-84010542）

小引

承蒙三联书店雅意，邀我刊行“序跋集”。

此前我曾说过，此类小文虽无关大局，却于细微处显作者精神、见时代风采，故值得关注。这些刊于“书前书后”的文字，或阐明立场，或标榜主张，或交代心境，或闲话家常，当初有感而发，日后却成了读者进入该书的“诱饵”或“指南”。若能做到有真意，去粉饰，随意点染，长短不拘，序跋其实很具可读性。比如，我本人就喜欢翻阅各家序跋集，甚至将其作为不无裨益的“消闲读物”。

序跋所针对的，可以是自家撰述，也可以是他人著作；可以是选编的书籍，也可以是主持的刊物或丛书。限于篇幅及体例，本书只收自家著述的前言后记。

十年前我曾在东南大学出版社刊行过一册《陈平原序跋》，今日重作冯妇，篇幅大为扩张，除了近年出书较多，更因重版等缘故。需要说明的是，此中兼及专著与随笔，不乏选集或增订，还有港台版及译本等，严格说来，原创性的“著作”并不多。好在各书序跋均有坦承，读者不难分辨。

在《陈平原序跋》的“小引”中，我提及此书“不见得有多么了不起的文章价值，却必定具有生命史的意义——起码使得个人近二十年的求学经历，留下若干清晰的印记”。这回为三联书店编《自序自跋》，只需将“二十年”改为“三十年”，这段话就可照单全收了。

如果问我对此书有何自信，答曰：一是书中各文经过随我念书的诸位研究生认真校订；二是夏君扫描图书封面的技术日臻完善；三是出版社的精心设计与印制。如此说来，这册小书还是值得期待的。

2013年11月12日于香港中文大学客舍

目录

《在东西方文化碰撞中》自序

没有撞击的文化是不幸的文化，这一点已为许多人类学家、科学史家、语言学家、文学艺术史家所再三阐述。没有撞击就没有对比，没有对比也就无所谓选择与淘汰。文化隔绝固然有利于加强文化传统，可忘记世界的结果必然是被世界所忘记。19 世纪末 20 世纪初，世界各国文学大都经过一场痛苦而艰难的反思与蜕变，而后开始了我们称之为走向世界文学的历史进程。在这一几乎同步的文学革命中，出现两种主要的模式：一是发扬民族文化传统，力图摆脱殖民文化（如印度、非洲）；一是批判民族文化传统，努力汲取外来文化（如中国、欧美）。而在深层结构上，这两种模式却有一致之处，即在两种文化（甚至多种文化）的碰撞中，重新审视民族文化传统，通过借鉴外来文化（不管是有意还是无意的）与重新选择、调配本民族文化，创造一种“既是世界的又是民族的”新文学。“五四”一代作家的幸运之处，就在于他们亲身经历这么一场文化大碰撞，有可能冲破传统封闭的思想体系的

浙江文艺出版社，1987 年

束缚，从一个全新的角度来把握生活、认识世界。他们有祖先不可能有的欢乐，也有祖先不可能有的痛苦——一种徘徊于东西方文化之间、无所执着无所适从的困惑与焦虑。有一点是可以肯定的，比起祖先与后代，这一代人感情层次更为复杂，心灵深处有更多的矛盾，生活中有更多的经验与感受，也有更多的失落与迷误。至于功业，那可就难说。文化碰撞中所很难避免的生硬的“文化焊接”，使这代人的工作带有很大的“过渡性”。除了个别作家（如鲁迅）的作品外，大部分作品将随着时间的流逝而为人们所淡忘。当人们谈论这一代人开启新时代的历史功绩时，感兴趣的也许已经不再是具体作品的价值，而是他们面临两种文化传统时的感情趋向、理性抉择和心理认同，以及由此而产生的渗透在作品中的艰难的追求、痛苦的思索与失落的迷惘。正是在这个意义上，我把文学史理解为作家心灵的历史，从现代中国人如何协调东西文化矛盾的角度，集中解剖几个并非第一流的作家的心理状态。

一方面是强烈的世界意识，另一方面是同样强烈的寻根愿望，形成20世纪中国文学（实际上也是世界文学）发展中“必要的张力”。用鲁迅的话来说，既必须是世界的，又必须是民族的；既必须是时代的，又必须是个人的（《而已集·当陶元庆君的绘画展览时》）。吵了近一个世纪，似乎老在“拿来主义”与“民族化”之间徘徊。尽管每代人都有自己独特的“古今中外”的排列组合方式，但课题却是共同的：即如何协调世界文学一体化与民族文学多样化之间的矛盾。中国文化传统的深厚与“五四”时代外来文化冲击的猛烈，恰好形成鲜明的反差对比。人类历史上很难找到一个民族像20世纪中华民族那样，经受住如此强大的外来文化的冲击而能保持自己的特色，而且蜕化自新。这也是我对这一批作家、这一段文学历史特别感兴趣的主要原因。

也许，20世纪最时髦、最闪光、最诱人的字眼是“全球战略”、“国际市场”、“地球村”、“人类文化”、“世界文学”……与其说这说明人们已经养成站在人类的立场全方位地思考的习惯，还不如说是表达了人们对“整体意识”的追求。19世纪以前，人们可以孤立地谈论某一民族的文学而大致不影响其论述的准确性；而在20世纪，世界文学的初步形成，要求研究者具备一种“世界眼光”，即把本民族的文学发展放在“参与世界上的事业”（鲁迅语）这么一个参照系中来考察。强调“整体意识”，并非主张“上下四千年、纵横五大洲”的宏观研究。关键在于思考的角度，而不在于研究的范围。我的“整体意识”，不外是在东西方文化的碰撞中，考察作家心理状态、创作倾向与审美趣味的变迁。表面上仍是作家作品论，实则隐藏着笔者对这一段文学运动的基本看法。大题大作，才气学力不够；大题小作，未免有点近乎吹牛；小题小作，又实在不甘心；于是有了本书若干“小题大作”的文字。

谈“文化碰撞”当然离不开比较方法。这里实际交织着两条线，一是“中外”，一是“古今”。要讲清这场碰撞，非同时抓住这两条线不可。于是除了已蔚为奇观的“中外比较”外，还有未登大雅之堂的“古今比较”。五四新文化运动，本身就不是一场纯粹的文学革命，“五四”一代作家也很少是纯粹的文学家，他们对外来文化的借鉴远远不限于文学。这就决定了我们对这场文化碰撞的研究，立足于文学，着眼的是整个文化。于是除了不同时空的文学之间的比较外，还有同一时空中文学与艺术、文学与宗教、文学与思想等的比较研究。

最后，有两点必须说明：

第一，严格说来，“东西文化碰撞”的提法并不精确。对“五四”作家产生深远影响的外来文化，很难简单归结为西方文化，我们起码可以简单划分出①欧美文化，②俄苏文化，③东方文化（日本与印度）等三种主要文化类型。只不过“五四”一代作家习惯于把“中外文化”的冲突，说成“东西文化”之争。故尽管本书论及印度文化对中国现代作家的影响，仍沿用“东西文化碰撞”的说法。

第二，围绕“东西文化碰撞”的总主题，尝试从不同角度、用不同方法考察不同对象，好处也许是视野较为广阔，缺点是不成体系。文章粗率编为几辑，论述的问题主要为：①近现代知识分子的心态；②文艺的民族化倾向；③不同艺术之间的互相渗透。

集中大部分文章是我在中山大学攻读硕士学位时写的，得到

6. 我的导师吴宏聪、陈则光以及饶鸿竞等诸位先生悉心指教。特向他们表示谢意。

1985 年 7 月于北京大学

《中国小说叙事模式的转变》序

还是《在东西方文化碰撞中》自序中谈到的，我主张“小题大作”。口子不妨开得小，但进去以后要能拓得宽挖得深。并非每个“小题”都值得“大作”，这要靠对重点文学现象的理解和把握。就整个中国小说史来说，从 1898 年到 1927 年这三十年未免太短暂了些，但就其承担的历史重任——完成从古代小说到现代小说的过渡——而言，这短暂的三十年值得充分重视。对这三十年小说发展的历史，可以从文体学、类型学、主题学、叙事学等诸多角度综合把握（一开始我正是试图这样做），但如果抓住表现特征最为明显而且涉及面较广的叙事模式的转变，也许更能深入论述。当然，选择这被称为“形式革命”的叙事模式的转变做文章，不无对以往过分强调“内容层面”研究进行反拨的意图。

在论述过程中，我借用了一些现代西方文学研究方法。这既不值得夸耀，也没必要隐瞒。任何研究方法都只是一种假设，能否落实到实际研究中并借以更准确地透视历史才是关键。不曾与研究对象结合的任何“新方法”都只是一句空话；而研究一旦深入，又很可能没有一种“新方法”足以涵盖整个文学现象。我衷心感谢“新方法”的创造者和倡导者使我的研究开拓了视野，但拒绝为任何一种即使是最新最科学的研究方法作即使是最精彩的例证。我关心的始终是活生生的文学历史。

对于研究者来说，结论可能倒在其次，重要的是论证。强调这一点，不仅是因为不满意现在市面上流行的大批“思想火花”式的轻率结论；而且因为精彩的结论往往是被大量的材料以及严肃认真的推论逼出来的，而不是研究者事先设计好的。本书的写作一开始主要考察西方小说的启迪，可慢慢地，传统的创造性转化的作用越来越浮现出来，以至成了全书的另一个论述中心，甚至是更有理论活力的中心。也许，由于理论设计和操作过程失误，我推出的结论会有某些偏差。但我真诚地希望本书提供的大量材料能为进一步的研究提供方便。同时，为便于进一步检验，我尽量减少论证过程中的情感色彩和“思想火花”。

本书写作的一大愿望是沟通文学的内部研究与外部研究，把纯形式的叙事学研究与注意文化背景的小说社会学研究结合起来，并为此做了大量的资料准备工作。但写作结果不尽如人愿，只好保留“小说的书面化”一章作为附录，而把其他更不成熟的部分删去。

关于“史传传统”与“诗骚传统”共同制约着中国叙事文学

发展的理论构想，是我对中国小说、戏曲、叙事诗的某些主要形式特征得以形成的基本理解。本指望写完《说“诗史”》等一组文章，为本书的写作提供较为坚实的基础，可惜只完成了第一篇。现附录于此，作为第七章《“史传”传统与“诗骚”传统》的补充。如果有可能的话，我还想就此问题作进一步的研究。

本书是我的博士学位论文，从确定选题、通过提纲到最后写作成文，始终得到我的导师王瑶先生的悉心指导。对此，我十分感激。

参加我的学位论文答辩的吴组缃、乐黛云、孙玉石、吕德申、樊骏、王春元等诸位先生，都曾就我的论文修改提供了许多宝贵的意见。另外，季镇淮先生不顾年老多病，为我审阅论文的部分章节；海外学者李欧梵先生曾就论文的基本框架提出过很好的建议；我的朋友钱理群、黄子平、赵园、孟悦、伍晓明等在我写作论文过程中给予了很多支持。

此书之得以完成，还有赖于我的妻子夏晓虹的鼎力相助。这不只是指精神上的鼓励和生活上的照顾，还包括在本书写作过程中，提供很多精彩的材料，允许我引用她尚未正式出版的专著中的某些观点，以及作为第一个读者，对本书的每章每节提出许多建设性的修改意见。

1987年6月25日于北京大学

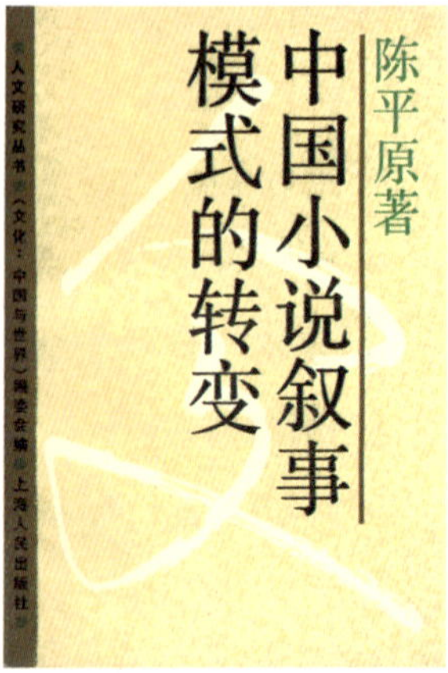

上海人民出版社，1988 年

北京大学出版社，2003 年

《中国小说叙事模式的转变》韩文译本序

在中国，将小说作为一个学术课题来从事研究，是本世纪初才开始的。鲁迅、胡适、郑振铎等五四先驱借助于 19 世纪西方文学观念以及清儒家法，一举奠定了中国小说史学的根基。30 年代以后，随着马克思主义文学理论在中国的传播，小说史家越来越注重小说的社会内涵。50 年代起，所谓“典型环境中的典型人物”，更成了小说研究的中心课题乃至“指导思想”。80 年代学术范式的转移，落实在小说研究中便是摆脱“以诗证史”，将重心从“写什么”转为“怎么写”。不再借小说研究构建社会史，而是努力围绕小说形式各个层面（如文体、结构、风格、视角等）来展开论述——在具体操作时仍然注意小说艺术进程中必然渗入的意识形态因素。正是在这种学术背景下，我选择“叙事模式的转变”作为古代小说向现代小说过渡的关键来陈述。

在陈述这一命题时，我一再强调西方小说的输入与传统文学的创造性转化这两者的合力，共同促成了中国小说叙事模式的转变。读者一般关注“输入新知”，我则更看重“转化传统”。国内外众多书评多在“上篇”作文章，而我自认为“下篇”更有理论意义。这也是没有办法的事情。书籍一旦出版，便具有独立的命运，非作者本人所能控制。尽管如此，我还是借为译本作序这一机会，表达一点私心，但愿能引起读者对“下篇”的兴趣。

正如我在《小说史：理论与实践》一书所强调的，“在撰史的同时，自觉反思其理论框架和操作规则，是我的一贯思路。说得狂妄一点，希望在完成一个课题时，能顺便提供一个可以重复操作的研究模式，或者说发起凡例，以待来者”。在我看来，所谓“学术交流”，远不只是资料的互通有无或具体课题的切磋，更重要的是研究思路的沟通。前者因“立竿见影”而大受欢迎，后者则有“大而无当”之嫌。但是，以我个人的经验，得益于国外学者的主要是学术思路而不是具体结论。这也是我喜欢跟中国文学研究以外的学者讨论问题的原因——并非同行相轻，而是注重触类旁通。更何况东亚各国上世纪末、本世纪初回应西方挑战以及实现自身文学传统转化的历史进程中，有许多相似或相通的经验。在联合起来从事综合研究之前，以书为媒，彼此沟通思路，我想是十分必要的。也就是说，我不只希望得到韩国的中国学家的批评，而且希望能与韩国文学研究者共同探讨“传统文学的创造性转化”。当然，这取决于译本之能否如愿出版。

当金泰万先生告知，他们几位朋友翻译了我的书，希望我为译本作序时，我确实有点惊讶。并非故作谦虚，认为此书不值得介绍给国外读者；而是因为此书专业性太强，读者寥寥，在国外出版有困难（此前日本和美国的朋友都因此而放弃此书的翻译）。我如实地表达了这一忧虑，但没能阻止金先生他们的努力，只好“尽人事而听天命”了。此书如真与韩国读者见面，自是感谢译者和出版社的雅意；如不幸“胎死腹中”，这篇小序也算一种“生命的记忆”。

1993 年 11 月 16 日于东京白金台

《中国小说叙事模式的转变》新版后记

十五年前的著作，现在仍常被学界的朋友提及，而且被列为相关课程的教材或重要参考书，对于作者来说，是很值得骄傲的事。年少时意气干云天，以为自家著述真的能一本比一本好，羞于表示对旧作的眷恋。年龄渐长，方才明白一个简单的道理：即便才气纵横的大学者，也都不该有这种“痴想”。著述一事，同样受制于天时地利人和，时过境迁，很可能再也没有那份激情与敏感，也再不会采用那样的表述方式。这也是我不悔少作，也不想修改少作的原因。明知不无纰漏，但当北大出版社希望重刊此书时，我还是非常兴奋地答应了。

全书不做大的改动，百余处修正，均属语词或标点符号，涉及论述的只有两处：一是第一章《导言》中的“表三”,改动的四个数字，乃原先计算百分比时出的错，不影响大局；二是附录一《小说的书面化倾向与叙事模式的转变》篇首所引录的“自报章兴,吾国之文体，为之一变”，原先考定作者为梁启超，现在看来证据不足，还是照初刊的样子，称“佚名”更合适些。

新版增加的部分，一是书评摘录，二是索引。学术著作应该有索引，此乃国际惯例。十五年前就有这想法，那时出版社怕麻烦，读者似乎也没这个需要，只好作罢；现在大不一样，在一片“与国际接轨”声中，出版社毫不犹豫地同意了我的请求。如此细节，也可见中国的学术环境已今非昔比。摘录我所见到的十一则书评，主要目的不是为此书“广而告之”，而是“立此存照”：见证一个早已飘逝的时代。书评作者大都与我年龄相仿，当时属于“崛起的一代”；此前很可能毫无联系，此后则多成为朋友。私心以为，诸君之所以如此认真地撰写书评，是因为在此书中发现了属于“我们这一代”的共同趣味。当然，评价者用的是十几年前中国学界的标准与眼光，其褒扬与发挥，今人很可能并不认同，甚至有恍若隔世的感觉。但作为一种学术史资料，这些书评依然值得阅读，起码让后人明白，当初此书为何能引起国内外学界的普遍关注。

书评的作者，日后大都成为研究中国小说的专家学者，只是不见得使用叙事学眼光。在我有限的视野里，书评作者中一以贯之、坚持用叙事学理论研究中国小说的，只有中里见敬先生。去年 11 月，我应邀在日本东方学会第 51 届年会上做关于《鲁迅的述学文体》的专题讲演；会上有一插曲，邵迎建博士的《二十世纪与鲁迅——小记日本“东方学会”第 51 届年会》(《鲁迅研究月刊》2002 年 1 期）是这样描述的：

> 自由发言时，九州大学的中里见敬副教授向陈平原先生请教，为什么他在 1988 年以后中断了对叙事学的研究？陈先生回答，仅靠单一的叙事学框架，继续做小说方面的研

韩国拯救出版社，1994 年

香港中文大学出版社，2007 年

> 究，其成果只会有量的增加，很难再有质的突破。这里有个人趣味的转移，也有叙事学理论设计自身的局限。因此，希望在叙事学之外，加上文体学、类型学等方面的思考，以求更好地把握文学发展的全貌。

当然，这只是解释自家的学术选择，并不意味着我对叙事学研究的前景失去信心。仔细比勘国内外学者的书评，你会发现一个有趣的现象，国外学者认为我对叙事学理论的理解不无偏颇，国内学者则欣赏我对叙事学理论“删繁就简”，以求适应中国小说的历史状态。这实际上隐含着两种不同的研究思路,即借鉴西方理论时,到底是追求理论自身的完整性,还是侧重于“活生生的文学历史”?

日本学者对此书颇为偏爱,除诸多学者撰写推介书评,藤井省三等教授还多方谋求出版日译本;此举虽功败垂成,还是很让我感动。韩文译本却出乎意料地顺利(译者李琮敏日后到北大跟我做博士后研究,翻译此书时乃汉城大学的博士研究生),事先没有什么预兆,忽然有人托话,说是书已译好,马上付印,希望同意。这与金融危机后的状态形成鲜明对照:不断有人急匆匆赶来征求版权,可都光打雷不下雨。

我所认识的海外汉学家,不少是通过此书建立起学术联系与长久友谊的。平日里对拉大旗做虎皮,尤其是将私人通信中的客气话当真,拿来炫耀于世的举措十分反感,不想重蹈覆辙。这里不谈具体评价,只是对已经去世的德国的马汉茂(Helmut Martin)教授、日本的中岛碧教授的“知遇之恩”,表示感激之情。

此书在国内曾获得过若干奖励(包括全国高校首届人文社会科学研究优秀著作二等奖,1995年),但说实话,最让我激动的,还是一次规模很小的文学奖。查1990年日记,4月7日则有这么一段话:“下午领郭枫文学奖,获二等,一千五百元(三百美金,一百人民币)。”在那个特定年代,台湾作家郭枫先生出资建立一个小小的基金会,支持大陆的文学事业,至今仍令人难以忘怀。更让我感动的是,虽然评委中有好几位是我的师长,但直到评选结果正式公布前，对于整个评奖过程，我一无所知——本人既没提出申请，评委中也无人向我通风报信。事情已经过去十几年，我从来没有查证，但我相信自己的直觉：师长们想用此举表达他们对当时正“很不得志”的我的关怀与期待。

此奖之让我永远铭记，还在于其来得十分及时，让父亲终于看到儿子有可能“时来运转”。当得知儿子与他素所景仰的吴组缃先生、林庚先生等一并获奖时，父亲得意之情溢于言表，一次次询问与此事相关的任何细节。其时少不更事，老表示“没什么”，对于父亲的啰唆还颇有怨言。一年后，父亲不幸病逝，我才猛然间想起此奖对于我和我父亲的意义。

此书乃作者的博士学位论文，1987 年 6 月通过答辩，略为修改后，第二年 3 月由上海人民出版社刊行。1990 年 5 月，台湾久大文化公司推出该书的繁体字版；1997 年 8 月，河北人民出版社刊行包括六种专著或论文集的《陈平原小说史论集》，此书也在其中。除初版万册外，后两者印数很少，市面上现已难觅踪迹。此次重刊，希望能获得更多的读者，也诚心接受年轻一辈的审视与批评。

2002 年 6 月 13 日于京北西三旗

杂谈书话——《书里书外》代序

未考“书话”一词的真正起源，不过，说它是从“诗话”、“词话”、“曲话”延伸开来的专谈书籍的文章体裁，大概总不会错吧？按理说，书话当然应该包括《史记·太史公自序》那样的序跋、《日知录》那样的读书札记、《藏书纪事诗》那样记载藏书家事迹的诗文、《书林清话》那样专讲书籍发展历史的著作；可我还是想先从中国古代藏书家的题跋说起，因为现代书话名家多有从此起家的。

郑振铎《劫中得书记·序》云：

> 然一书之得，其中甘苦，如鱼饮水，冷暖自知。辄识诸书衣，或录载簿册，其体例略类黄荛圃藏书题跋。

唐弢的《晦庵书话·序》中则说：

> 我写《书话》，继承了中国传统藏书家题跋一类的文体，

我是从这个基础上开始动笔的。我的书话比较接近于加在古书后边的题跋。

周作人、黄裳、谢国桢等人虽不见此类明确的表述，但都写过短小精妙的题跋，如《看书馀记》、《题跋一束》、《瓜蒂庵自藏书》等，当亦是从那条路过来的。

题跋古已有之，不过为世人所推重并发展成为专门的著述形式，却是欧阳修作《杂题跋》二十七篇以后的事。到了明清，辑录前人题跋或者自撰题跋专集刊行的，更是风行一时。明代著名藏书家毛晋甚至为《东坡题跋》、《山谷题跋夕》等十九种题跋专集作题跋。

胡震亨在《毛子晋诸刻题跋引》中称：

书之有题辞也，昉刘向较上叙录，以数言言作者著书大意，惟简质精确为得体。后世晁公武《读书志》、陈直斋《书录解题》稍近之。若曾子固诸书录，汪洋辨博如序论然，既失之；其他苏、黄书传跋，寥寥韵致，言取自适，未必尽中于书，尤去叙录远矣。今子晋语虽多隽，不为苏、黄之佻；辨虽多详，不为曾氏之冗。大抵原本晁、陈两家，以持论为主，而微傅之彩缋，以合于都水氏序跋之遗。

辨别诗文家与学问家两种风格不同的题跋是必要的，只是不该泥古不变，推某一家为正宗。陈振孙《直斋书录解题》作为中国第一部完整的解题目录著作，对自家所藏每种图书的卷帙、作者以及书籍的版本情况和学术源流，都作了简明介绍，对后世目录学家影响极大。只是陈氏主要是藏书家而非专门学者，对每种书的评介未免肤浅，如李慈铭就批评其"批注寥寥，亦无所发明"。倘若专门家来做题跋，想说的和能说的当然比这要多得多，有什么理由只能如晁、陈寥寥几句解题语？

至于批评苏东坡、黄山谷等人题跋"袭辞赋风流之一派"（李毅《隐湖题跋·叙》），更是毫无道理。从目录学家角度来评判诗文家的题跋，当然嫌其轻佻或"仅仅清言冷语逞词翰之机锋已也"；可焉知诗文家不挑剔目录学家的题跋刻板单调或语言无味面目可憎？"盖经学之士，多拙于文章"（《越缦堂读书记》），"拙于文章"不是什么好事，不是还有一句"言之无文，行而不远"吗？看来最好的办法还是承认诗文家和学问家的题跋各有各的读者对象，各有各的风格特征。

目录学家的题跋要求简洁、准确，能有考辨那更好，但主要是把书籍的版本、作者和大致内容扼要介绍就行了，不必要作更多的引申发挥。近人张元济的《涉园序跋集录》、潘景郑的《著砚楼书跋》，以及谢国桢的《江浙读书记》，都可归入此类。此类著作很有用，也很有趣，尽可作为书海夜航的向导，不过不能期望它能给你艺术的享受。

郑振铎的《劫中得书记》、《劫中得书续记》，唐弢的《书话》、《书城八记》以及阿英、黄裳的若干买书、访书、读书札记，都已在评述书籍的同时，掺入不少世态人情的描写，并且颇有顺带抒发情感者。不过，我以为，最能代表现代诗文家的书话写作倾向的，莫过于周作人。以文学家的文字功力，再加上学问家的学识修养，在挥洒自如的谈吐中，往往有所发明，且如老吏断狱，一语中的。这样高水平的书话，古往今来，还不多见。

目录学家就书谈书，周作人则喜欢从书里谈到书外，或者借书里谈书外，把书话当散文、杂文写。民俗、世事、掌故、轶闻，真的是无所不谈，当然也介绍点版本知识。了解周作人的政治理想、生活趣味乃至文学观念，都离不开他所写的书话，只因他喜欢随时随处借题发挥。单看文章题目，你很难预测他想说什么；可读完文章，你又不得不承认他没有完全抛开所评述的书。

目录学家的题跋一般全面、准确，周作人的书话则往往攻其一点，不及其余。作家明显带自己的眼光在书本里寻找自己需要的东西，比如谈人情物理的、谈妇女儿童问题的，保证优先进入周作人的视野，而讲道学的、说报应的，很可能一翻而过，只字不提。就书籍的评判而言，可能不大公允；可就书话本身而言，则是别有心得，自成一家之言。

周作人的书话不只见解独到，而且文章很有韵味，表面平实

浙江文艺出版社，1988 年

无华，却很耐读。后来主张把书话当散文写的诸家，其文字往往朝清丽或者俏皮方向发展。这固然也是一格，但我总觉得还是周作人苦茶般的书话耐人寻味。

之所以称为“书话”，而不是“书评”或“书论”，除取其包含散文因素外，更取其写作时的潇洒闲适心境。如老友神聊、夫妇闲话，尽可无拘无束、无始无终。不是“形散神不散”之类的“作闲散科”，而是真正海阔天空、得意忘形，只求有情有趣，不问“中心思想段落大意”。而这最为难得，一分也假不来。不单需要个人修养，还需要一定的文化氛围，否则很难真正放得开。

书话既是从题跋起家，短小精悍、生动活泼应该是其看家本领。不能说那些洋洋洒洒全面把关的长篇书评就一定不是好书话，可我还是比较喜欢那些只有一得之功一孔之见的“品书录”——不管是新书话还是旧题跋。

毛晋称苏东坡、黄庭坚题跋：“凡人物书画，一经二老题跋，非雷非霆，而千载震惊。”

叶圣陶赞唐弢《书话》：“每一篇都是十分漂亮的散文。”

录此，与诸位爱读书话、爱作书话的友人共赏。

《书里书外》后记

这本小书的完成，全赖友人李君、黄君、夏君的鼓励和支持。虽说也曾做过几天作家梦，胡涂乱抹了一阵，可梦很快就破灭了。今生今世，大概也就只能做点研究，写几篇给同行传阅的论文。忽然有一天，李君告诉我，我的文字很不错，可以写点学术小品之类。老先生夸奖我的文字那可以理解，不外提携奖掖后进的好意；友朋辈没必要客气，居然有人喜欢读我的文章，真有点受宠若惊的感觉。于是，当浙江文艺出版社向我约稿时，二话没说就应承下来了，尽管那时候手头只有一篇现成的文章。

写作中碰到不少意料不到的困难，幸得黄君、夏君不断打气。黄君称现今不缺高头讲章式的学术论文，缺的是情趣盎然的小文章，这需要厚积薄发，该是学者们上阵的时候了。夏君则劝我在两本学术专著之间应插进一批轻松活泼的短文，以调节精神。尽管轻松的短文写起来并不轻松，而且似乎是可遇不可求，我还是领朋友们的情，咬着牙把这本小书写完。

明人祁承爜著《澹生堂藏书约》，分“读书训”、“聚书训’、“藏书训略”三部分，大概能读书者才谈得上聚书、藏书。我则把读书人的事分成“买书”、“读书”、“品书”、“评书”四类，每类收一辑短文。只因我的着眼点主要不在藏书，而在用书。爱读书者大都爱逛书店，说是雅趣可以，说是恶癖也可以；只是买的是新印古籍或一般平装书，因而鉴别版本之类古人津津乐道的专门知识没什么好说，倒是各种琐事轶闻还有点意思。买书当然为了读书，可我谈的却是出外访读买不到的书；其中甘苦，一笑置之，叙及的清末民初小说，却颇有难得一见者，也许对研究者不无用处。“品书”与“评书”很难分，不过在我看来，“评书”要求论述精确公道，有科学性；“品书”则不妨带“个人偏见”，多点趣味性。当然，各类之间互相渗透，无法截然分开；只是刚好这四辑有话想说，故略作编排，并非想指示什么“读书步骤”。

书都快写完了，还没想出一个适当的题目。叫“×斋书话”当然是最妥当，只是未免附庸风雅。至今无斋，何来斋名？弄不好引起单位误解，再也不给分配住房，那可是大大的不值得。叫“卧读集”吧，挺潇洒的，可又有欺世盗名之嫌，明明跑了几千里路去读书，何来“卧读”的雅趣？说实话，关于“书话”的有趣一点的题目，几乎都给人用光了。无奈，只好请教友人黄君，没想到他老兄真给出了个好主意：“书里书外。”对！就叫“书里书外”。既谈书里，又谈书外，或者借书里谈书外。

我喜欢古人的题跋、今人的书话，闲来随便翻翻，不当正经事，可受益匪浅。如今邯郸学步，不敢说开卷有益，但还是希望能让人读得下去。作了篇《杂谈书话》的短文代序，交代些写作琐事的也就成了“后记”。

1987年12月21日

《二十世纪中国小说史（第一卷）》卷后语

理论思维的贫乏与理论框架的单调，是文学史研究停滞不前的主要原因。这一点我以前谈过，不赘。这里谈谈工作范式的建立与运用。因单是从哲学发展层次讨论文学史是什么，于实际研究作用不大。选择工作范式实际上也就选择了研究范围——承认有所不能，有所不为，破除那种“全面”、“稳妥”的教科书心态，根据自己的理论设计，长驱直入，变平面的罗列为纵深的开掘。

至于工作范式的建立，是作者的理论兴趣与研究对象特性之间的相互契合，有理论假设的成分，但并非纯粹先验的主观臆想。在“前研究”阶段，理论假设与对象把握不断对话，互相调整，很难再分辨什么“主观”、“客观”。这一点，成熟的研究者在实际操作中都可能意识到，似乎没有必要为“正名”花费太多的心思。

选择了工作范式往往也就选择了读者对象。一般而言，可以有专家的文学史、教科书的文学史和普及的文学史三类，拟想中的读者不能不限制了研究者的理论设计和操作程序。这几十年有以教科书的文学史一统天下之势，教科书的思维方式影响了几乎所有文学史的写作。眼下最需要的是以专家学者为拟想读者的专深的文学史，为教科书文学史和普及型文学史的写作提供新的足以借鉴的研究成果。

我给自己写作中的小说史定了十六个字："承上启下，中西合璧，注重进程，消解大家。"这路子接近鲁迅拟想中抓住主要文学现象展开论述的文学史，但更注重形式特征的演变。"消解大家"不是不考虑作家的特征和贡献，而更是在文学进程中把握作家创作，不再列专章专节论述。在《中国小说叙事模式的转变》一书中，我感到最棘手的是这三对矛盾：如何处理好文学的"内部研究"和"外部研究"之间的关系，如何处理好形态学的描述和发生学的追踪之间的关系，如何处理时代风尚与超前意识之间的关系。第一种主要抓住影响文学形式发生发展的独特文化现象切入，第二种努力在整体的结构剖析中引入历史的因素，第三种则借助后世文学的接受、变异、重构来把握独特作家的独特贡献。

以上是我在一次学术讨论会上发言的提要，刊载在《文艺报》1988 年 9 月 24 日第三版上，尽管其时我还没有真正动笔写作这卷小说史，可大体的理论框架和写作体例已经设计好了，故不妨借用这段文字作为本卷的卷后语。唯一需要补充的是，鉴于目前学术界对这一段文学历史的研究尚很不充分，本卷特借助“作家小传”和“小说年表”两个附录，一经一纬展示阅读这卷小说史时不能不掌握的基本史料。或者换一种说法，把一般文学史写作中必不可少的史料考辨和介绍放到附录中去解决，以便在正文中突出研究者对这一段文学历史的理解和把握。小说史的写作当然应该建立在大量准确的史料的基础上，但小说史并非“史事编年”或“资料长编”，这一点学术界大概不会有太大的争议。只是在我看来，即使在写作体例的设计上，史料的介绍也只能是“附录”，“正文”应该是史识的表达——这里的“附录”和“正文”不过是比喻的说法，不必如本卷这样“坐实”。

最后，有一点必须说明，本卷的个别段落和某些论点，录自我的另一本专著《中国小说叙事模式的转变》，敬请读者原谅。

1989年2月28日于北大畅春园

《中国现代小说的起点》新版序言

这是一册旧书，原名《二十世纪中国小说史》第一卷，之所以“改头换面”，有其不得已的苦衷。原书初版于1989年，乃设想中的六卷本《二十世纪中国小说史》的“开篇”。很可惜，课题组同人鞍马劳累，各有各的学术兴奋点，始终无法集中精力，完成此拟想中的大书。眼看十多年过去了，第二册还在酝酿中，何时能成完璧，实在不得而知。出版社于是转变策略，劝我将此书单独刊行。说是日后全史若能成编，再让我打点行装，重新归队。

好在此书本就体例独立，首尾完整，论述上也颇具特色；以今日眼光重读一遍，感觉上似乎还没完全过时。故此，旧貌换新颜，也还说得过去。

阅读本书，有个诀窍，那就是参考附录《〈二十世纪中国小说史〉讨论纪要》。此文原入拙著《小说史：理论与实践》（北京大学出版社，1993年、2005年），只因与本书关系实在太密切，不得已重新收录。在此文中，我着重谈了小说史的体例、小说史写作的重心、小说史研究方法等三个问题，而严家炎、钱理群、洪子诚、吴福辉等课题组同人也都各抒己见（黄子平因人在国外，没有参加）。那次讨论相当深入，对于如何撰史，各人体会并不一致，其中的缝隙，很值得玩味。

北京大学出版社，1989 年

这则“讨论纪要”，是由我根据录音整理，请大家过目，再送出去发表的。先是以《小说史体例与小说史研究——〈二十世纪中国小说史〉讨论纪要》的面目，出现在《文学评论家》1990 年第 4 期上；因排印中出现了不少错误，杂志社不好意思，改题《论小说史体例》，重刊于 1991 年第 1 期。如此难得的“校订本”，又为《新华文摘》1991 年第 5 期所转载。另外，日本《中国古典小说研究动态》第 4 号（1990 年 10 月）上，也刊发了此文。

本书正式出版后，引起了不少研究者的关注，以下几则书评，大体代表了那个时候学界的主流意见。其中，钱理群的《小说史

北京大学出版社，2005 年

北京大学出版社，2010 年

研究的新视域》(《读书》1990 年第 7 期)、谷梁的《崭新的史识开拓——读〈二十世纪中国小说史〉第一卷》(《文汇读书周报》1990 年 10 月 27 日)、李庆西的《文化、诗学和叙事方式——〈二十世纪中国小说史〉第一卷的两个问题》(《上海文论》1990 年第 6 期)、解志熙的《文学史的新写作及其理论问题——读〈二十世纪中国小说史〉第一卷》(《中国现代文学研究丛刊》1991 年第 2 期)、刘纳的《有意义而有意思的工作——也读〈二十世纪中国小说史〉第一卷》(《中国现代文学研究丛刊》1991 年第 2 期)等，都给予本书很高的评价，同时提出若干批评或建议。而在所有书评中，我最想提及的，是刊于《人民日报》1990年5月23日的《昔风旧雨话“小说”》。那则短文的作者署名“仲远”，实则是英年早逝的亡友吴方——屈指算来，吴兄谢世刚好十年！

想当初，晚清小说的研究相当薄弱（不像今天这样，俨然成为显学），可供参阅的著作不多。鲁迅的《中国小说史略》、阿英的《晚清小说史》与《晚清文艺报刊述略》等，固然是常读常新；杨世骥的《文苑谈往》、中村忠行的《清末探侦小说史稿》、米列娜的《世纪转折期的中国小说》以及胡适谈《官场现形记》、夏志清论《老残游记》、钱锺书评林纾翻译等文章，还有包天笑的《钏影楼回忆录》、周作人的《知堂回想录》、戈公振的《中国报学史》、实藤惠秀的《中国人留学日本史》、张静庐编《中国近代出版史料》等，也都给我提供了实质性的帮助。限于体例，本书初版时未列书目；此次重刊，除了补上参考文献，还对若干不规范的注释做了调整。至于正文，则不做任何改动，以存那个时代的学术风貌。

正是在修整注释时，发现了一大问题：不列参考书目，无意中抹杀了好些先辈的辛劳，实在不应该。郑方泽编《中国近代文学史事编年》（长春：吉林人民出版社，1983），因系工具书，学者一般不会引用；可我最初进入晚清文学领域时，得益于此书良多。王俊年编《中国近代文学论文集·小说卷》（北京：中国社会科学出版社，1988年），书后附《中国近代小说论著索引（1919—1949）》，给研究者提供了很大的方便。虽然此前我已出版了《中国小说叙事模式的转变》(上海人民出版社,1988年)以及《二十世纪中国小说理论资料》第一卷(与夏晓虹合编,北京大学出版社,1989年),对清末民初的小说状态比较熟悉;但魏绍昌编《李伯元研究资料》、《吴趼人研究资料》、《孽海花研究资料》以及《鸳鸯蝴蝶派研究资料》,仍然是我写作中经常翻查的书籍。值此旧著重刊之际,特向上述没有进入"索引"的前辈学者表达敬意。

米列娜编《世纪转折期的中国小说》,对我研究思路的形成颇有影响。最初是伍晓明兄向我推荐此书,并将其译本的初稿借我参考。有此译稿(该书的中译本,1991年方才由北京大学出版社推出)垫底,我对米列娜英文原著的理解,方才比较深入。虽然在《〈中国小说叙事模式的转变〉自序》中,我曾对伍兄表示了谢意;但在本书中没有任何说明,还是不妥。

日本大阪经济大学教授樽本照雄对本书关爱有加,专门为其制作了《〈二十世纪中国小说史〉第一卷索引》,刊于1991年3月出版的《大阪经大论集》第200号(385—430页)。当年编制索引,只能手工制作,樽本先生为此付出了不少心血,这让我十分感动。有了这份索引,我才发现本书的不少错漏,并得以在第二版中及时校正。此次新刊,将樽本先生制作的索引略为删改,附在书后,以便读者查阅,也借机向樽本先生致谢。

2005年7月23日于京西圆明园花园

我与武侠小说
——初版代序

我读武侠小说起步很晚。前几年武侠小说走红，小书摊上随处可见金庸等人的作品，我却一直没有认真翻阅。倒不是故示清高，不屑一顾，而是没读出门道来。明知武侠小说的流行，是80年代中国重要的文化现象，值得认真研究，可就是打不起精神。在小说史研究中，阅读了一些清代的侠义小说和二三十年代的武侠小说，也没引起特别的兴趣。每当友人眉飞色舞地谈论某部精彩的武侠小说或某位武功超群的大侠时，总有一种茫然的感觉，不知道是别人疯了还是我读书读歪了。

去年夏秋之际，镇日无事，随意翻阅了金庸等人的好些作品，或许是因为心境不同，居然慢慢品出点味道来。直到今天，我仍然认为现有的武侠小说是一种娱乐色彩很浓的通俗小说，没必要故作惊人之论，把它说得比高雅小说还高雅。只不过对于关心当代中国文化的人来说，武侠小说确实值得一读，因为“不看不知道，武侠真奇妙”。

清末文人孙宝暄在其《忘山庐日记》中称：“以新眼读旧书，旧书皆新书也；以旧眼读新书，新书亦旧书也。”我以为，这比林语堂自称的专读极上流书和极下流书好。因为后者心目中早有上下等级之分，不若前者强调接受者主体意识的作用。武侠小说之所以能在各文化层次的读者中广泛流传，除了其自身力图融汇（或称迎合）各种文化心理，因而具有多种解读的可能性外，很大程度上应归因于读者的期待视野。有人读出了刀光剑影，有人读出了谋篇布局，有人读出了人生感悟，有人读出了哲学意蕴。很可能每个人都像瞎子摸象，可各取所需式的阅读，已经足以使他们流连忘返，批评家有什么理由嘲弄这种不无好处的“误读”呢？在大学生看来，很可能金庸的武侠小说、崔健的流行歌曲和萨特的存在主义，都是直面人类生存状态的一种表现方式，正好契合其孤独而高傲的心境。同样，欣赏不等于价值判断上不分高低，这里阅读者的选择和重构是至关重要的。与其人为地为文学作品划分等级，不如切实考虑在特定生存状态下的读者对作品的释读。

文学批评中有句老话叫“知人论世”，也就是说，论其世，才能知其人其文。接受美学有条重要原则叫“视野融合”，只有读者的期待视野和文学文本相融合时，才谈得上理解接受；而读者的期待视野因时而异，故讨论作品的接受就不能不牵涉时世变迁。不单是作家的创作、读者的阅读，而且学者治学，都源于其对特定生存状态的反思。

这话说来有点学究味道，可在我却是切身体会。几年前著文谈论 40 年代文学，对钱锺书《围城》、杨绛《风絮》、师陀《无望村馆主》等作品中的宿命感颇有微词，称其“既超越浪漫主义的天真梦幻，又不能投身现实斗争，意识到自己在大时代中的无足轻重与无能为力，把一种茫然若失的心理哲理化，变成无可奈何的宿命感”（《在东西方文化碰撞中》第 226 页）。事后虽也觉得持论过苛，却以为那只是批评尺度问题。终于有一天，我也“意识到自己在大时代中的无足轻重与无能为力”，少年时代“不畏天命”的勇气丧失殆尽，不由自主地萌生一种“宿命”的感觉——或许只是一种无可奈何的自嘲和自慰，不过无论如何也不敢再发“扼住命运的咽喉”之类的狂论了。

敬天命与尽人事表面上有点矛盾，其实不然。对“天命”某种程度上的理解和敬畏，可以抑制过分膨胀的“自我”，减少盲目的冲撞，顺应生命的自然进程。这里面可能有点阿 Q 的影子，可人生不如意事常八九，时时处处与命运抗争，不折则弯。任何人都只能在很小范围内把握自己的命运，所谓“人定胜天”、“天下无难事，只怕有心人”一类的格言，有时候真害人。承认有所不能，愿意有所不为，然后在可能的范围内“尽人事”，或许是明智的。这么说来，人类的处境并不怎么乐观。

也正因为人类无法为所欲为，时时受到命运的钳制，意识到自己的脆弱与渺小，才会产生一种被拯救的欲望。神也罢，佛也罢，上帝也罢，真主也罢，都是人类被拯救愿望的客体化。无所不能的神灵未免过于虚幻，打抱不平的侠客更切近人世间。照司马迁的说法，有道仁人尚且遭灾，“况以中材而涉乱世之末流乎”？因此，不妨将“缓急，人之所时有也”（《史记·游侠列传》）作为武侠小说流行最重要的心理基础。现实生活中，“天下多有不平事，世上难遇有心人”；武侠小说（戏曲、诗文）中，却多的是“拔剑谁无义，挥金却有仁”（汤显祖《紫钗记》）。批评此类作品“欲以这种不可能的幻想，来宽慰自己无希望的反抗的心理”（郑振铎《论武侠小说》），似乎是建立在一种“反抗必有希望”的充满乐观主义的假设上。我则以为任何形式的“胜利”，都不可能根本改变“缓急，人之所时有也”这一局面，因而对“幻想”对“宽慰”的需求便永无止境。期待大侠的拯救，固然不是什么光彩的事情；若以为命运真的掌握在自己手中，不也显得过于虚妄？

张恨水称其父祖皆“生性任侠”，轮到自己，则“豪气尽消，力且不足缚一鸡”，“大感有负先人激昂慷慨之风”，于是只好著武侠小说，聊以解闷（《剑胆琴心·自序》）。这段创作谈颇有“寓言”味道，道出了中国文人的可悲处境。从任侠使气独掌正义，到弹铗高歌看剑抒情，已退了一大步，可毕竟还有点豪气；再到借舞文弄墨传游侠以谋生，确实是愧对祖先英魂。至于满足于读武侠小说消愁解闷者，那就更不足道了。最后一批不单“斗酒纵横，

人民文学出版社，1992 年

台北：麦田出版社，1995 年

抵掌游侠之传”（谭嗣同《报刘淞芙书》），而且真的“拔剑欲高歌，有几根侠骨，禁得揉搓”（谭嗣同《望海潮》）的文人，大概得推清末民初的仁人杰士（如谭嗣同辈）了。此后，自然还有刚烈之躯，只是不再以任侠相号召。

正是在“游侠”与“宝剑”基本成为古董的时候，武侠小说风行全国，而且历久不衰，于此不难见出现代人对自身处境的不满与困惑。明知这不过是夏日里的一场春梦，我还是欣赏其斑斓的色彩与光圈。或许是多了点人世间的阅历，我对武侠小说的流行颇表同情。

从不大阅读武侠小说，到把武侠小说作为学术研究对象，这一步跨得够大。文人学者中嗜读武侠小说者不在少数，可那是作为娱乐消遣，偶尔在文章中捎带几句，也是以俗为雅。至于正儿八经地把它当作一种学术工作来努力，起码在目前大陆学界还不时兴。以致当听说我在撰写研究武侠小说的文章时，师友中颇有表示惊讶的。长辈中有语重心长劝我不要自暴自弃者，朋辈中也有欣赏我洒脱什么都敢玩者。其实我从事武侠小说研究，绝不仅仅是出闷气或故作惊人之举。这事情迟早要做，只不过因外在环境的变化而提前罢了。

这几年我一直从事中国小说史的研究，先是小说叙事方式的转变，后是小说史意识与小说史体例，接下来便是小说类型的演进。我把从类型学角度理解和描述从古到今的中国小说变迁，作为近期的研究课题。之所以在众多小说类型中选中武侠小说作为试点，除了其演变轨迹比较容易把握外，更重要的是我对通俗文学研究的兴趣。在我看来，雅俗对峙构成了 20 世纪中国文化发展的一种重要动力。因此，武侠小说作为一种小说类型，同时作为一种通俗文学形式，引起了我浓厚的兴趣。在过去的一年里，这一工作占据了我主要的研究时间。

开始对武侠小说感兴趣，确实有生活刺激的因素；可一旦进入正式研究，则力图排除主观情绪的干扰。我宁愿把自以为精彩的人生感慨留给杂感随笔，而在论著中保持相对严谨的学术思维。因为借学术发牢骚，起码不是一种值得赞扬的倾向。另外，作为学术研究，我不能不更多地考虑如何设计适当的理论框架及操作规则，而不是如何叙述生动雅俗共赏。也就是说，研究对象可能很好玩，而研究成果则不怎么好玩，至少没那么多娱乐性。这么一来，可能让很多武侠小说迷大失所望。过于认真，不够潇洒，难得神来之笔，充满学院气等等，诸如此类的批评已在意料中。好在这不是一部武侠小说鉴赏辞典，也不奢望挤入畅销书排行榜。

直到今天,我还不能算是合格的武侠小说迷(也许永远不会是)，尽管我阅读了数量颇为可观的武侠小说。首先，虽也曾废寝忘食地读武侠，可从来不曾当真，基本上把它当寓言读，既不想跳到书中硬去充当一个角色，也不信侠客真能救中国。这种过于清醒的阅读态度，使得我很难达到一般武侠迷那种如痴如醉的境界，反而掩卷回味，常有哭笑不得的感觉。其次，阅读快感无疑是武侠小说吸引人的主要魅力，我读武侠却不纯粹是娱乐。为了了解武侠小说发展的脉络，读可读性很强的《天龙八部》、《萍踪侠影》，也读不合现代人口味的《三侠五义》、《永庆升平》。武侠小说作为一种通俗艺术，本就有程式化倾向，集中阅读，更可能令人厌烦。既坚持学术研究的科学性，又要保留一定程度的阅读快感，这可不是一件容易的事情。最后，真正的武侠小说迷往往有特殊的阅读嗜好，认准一家两家，有书必读，开口必称，甚至有点誓死捍卫的味道。有人曾扬言，如果有谁胆敢攻击古龙，他准备以命相搏。碰到此类“侠士”，我准备退避三舍：既没有那么强烈的荣誉感，也没有高明的打斗本事，更无以身殉武侠的勇气。

据说，武侠小说读多了，不只出口成招，眉宇间且有英风侠气。果真如此，那我肯定读得还不够多。因为，今年年初，在广州火车站，小偷竟毫不畏惧，当我面把我的皮箱抢走。若我真有点侠气，准能把他镇住。更令人气愤的是，皮箱里恰恰装有我为撰写武侠小说论著准备的资料以及部分草稿。如果小偷有兴趣翻阅，肯定会笑掉大牙。不过，武侠小说家如金庸辈尚且不会武功，又怎能怨我对付不了或许有武功的小偷？要知道，小偷是坐出租汽车来的，当我请旁边的出租车司机带我跟踪追击时，得到的回答是：“别找死！”到警察局报案，一听说皮箱里没有上万美金，主要是书画和文稿，警察也毫无兴趣。听说以前常有小偷把钱拿走，把皮箱丢在公共场所或把证件什么的寄还本人，装文稿的纸袋上有我的姓名地址，或许还能“魂兮归来”。可惜回京已半年多，至今未见丝毫踪影。看来广州小偷的职业道德也大大下降，真是“人心不古”。

如果是怨恨皮箱里钱少，借撕文稿出气，那未免冤枉，实在是“大材小用”；但如果此君也对武侠小说感兴趣，愿意了解一下学者的意见，那他可能是最早知道拙著轮廓的一位。若如是，我的工作也没白做，总算曾经有过一位读者。

就凭这不知是否愿意成为读者的梁上君子，我也非把这研究计划完成不可。处此危难之际,方才觉得打抱不平的侠客难能可贵。广州归来，闻知此事的友人为我拟了副对联，上联是“车站遭劫平原君恨不早养士”，下联则无论如何凑不好。据司马迁称，战国时代的平原君赵胜属于“卿相之侠”，靠“招天下贤士”而“显名诸侯”(《史记·游侠列传》)。可惜此“平原”非那“平原”，既无财力养士，又无武功御侮，唯一的能耐是回家多读两部武侠小说。

说来轻巧，重新搜集资料可是花费了我好大工夫。如果说有什么可以聊以自慰的话，那就是“破财消灾”。另外，还使我对中国人侠客崇拜心理的形成有了更加切实的理解。

1990 年 10 月 16 日

《千古文人侠客梦》初版后记

赶在新年钟声敲响以前，总算完成了这部小小的书稿。说来惭愧,90 年代第一春,我居然埋头于“满纸杀伐之声”,而忘却了“到处莺歌燕舞”。花一年多时间研究这“不登大雅之堂”的武侠小说，到底值不值得，只有天知道。好在凭借这一工作，我重新感觉了生活的意义，也重新理解了学者的使命。

或许有那么一天，我会对本书论述的粗糙感到不安，但我想我不会后悔这一研究过程。还是那句老话：过程比结果更重要。不敢说大彻大悟，但毕竟曾经借此获得一种澄明的心境。我实在想象不出来，还有什么比这更重要。

本书具体的写作情况，在《我与武侠小说》一文中已有所说明，以之代序是再合适不过了。这里只想对那些支持并理解我这一奇异研究计划的师友们表示衷心的感谢；尤其感谢我的妻子和我的父母双亲，是他们的鼓励坚定了我完成计划的决心。最后，感谢父亲陈北为我的小书题写了书名。

1991 年元旦

校毕补记：

年初回潮州探亲，父亲还兴致勃勃地和我讨论武侠小说，并约好等这本小书出版后，他再从头细读。父亲少时练过武术，连带喜欢武侠小说。去年读了我论武侠小说的文章，父亲旧瘾重发，让我二弟给找了一部《神雕侠侣》，一拿上手就不愿放下，以致因对病弱身体非常不利而被我母亲勒令“下不为例”。近年父亲病情日益严重，自称是荷叶上的露珠，随时可能掉下来摔碎，这话不幸而言中，今年 5 月间，他竟一病不起。父亲是我的论著最热心的读者，几乎每文必读，而且常提出很中肯的意见。因此，我写文章时,会突然间冒出一个念头:这话父亲会欣赏吗?如今,这种感觉还在,可已是“人去楼空”。再度灯下涂鸦,不禁悲从中来。

1991年夏至后五天

《千古文人侠客梦》新版后记

写书的人,最怕这样的追问:在你所有的著述里,哪一本最让你满意,最值得向读者推荐?除非你只写过一本好书,或者曾得天助,短时间内有过超水平的发挥,否则,各书之间往往长短互见,很难强分轩轾。不能说没有自家的偏爱,但如此褒贬,实在于心不忍。俗话说,手心手背都是肉,厚此薄彼,既不公,也不妥。因此,每当这个时候,被追问者或避实就虚,或闪烁其词,或王顾左右而言他。与这些笨招形成鲜明对照的,便是因时因地因人、有选择性地、但又一脸真诚地宣布“我的最爱”——反正每天都有新的太阳,没人在意你经常转移“对象”。

还没学会脑筋急转弯,不敢贸然敲定何者为“代表作”。不过,要说写作时精神饱满,思路流畅,中间基本上没打嗝,可称得上一气呵成的，《千古文人侠客梦》庶几近之。这里只是描述写作状态，不牵涉价值评判。常有人打听此书的写作是否“别有幽怀”，我既不肯定，也不否定；因为，这取决于你对“幽怀”一词的界定。为了避免过度阐释，我对此类见仁见智的提示，均充耳不闻。我还是坚持十年前初版《后记》中的那段话：

> 或许有那么一天，我会对本书论述的粗糙感到不安，但我想我不会后悔这一研究过程。还是那句老话：过程比结果更重要。不敢说大彻大悟，但毕竟曾经借此获得一种澄明的心境。我实在想象不出来，还有什么比这更重要。

希望学问与人生合一者，往往借著述丰富人生，甚至将其作为危机时刻自我拯救的有效手段。正是在这个意义上，未曾有宏篇巨制问世的我，也都有值得自己永远怀念的写作。

谈论著述之“自我拯救”功能，固然容易获得“了解之同情”；可一旦进入学术史视野，真正需要的却是理性、学识与智慧。《千古文人侠客梦》出版后，学界多有好评，主要集中在如下四个方面：首先，本书之研究通俗文学，不同于此前常见的居高临下，不以文人叙事为唯一评价标准，而是努力理解通俗文学的特性，在准确描述其基本叙事语法的前提下，方才作出评判。考虑到此前学界对待“小传统”要么不屑一顾，要么信口开河，本书的这一特色，比较容易为人所觉察。其次，本书选择类型学作为切入的角度，理论色彩比较强。一般读者关注前半部对于武侠小说的历史描述，专家们则更看重后半部的类型分析，认为其提供的结论，甚至可以用来解读游侠诗歌或武侠电影。再次，将小说形态学的研究与文化发生学的探讨结合起来，力图沟通文学的“内”与“外”，使得本书的阅读与阐释，超越了文学研究界。这种跨学科的眼光，或许是本书引起广泛关注的主要原因。最后，本书研究框架及论述策略的设定，引起不少学者的重视，认为此举具备“发凡起例”的意义。

在众多书评中，我最看重的是李零的《侠与武士遗风》（《读书》1993 年 1 期）和吴晓东的《文化视野中的小说类型学》（《文学遗产》1993 年 6 期）。李兄乃研究兵法及方术的专家，其考古学及先秦史知识之丰富，非我所能望其项背。作为历史现象的“侠”及其在历朝历代的表现，我并没有做过专深的研究，李兄的分辨十分中肯：“平原的兴趣是作为文学现象的‘侠梦’，而我关心的却是这‘侠梦’的历史依托。”另外，关于雅俗之间的对立与转化，历来论者甚多；但若李兄之断言通俗文学“里面毕竟有人类的基本兴奋点”、“也照样埋着人类的‘永恒主题’”，可谓深得我心。

或许是知识背景不同的缘故，吴君在欣赏此书“深广的文化史背景”的同时，更关注的是本书的理论设计，尤其是如何“开创了中国学术界的类型学研究的先例”。以下这段综述，更容易

新世界出版社，2002 年

北京大学出版社，2010 年

为文学专业的研究者所认同："《千古文人侠客梦》的另一特色是在方法论上兼顾了叙述的共时性与历时性的统一。……在这种过程中，单纯共时性类型学研究中'基本叙事语法'的一成不变的恒定性被突破了，作者既注重'恒定因素'保持其在故事创作中的再生能力，同时又注重'同一因素受各种外力影响，在小说系统中定向移动，并因此改变了小说的整体结构'这一演进过程中的变形的历时性现象，从而使武侠小说成为一种在自身结构机制中逐渐衍变的有机系统。这无疑是对原有的类型学理论的又一个重大的突破。"

在我所有的著述中，此书可以说是最为“名声在外”的。此话乃现象描述，而非自我表彰——著述传播于专业圈外，对于学者来说，不一定是值得夸耀的事。比起我的那些只能被文学研究者阅读与欣赏的著述，《千古文人侠客梦》有明显不同的读者群：或热爱武侠小说，或对文化史研究有特殊兴趣。借助于读者或切中肯綮或离题万里的批评，我获得了一种全新的感受，起码不再以“文学研究”为唯一的批评尺度。

说实话，被人看作“武侠小说研究专家”，不是一件很舒心的事。不要说十年前，即便到了今天，学界中认可武侠小说研究价值的，依然是少数。称你为专家时，或许不无嘲讽的意味。好在我著书立说的1990年代初，武侠小说研究还没成为时尚，不至于被指为“曲学阿世”。更何况，我讨论的是两千年来中国人对于游侠的想象，而不仅仅是新派武侠小说。对于后来发生的围绕金庸的争论，我基本上没有介入。并非明哲保身，而是依我的经验，一旦成为公众关注的话题，陷入无休止的争吵，很可能是“真理越辩越不明”。因为，大众传媒的推波助澜，辩论双方的争强好胜，很容易将注意力集中在抓对方的小辫子，以便给予迎头痛击上；如果再添上杂文笔法，那就更容易意气用事，出口伤人了。这也是作为最早在北大讲授侠文化与侠文学的学者，我一直倾向于正面立论，避免卷入这种好看但不好玩的论战的缘故。

新版增加两文，一是《武侠小说中的“剑”》，一是《超越“雅俗”——金庸的成功及武侠小说的出路》。前者乃作者1994年在日本京都产业大学的演讲，虽卑之无甚高论，但记录稿保留讲演的现场气氛，倒也别具一格。后者则是提交给1998年在美国科罗拉多大学召开的“金庸小说和20世纪中国文学”国际研讨会的论文，此文曾被国内多家报刊转载或摘录，且被译成韩文和英文发表。

关于游侠的历史命运及文学想象，近年没有更多的专门研究，倒是在拙著《中国现代学术之建立》（北京大学出版社，1998年）一书的第七章，论及“晚清志士的游侠心态”。文章的最后两段，不妨推荐给喜欢读武侠小说的朋友：

> “此日穷途士，当年游侠人”（黄侃《效庾子山咏怀》）。晚清一代志士或许是大侠永远隐入历史深处前的回光返照。现代人不只失落了借以行侠的宝剑，连游侠诗歌也吟不成篇，唯一剩下的，是近乎“过屠门而大嚼”的武侠小说。
>
> 晚清志士推翻清廷的功绩不时被人提及，而我则更欣赏其作为一种精神气质的游侠心态：包括担当精神、悲剧意识、激进情绪、反抗与破坏欲、临危一击根本解决问题的思想方式，以及剑气豪气江湖气与流氓气等等。晚清特殊的思想文化背景及晚清志士采取的特殊政治策略，使得这代人在某种程度上实现了千古文人的侠客梦。单凭这一点，也值得后人羡慕与怀念——尽管其思想方式与政治策略其实并不值

得效仿。

“千古文人侠客梦”，既有入梦时的香甜，也就有梦醒处的苦涩，这点很好理解；我更想指出的是，此梦并非“来无影，去无踪”，而是深深植根于中国人的历史记忆。仅仅是一百年前，还有最后一代“坐而言，起而行”的“当年游侠人”。

最近一次谈游侠，是刊于2000年8月《中国图书商报·书评周刊》的三则《看图说书·剑侠传》。我之激赏《剑侠传》，小半为明人王世贞，大半为清人任渭长。如此重图轻文，缘于《剑侠传》所收三十三则小说，原先早就打过照面。明知王之纂辑，对于剑侠故事的传播以及此后武侠小说的崛起有很大作用，但我还是更欣赏任之劳作。

刻成于咸丰六年（1856年）的《卅三剑客图》，第二年被翻刻并改题《剑侠传》，除变更序言，还挖去了每幅图上原有的题词。现在坊间流行的，全都是据翻刻本重印，画面上，或空空荡荡，或穿插若干小说文字，已难见初刻本之庐山真面目了。因此，路工《晚清杰出的人物画家任熊》（载《访书见闻录》，上海古籍出版社，1985年）对各图赞词的介绍，值得认真对待；而金庸《侠客行》（三联书店，1994年）一书收录了保留赞词的《卅三剑客图》，更是便于读者对照阅读。赞词虽寥寥数语，却显示了画家对“剑侠”的行事有自己独立的判断。《红线》、《车中女子》、《解洵妇》、《聂隐娘》、《荆十三娘》等则，刻意回避惨烈的复仇场面，而突出表现主人公之温顺与贤淑；即便持剑的《赵处女》，也都一脸平和，没有半点“侵略性”。与此形成鲜明对照的《贾人妻》——侧身、掉头、抚剑、凝视，眉眼间流露出暴戾之气，正合小说所言之“妾有冤仇，痛缠肌骨，为日深矣”。唐人薛用弱笔下的贾人妻，“伺便复仇，今乃得志，便需离京”，这都很好理解。可为了断“后顾之忧”，竟杀死亲生儿，在薛君或许是为了渲染剑侠之神奇怪异，而在任氏，则无论如何不能认同此种野蛮行径。除了冷峻的画面语言，还有表明自家立场的题词：“为夫妇侠，为子母酷。”这里的“酷”，乃残忍与不近人情，而非时下流行的“酷毙”。

文章发表后，《书评周刊》的编辑转来读者李东的电子邮件，对我的说法提出质疑：

> 对于贵刊，按照时下流行的说法，我可以自诩为你们的“忠实读者”了。因为这历史大概要从在学校图书馆里看你们的试刊上的一篇关于陈平原先生的文章时算起呢。
>
> 最近贵刊在连载陈先生的《看图说书》，我更是期期不落了。在8月15日这一期中陈先生谈到了《三十三剑侠图》。我恰好记得在三联版金庸作品集中的《侠客行》书后也附有这三十三幅绣像，于是就拿来对照。却发现报纸上刊的《贾

人妻》一图却是金书中的《侠妇人》一图。金书所用版本是刻于咸丰丙辰年(1856年)——即是陈先生所说的初刻本了。如真是金书无误，那陈先生的那段文字恐怕就要改写了呢。望您代我向陈先生请教，不胜感谢！

真得好好感谢这位李东君，信写得很客气，但切中要害，实在不容你闭目养神，或假装没听见。当时说好马上复信，只是需要做些考证工作。可很快就出国讲学去了，此后又东奔西跑，竟把复信一事给忘了。这些天为《千古文人侠客梦》撰写新版后记，方才想起这段未了的公案。可惜这期间电脑被洗过几回脑，李东君的电子邮件地址一去不复返，只好以文章的形式答复。

李东君的说法没错，《卅三剑客图》中《贾人妻》的画面上，乃一扶椅掩脸的女子；至于我所描述的侧身、抚剑、眉眼间流露出暴戾之气的女侠，属于《侠妇人》。我用的是《剑侠传》，李君引的是《卅三剑客图》，双方都“言之有据”。为何两个“言之有据”说不到一起？这倒提醒我们，《剑侠传》不仅仅删去了初刊本上的赞词，还可能对《卅三剑客图》的造像动了手脚。这一点，此前似乎从来没人指出过；如果不是李东君的质疑，我也没有在意。这一比勘，倒是逼出一个大胆的假设：此书第二年的翻刻本之所以删去赞词，并非如路工所言“是反动文人的勾当”，而是发现图像和赞词错位，不得不采取补救措施。

任熊之状游侠，并非从天而降，而是依据此前已广泛流行的《剑侠传》。咸丰七年（1857年）王龄为重刊本作序，称：

> 是书四卷，虽不知编纂所自，要其文词条理皆得史公遗意。予友渭长任君，因心摹手追，点画成像，凡三十三人，对之奕奕有生气，亦与此书同妙。

认真比照这卅三传与图，不难发现，《贾人妻》、《侠妇人》、《解洵妇》三幅的"点画成像"与"文词条理"相脱节。想来这并非任熊的责任，因赞词十分贴切，能够涵盖所述故事，如《贾人妻》的"为夫妇侠，为子母酷"，以及《侠妇人》的"黄金何劳，不如衲袍"、《解洵妇》的"去何害，妒可怪"等。画家很能捕捉典型细节，持剑、奉袍、掩面，只能属于特定人物，读者不会有歧解。问题在于，图像与赞词在上版雕刻时拼接错了，《卅三剑客图》中题为《贾人妻》的，实际上是《解洵妇》；题为《侠妇人》的，应为《贾人妻》；题为《解洵妇》的，则只能是《侠妇人》。这一点，有小说为证，几乎是板上钉钉，无可争辩。

考虑到任熊只负责绘制，雕版则属于刻工蔡容庄，二人合作，稍不小心，很容易出错。一旦发现赞词与图像错位，补救的办法，只有铲去赞词一计可施。

《剑侠传》之造型夸张，气韵高古，衣褶银钩铁画，与陈洪绶的《水浒叶子》确实血脉相通。美术史家多赞赏陈、任之师承关系，我则在笔法外，更欣赏其一以贯之的“文人气”。陈氏有《宝纶堂集》传世，“世但知老莲画，不知其诗”（毛奇龄《老莲诗跋》）的局面，比较容易改变；而作为纯粹画家之任熊，其胸襟与气度，除图像外，便只剩下压在纸背的选题意识，以及言简意赅的题词了。初刻本题词脱落，图像背后的故事又并非家喻户晓，今人眼里的任君，大概也就只能以“刻画生动”见称了。

就在撰写《看图说书·剑侠传》的前后，我刚好在北大主持“晚明与晚清国际学术研讨会”。开幕式上，我作了《从“议程表”说起》（《中华读书报》2000年9月13日）的发言，介绍为何选择晚明陈洪绶（字章侯，号老莲，1598—1652）《水浒叶子》中的安道全和晚清任熊（字渭长，1822—1857）《剑侠传》中的红线，作为议程表和论文集的封面与封底。以下这段文字，颇能代表我对于侠客的想象：

> 说实话，在视觉形象上，我不太喜欢手持两把大斧横冲直撞的李逵，尽管批评家称其最具“革命性”。潜意识里，我偏爱高旷而深沉的“抚剑独行游”，而不是“尸横遍野”之类实际的杀伐效果。就像这两幅图像，一提花草，一弹阮咸，不怒自威，挺优雅的。在我看来，侠在骨而不在表，用不着整天“剑拔弩张”。

会议固然得到许多专家的首肯，我之选择安道全和红线，更是取得出乎意料的好效果。旁听者纷纷索要议程表和论文集，据说也有“动机不纯”，意在收藏这别具一格的“设计”的。得意之余，赶紧请人去重印了几十份。

这回算是“故伎重演”。在新版《千古文人侠客梦》里，穿插几十幅选自《水浒叶子》和《剑侠传》的图像，我相信效果绝佳。不想搞得太复杂，“章”借自任熊，“节”则赖上了陈洪绶。图文之间、古今之间，形成某种对话状态，而不是简单的为我所用——陈、任二君的图像仍保持其相对独立性。

我的这本小书，1992 年 3 月人民文学出版社初版，印数三千九百五十册，没有重印；台湾麦田出版公司 1995 年 4 月推出繁体字本，1997 年 12 月第二印；河北人民出版社 1997 年 8 月出版包含六种专著或论文集的《陈平原小说史论集》(印数两千五百册)，此书收入其中。推说读者如何翘首以待，故不得不重刊，即便属实，亦属变相的广告。我唯一可以保证的是，新版必定比旧版更精彩——主要还不在于增补了两文，并为全书做了索引，而是有陈老莲、任渭长两大画家助阵。

2002 年 6 月 16 日于京北西三旗

百花版《千古文人侠客梦》后记

每本书都有自己的命运，有时候，作者本人是做不了主的。你欣然忘食的，读者不一定买账；你不太用心的，也可能很有市场。

我的经历很平淡，出书二十多年，基本上是波澜不惊。既不曾“宝剑蒙尘”，也未见“天上掉下个林妹妹”。

从没梦想成为畅销书作家，不是“不为”，是“不能”也。在我所有的著述中，据说略有点“畅销书”潜质的，是谈侠客的这一本。很可惜，当初一味追求学术性，无视畅销书写作规律，自然不可能有让人惊喜的“洛阳纸贵”局面。在我自己，之所以偏爱本书，是因其撰述过程而获得了澄明的心境，度过了某种精神上的危机。对于希望学问与人生合一的我来说，没有比这更重要的了。

此书 1992 年 3 月人民文学出版社初版，两年后，台湾麦田出版公司推出繁体字本，五年后，收入河北人民出版社三卷本《陈平原小说史论集》。这三个版次，印数都不多。2002 年新世界出版社刊行“插图珍藏本”，我的学生郑勇当特约编辑，请来陈老莲、任渭长两大画家助阵，效果好多了。这回百花文艺出版社刊行插图本，征用众多古版画，希望能“更上一层楼”。而且，毕业于北大古文献专业的责任编辑刘勇，帮我校对引文，挑出好几个错别字，让我大为开心。

没日没夜地与“侠客”及“侠客文学”对话，那已是十八年前的往事了；可我永远记得唐人贯休的《侠客诗》——“黄昏风雨黑如磬，别我不知何处去。”

2009年3月8日于京西圆明园花园

北大版《千古文人侠客梦》序

算上北大版，这已经是第六个版本了。这册小书，1992年由人民文学出版社初刊，1995年由台北的麦田出版社推出繁体字本，1997年河北人民出版社刊行三卷本《陈平原小说史论集》时将其收录，此乃本书的“基本型”。十年后，也就是2002年9月，新世界出版社发行装帧精美的“插图珍藏本”，算是“改进版”。到了去年春夏间，几乎同时，北京大学出版社和百花文艺出版社分别找上门来，希望重刊此书。双方协商，达成以下协议：“百花”刊行插图本，只收初版本文，取其赏心悦目；“北大”兼收各种附录，增加索引，突出学术性。

我之谈论“武侠”，除了这册小书，只有《中国现代学术之建立》中的《晚清志士的游侠心态》、《当代中国人文观察》中的《武侠小说与功夫电影》,还有就是《作为学科的“文学史”》中的《“通俗小说”在中国》。二十年间，如此成绩，实在寒碜。说白了，不够忠诚，也有欠专精，那是因为，我并不希望以此为“主业”。至于为何以及如何借“武侠”谈小说类型，而又兼及思想文化，当初以《我与武侠小说》作为人文版的“代序”，以及撰写《我与武侠小说研究》作为新世界版的“后记”，再加上《武侠小说与中国文化》等七则附录，该说的都说了，再往下絮叨，就讨人嫌了。

问我的研究体会，就一句话：观赏通俗小说（武侠或言情）及类型电影（侦探或惊悚），可能很愉悦；作为研究对象，却不怎么好玩。既怕缺乏理论自觉，一味复述迷人的故事；又怕沉湎其中，走火入魔，立说时“过度阐释”。如此古今对话、文史沟通，分寸感很重要，如何拿捏，端看学者的志趣与功力。以我的能力，也就到此为止，因此，只好暂时告别那些“拔剑四顾心茫然”的游侠了。

2009年8月11日于香港中文大学客舍

读书人语——《大书小书》代序

没什么好说的，不就爱读书吗？由读书而写书，也就一步之隔。经商定赔钱，从政定塌台，唱歌演戏搞体育，则又形象欠佳五音不全；唯一还有点把握的，也就这读书与写书了。读书人人会，只要识字；写书也不难，只是出版社不一定愿意出。既然干这一行，吃这碗饭，就得努力往前赶，争取多写两本好书。好书不大好写，于是只好硬着头皮拼命读书，当然也思考。

读书人的事，说俗也俗，说雅也雅，就看你怎么摆弄。有为功名利禄读书，也有为怡情养性读书。并非“江湖散士”或者“富贵闲人”，不敢说读书不带功名目的，只能说雅俗兼而有之，为他人、也为自己而读书。书自可读、可看、可翻、可观、可啃、可背、可品、可味，各有各的妙用。别看只有一字之差，关乎阅读者心态，大有文章在。若讲情趣，自是“品书”第一，“翻书”次之，“读书”已有点勉强，“啃书”则实在要不得。可治学生涯，本就并不轻松，何必故作潇洒科？为学问不得不“啃书”，甚至阅读许多与自己志趣相违的书。就像紧俏商品、滞销商品搭配着卖，有趣、没趣的书也掺和着读。只是什么是最佳比例，一直没弄清。

躺在床上，或者靠在墙边，随手抓起一本闲书，既不想从中获得什么教益，也不想从中寻找什么资料，为读书而读书，此乃读书的最佳状态。自信书无雅俗，人有高低。以俗眼读雅书，雅书皆俗；以雅眼读俗书，俗书皆雅。平生读书颇杂，不分经史子集、社科人文，读得下去都读，读不下去也不勉强。读大书时未必认真，读小书时也曾用力。

喜逛书店，尤其爱买旧书，便宜不了几个钱，可就觉得好玩。朋友赠书，未看内容，先评装帧，宜乎本末倒置之讥。自家出书，放在床头把玩，单闻油墨香，就足以醉倒三五天。寒斋来客，未必鉴赏藏书；可闲来访友，却偏爱偷看人家书橱。见好书人有我无，不免有点不大自在，实在未能免俗。书房（？）里并无半本秘籍珍本，今生今世自是当不成藏书家。只是可翻可读之书却还不少。夜深人静，半杯浓茶，与千古贤达神游天地间，甚为惬意。

写专著，也写小品，两副笔墨齐用，并非逞才使气，实在别有苦衷。一来决心让学术归学术，不愿借学术发感慨写政论；二来明知心猿意马，抓到西瓜想芝麻，捡起芝麻又忘不了西瓜，何不干脆左手捧芝麻右手抱西瓜（或许因此而丢失了芝麻跑了西瓜）？三来只写专著不够洒脱，专写小品则不够厚实，轮流坐庄，意在调节心境，未知合于养生之道否？

“文章千古事，得失寸心知。”每次都以为下一本书会比现在这一本好，借此聊以自慰，反正来日方长，葫芦大截在后头。拟定题目，自是信心百倍；厘清思路，也还扬扬得意；可文章一旦写完，即有不堪卒读之感；等到印成铅字，看看也还可以；再过两年一翻，居然惊讶当年还有如此“灵气”。贤人大都悔其少作，我却敝帚自珍。并非自以为了不起，而是觉得长大也不过如此。再说雪泥鸿爪，给自己留个纪念罢，毕竟是这样活过来。

书也读，学问也做，可玩兴更浓，对游山玩水“深有感情”。若能出国观光当然更好，要不，低丘小壑残垣断壁，也能流连忘返。说不上感悟自然，只不过觅得浮生半日闲罢了。说“闲”当然是指心境。其实，“玩”也是挺累人的。特别是对于无权无势的一介书生来说，出外旅游绝不比待在家里轻松。自信文章灵气，一半来自前人书本，一半得自日月山川。

不会喝酒，乃平生一大耻辱。喝啤酒也会脸红，居然有腾云驾雾之感。据说足证为忠臣，只是不宜搞文学。每见“李白斗酒诗百篇”，即悟何以近日才思枯竭。也曾努力锻炼，无奈收效甚微。颇想转行搞不需酒气的专业，可惜为时太晚，始终下不了决心“从头越”。

最好说的是“过去”，最难说的也是这“过去”。填履历表不会弄错：下过乡，当过民办教师，十年大学，如今谋得一席教职。可总“梦回吹角连营”，其实何曾当过兵打过仗！纯粹一个剪辑错

广东旅游出版社，1992 年

了的故事，这不断变换形状与颜色的“过去”。意识到生命的流逝，时光正从手指缝中一点点溜走，证据就是这“过去”竟变得越来越丰富，越来越复杂。真叫人说不清，可又不能不想。

至于未来，谁知道呢！虽是经常订计划，蓝图还颇宏伟，可自知十有八九是空想。很可能第二天一早就给自己毙了，不，是“更新换代”了。可“梦”还是照做不误。山道弯弯，随时都可能翻到深沟里去，也随时可能闯进一马平川。走着瞧吧。21 世纪，还远着呢。当然，说到就到，不是说要有“前瞻意识”吗？别人该怎么走进 21 世纪，我不懂，我也管不着。我自己嘛，自知是没有什么大出息，还是这么读读书写写书。也可能那时候脑子没现在灵便，也可能那时候文章比现在老到，这都说不准。但有一点是可以肯定的，那时候读的书，一定比现在读得多——人总不能白活。

1988年10月12日于京西畅春园

《大书小书》后记

俗云：人生是一部永远读不完的大书。相形之下，书店里出售的、图书馆里收藏的、千万学子日夜捧读的，当然只是小书。没有大书哪来的小书？不读大书者不可能读好小书。可反过来，人类文明发展到今天，已经不可能空无依傍地参悟大书。借小书读大书（或反之），已成了千古文人读书阅世的通则。

作为学者，整天与书打交道。既要做到“术业有专攻”，又要保持较为广泛的阅读兴趣，不免如鲁迅说的“随便翻翻”，而且不时发点无伤大雅的空论。或许，专业范围以外的读书，更能见出读者的眼光与品位，也更能体现书本与人生（小书与大书）的关系。集中所收文章，基本上不涉及我的专业研究，只是谈论一般读书人可能阅读的书籍和可能关注的人生问题。

借小书读大书，自然不及专业论文精深，可也自有其价值。起码在我自己，是借以打开书斋小窗，保持人间情怀的一条重要途径。

近些年，学界时兴谈论即将到来的21世纪。我也未能免俗，承命做了一篇小文，说了几句大白话，题目就叫《读书人语》。如今重读旧文，自愧并无长进，于是拿来做这本小书的序。

“读书俱乐部”是几年前我和几位朋友在《东方纪事》上开辟的专栏，后来刊物停了，友人也各奔东西，自然无暇再聚在一起品评图书月旦人物。留下一个开场白和我的几篇不成气候的短文，也算一个纪念。

《逛书摊》一辑是应《瞭望》“珍珠滩”编者的要求整理出来发表的。为了保持“随便翻翻”的神态，整理时不作过多的润饰与发挥。本计划整理一年的读书札记，因时局变化兴趣索然而自行中辍。

1988年春夏之交，人民文学出版社王小平女士约我编林语堂散文选，我对编个人选集不大感兴趣，提议改成从文化角度编20世纪中国散文选。其时我正和钱君、黄君合作研究20世纪中国文学，有意借此重新释读20世纪中国散文。此计划得到人民文学出版社的支持，于是暑假中我们三人重新合作，忙乱了好一阵子。先是分头阅读大量书刊，后又根据拟定的书题选文，希望于其中体现我们的学术眼光，而不只是考虑可读性。“漫说文化”十种不过一百二十万字，可花了我们不少时间，从学术研究考虑，不大合算。好在借编书写序，思考好些人生问题，如生死、鬼神、佛道等，倒也颇有收获。几篇序言写得相当认真，在某种程度上可说是表达了我自己的文化观念。

其余三辑文章，题目显豁，似乎没必要再饶舌。

1991年8月9日于北大畅春园

《小说史：理论与实践》小引

这本小书的写作，虽非一气呵成，但也有相对完整的构思。七八年来，我一直沉浸于中国小说的研究，先后出版了《中国小说叙事模式的转变》、《二十世纪中国小说史》第一卷和《千古文人侠客梦——武侠小说类型研究》等专著。在撰史的同时，自觉反思其理论框架和操作规则，是我的一贯思路。说得狂妄一点，希望在完成一个课题时，能顺便提供一个可以重复操作的研究模式，或者说发起凡例，以待来者。这也是我的研究思路有点跳跃的原因。虽然同是小说史研究，第一本着眼于引进叙事学理论和突出传统文学的创造性转化，第二本力图全方位综合把握一段文学进程并创建新的小说史体例，第三本则希望沟通文学的内部研究和外部研究，并提供一个小说类型分析的范例。至于三书共有的打破目前中国文学史研究中不尽合理的时期划分以及由此带来的理论缺失，更是延续或修正我们对“20世纪中国文学”这一概念的设计。现在奉献给读者的这本小书，则是我在撰史过程中的理论思考。

正因为是治史中的理论思考，不同于理论家的逻辑推演，而特别注重史家的个人感受以及可操作性。不追求体系化，也没能给出理想的答案；只是追循那些现有理论无法涵盖的“变异”，描述研究过程中可能出现的“陷阱”,甚至表白史家的“迷茫”与“困惑”。也就是说，此书既非思辨程度很高的理论陈述，也非实证色彩浓厚的史学专著，而是介于两者之间——一个力图认真思考的文学史家的工作笔记。如果硬要自我评估，我只能套用“有长有短”这句老话：短处是不完整，好多该说的话没说；长处是真切，好多没体会的话不敢乱说。

至于治学过程中某种程度的跳跃性(自信还不到打一枪换一个地方的地步)，一方面是自觉学术尚未成熟，总想多试试几套拳路几种枪法，不愿就此摆摊卖药；另一方面也因天性好强，老跟自己过不去，总觉得还能往前挪半步，不想就此打住。做学问有没有开拓性，除了社会评价外，学者自己心里应该有数：哪些是在平面展开，哪些是在冲击一个新的高度。作为学术积累，需要许多人兢兢业业埋头从事没有多少创造性的重复劳动；我不满足于此。明知占一小块地盘，而后伸展拳脚，不难赢得喝彩声，我还是得走；就像莱蒙托夫笔下渴望大海的水手或者鲁迅笔下走向坟场的过客一样。并非自恃特高，而是喜欢向自己挑战。只要侥幸跳过一米六，我就会把眼睛盯在一米六二——并没侈望成为世界冠军，可也不想老在同一高度上举行表演赛。

找到一个有一定挑战性但又不是不可超越的高度，我以为是成熟的学者必备的素质。正因为如此，一旦我自觉已经征服某一课题时，很可能就会中断现成思路，另起炉灶，或者干脆悄然引退。这种自我陌生化的研究策略，有很大的危险性，弄不好志大才疏、一事无成。再好的跳高名将，也有无法征服的高度。好在我自知学术上起点不高，野心不大，慢慢往前挪，不断欣赏这么一点点的“自我超越”。到有一天再也挪不动了，我希望自己能明智地“金盆洗手”。那时候或者读闲书，或者练书法，或者写点闲散短文（不敢自称小品文），反正不在学界混。当然，前提是还有一碗饭吃。不过，到了那一天，或许我也自我感觉特别良好，根本没有退休的需求。谁知道呢。人生事就是如此，在朝在野、局里局外，感觉和思维全都不一样。

主张学如不进，干脆退场，并非故作高论，而是基于我对人文学者在现代社会命运的思考。现代社会考核人才，注重看得见摸得着的“科研成果”，而不讲究无法定量分析的“人文修养”。因此，“学术”一转而为“著述”。以著述的厚度和印行的册数来衡量学者水平，自然荒唐滑稽。“闻道”与“著述”不能说毫无关系，可无论如何二者不能等同。这些话只能留在书斋里讲，无数学子为了职称、工资和住房，依然奋不顾身地从事各种可能连自己都不欣赏的著述。年复一年，眼看着无数学人明明力不从心，可又不愿放下“为往圣继绝学，为万世开太平”的架子，真让人着急。我想，不如甩掉皇帝的新衣，将学术作为一种职业，一种与经商、从政或者做木匠活平起平坐的职业。高低贵贱不在于职业，而在于从业者的个人追求。这样，万一不适应“学术”这个职业，随时可以另谋高就，不必因害怕“堕落”而死守书斋。

但是，“学术”确实又有与“道义”相通的一面，借求学以闻道是无数读书人的理想追求。所谓“朝闻道，夕死可矣”，照李贽《四书评》颇为诙谐的解释：“说不闻道不可以死，非说闻道即当死也。”就好像古之君子“安贫乐道”，重在“乐道”，而不是专门欣赏贫困。学者一旦真能沟通“学”与“道”，自有一种旁人无法理解的乐趣。这时候读书，不算什么苦差事，根本用不着“黄金屋”或“颜如玉”来当药引。可这种境界，不是人人都能达到，故只能自勉，不能律人，以免弄出许多假道学。因此，为社会安定考虑，我主张把学术作为一种职业；作为个人追求，我则欣赏将治学作为体现某种精神价值的人生选择。

若如是，则“闻道”远高于“著述”。当然，生活在现代社会，没有大笔遗产因而也当不成隐士的学人，不大可能完全不考虑“社会效果”。可治学中尽量减少一点广告味道和表演色彩，我想还是能做到的。《礼记·学记》称：“故君子之于学也，藏焉修焉，息焉游焉。”游者，当是闲暇无事从容不迫之谓也。古人有区分因读书而著述与为著述而读书的说法，可现代人（尤其是教授们）

北京大学出版社，1993 年

台北：淑馨出版社 ,1998 年

难得悠闲把卷沉潜玩索。出而谋生的学人，很难摆脱时尚的压力；就好像演员站到摄像机前就自然而然地搔首弄姿一样。这也是我极少谈论我最喜欢的作家作品的原因；一说就俗，职业化研究远没自由阅读来得畅快，不妨留一块没有污染的“自己的园地”。我相信，许多告别文学研究的人，阅读文学作品时会感到更大的愉悦。目前，我还没能摆脱职业化阅读的困境。尽管明知这对于谋生与求道都必不可少，我还是希望有一天，能自由自在地躺在蓝天下的草坪上，不带任何功利目的地读书。

如此读书，颇有故作“名士”之嫌。同是读书，名士与经师风格迥异。前者讲情趣重意气，潇洒脱俗，不求甚解，但取适意；后者讲功效重学力，严谨扎实，如履薄冰，唯恐厚诬古人。在我看来，现代读书人不妨兼取名士与经师，既有“一心钻研”，也有“随便翻翻”。

尽管十分欣赏魏晋风流，我还是不主张模仿名士。宋人可学而晋人不可学，后者只能本乎性情，一学必歪。治学也如此，只求平正通达，不敢故求奇崛——这也是本书的基本品格。

又是一度荷花开。

八年前的这个时候，我到北大投考王瑶先生的博士研究生。此后，便与未名湖结下了不解之缘。近三千个日日夜夜，在这寂寞而又喧闹的校园里，有过许多“不足为外人道也”的痛苦与欢乐、希望与绝望。

就像湖底的彩云一样，那么绚烂又那么脆弱，随便丢下一块小石头，一切都烟消云散。留下的只是未必美好的记忆。就在彩云裂开的那一瞬间，我失去了尊敬的导师，也失去了慈爱的父亲，真正体会到生离死别的悲苦。或许，没有真正遭遇爱情、没有直接面对死亡，都算不上成熟。父亲生前很欣赏我写的《未知死，焉知生》一文，说是看得出我“长大了”。可那只是纸上谈兵，书本知识远没有切肤之痛来得真切和强烈。不敢说从此参透人生，但看待人世间的纷争，从此多了个参照系。

写完这本小书，又一次领悟父亲的养育之恩和王瑶先生的教诲之功。我之所以走上这不算辉煌的学术之路，全靠他们二位的诱导和鼓励。前些年出书时兴请名人题签作序，只因怕落俗套（有拉大旗做虎皮之嫌），我故意避开导师期待的眼光。不过心里总惦记着这事，希望过几年稍有出息，出书时再请导师给我作序，也请父亲给我题签。可这一切都因我的过分矜持而落空。

如今，依然只能是自己给自己的小书作序。

1992 年 6 月 26 日于京西蔚秀园

《小说史：理论与实践》后记

雨快停了，该出去走走。好久没在夜间散步，尤其是在雨中和雨后。

年初，朋友来信，告知 77 级同学毕业十周年聚会，玩得很开心。不禁有点神往，怀念起那越来越遥远的大学生涯。那时候年轻，念的又是素以才子著称的中文系，不免有点多愁善感。不过，喜欢撑一把雨伞，独自在雨中空旷的校园散步，却并非模仿戴望舒《雨巷》，也没期望飘过“一个丁香一样地结着愁怨的姑娘”。只是借雨水洗去尘世的喧嚣，空气格外清新，心境也显得格外宁静，特别适合于思考、品味这人生。

每次雨中行，总让我激动不已，不知从哪里冒出那么多绝妙的主意。尽管绝大部分计划后来都证明不可能实现，我还是欣赏那些蕴藏着彩虹的肥皂泡,起码它给了我瞬间的愉悦。想到得意处，大概有点飘然欲仙的神情，以致不只一次被误认为找到女友或捡得钱包。

北京的雨，也像北京的风沙一样，过于刚烈，不若南方的雨温柔、缠绵，倒是北方的雪，显得有点妩媚，更适于赏玩。因而，从前的雨中散步，不知不觉被忘却了；每当天上飘着雪花，反不忘出去走走。毕竟雪中不宜久待，更多的是赏风景而不是想心思。再说，随着年龄的增长，天地似乎越来越小，计划也越订越不辉煌。

终于有一天，我又撑起了雨伞，恢复那没有任何实际意义的雨中散步。既非锻炼身体，也非制造幻梦，仅仅为了片刻心灵的宁静。

蛙鸣。鱼跳。数着脚步声，盯着摇曳的灯光下悄然开放的荷花，轻轻告慰自己：又完成了一个小小的计划，不算出色，可总算尽力——就在今天晚上。

1992年6月23日午夜

《小说史：理论与实践》新版后记

这册芜杂的小书，承蒙北京大学出版社厚爱，1993年3月初刊，1999年3月第二次印刷，2005年1月第三次印刷。1997年河北人民出版社推出三卷本《陈平原小说史论集》时，也曾将其收录。除此之外，还有台北淑馨出版社的繁体字本（1998），以及韩国Erum Publishing Co.推出的韩文译本（李宝暻、朴姿映译，2003）。对于以上出版单位及个人，我深表感谢。

此次重印，只是校正了若干错别字，学术观点不动，连“本世纪”等时间用语也未改。唯一的变化是，删去了附录三《〈二十世纪中国小说史〉讨论纪要》，因其已入2005年北大出版社刊行的《中国现代小说的起点——清末民初小说研究》。后者从1989年首印的《二十世纪中国小说史》第一卷脱胎而来，其《新版序言》交代了改版的缘由，此处不赘。让“讨论纪要”与“小说史”合璧，可方便读者，因此，也就顾不得“先来后到”了。

这册小书，必须与我此前出版的《中国小说叙事模式的转变》、《二十世纪中国小说史》第一卷以及《千古文人侠客梦——武侠小说类型研究》相对照，方能明白“撰史过程中的理论思考”。倒是“小引”与“后记”可单独品鉴，因其真实地记录了大变动时代读书人的心境。

Erum Publishing Co.，2003 年

北京大学出版社，2010 年

书中各文长短不一，体例上也很不一致；开列“初出一览”，以便读者了解当初的表演舞台及拟想读者。

2009 年 8 月 10 日于香港中文大学客舍

《学者的人间情怀》自序

本书所收集的，主要是我近年谈论“学术”的短文。有的属于文化评论，有的是随笔，有的则可能被归入小品。可以不作文体辨析，因为，本来就不是完整的著述，很难谈得上统一的风格。把若干散乱的短文集在一起，目的是呈现一个学者对于其职业道德、社会功能、操作技术以及精神追求所作的尚属认真的思考。需要说明的是，不同于费希特之“论学者的使命”，或者韦伯之“论学术作为一种职业”，这里所能提供的，只是关于当代中国学术的“随感”。

孔子说：“学而不思则罔，思而不学则殆。”除了“博学”与“慎思”不可偏废外，我想，还应该包括对于“博学”的“慎思”。转译成现代语言，便是对于作为一种职业的学术研究的反省。反省可能面向整个学界，也可能主要针对自己——我越来越趋向于后者。因为，对于成熟的学者来说，治学确实是“如鱼饮水，冷暖自知”。而且，过多的“提倡”，容易招来“争夺话语霸权”的猜忌。

前些年之所以对学界现状多有批评，一是“好为人师”的职业病，一是剪不断理还乱的“人间情怀”。

真不知道，日后“修炼渐深”，是否会多扫自家门前雪，少管他人瓦上霜。作为学者，当然主要以专精的学术著述贡献于社会；撰写文化评论，在我，主要是保持“人间情怀”的特殊途径。并非鄙薄此类文章，而是深知其中甘苦。一般来说，专门著述需要含英咀华、沉潜数载，发言时心里大致有谱。反而是此类不吐不快、一挥而就的短文容易“露馅”，故实在不敢掉以轻心。这还只是说到文章的知识层面；至于立论时的有洞见，不媚俗，能裁断，更属不易。

将论学的短文汇成一集，对于作者是便于检查近年走过的足迹，对于读者则不妨从中窥见90年代初中国学者的心路历程——我想，这比具体的学术主张更值得回味。为了使得思路稍微完整，我从已经或即将出版的《大书小书》、《书生意气》、《小说史：理论与实践》中抽取若干文章，这点恭请读者谅解。

以平常心处世，也以平常心治学，并非“逃避崇高”，而是不敢大言欺世。近年所撰论学之短文，多取低调——虽然其中也不乏自信。去年年底，在一次座谈会上即席发言，报道出来的是下面一段话：

今天会议讨论的学术规范化，学在民间等，与我们这几年的努力方向是一致的。我想谈谈在这种努力中碰到的问题，其次才是需要供大家思考。首先碰到的问题就是，谁给你权力来定规则？其次才是需要什么样的规则？这里不想涉及学术霸权之类，而只想指出不同学科的规则实际上是各有特点的。所谓学术规范化，除非只是指最普泛的形式特征，如文献引证、注释体例之类（这现在已开始，故不成问题），否则再往前走，就会碰到各学科特性不同的问题。无视这一差异，易于产生偏见。如搞经济学、社会学的朋友，可能就会认为搞文学研究、哲学研究的朋友，缺乏规则，不够"科学"等。此外还要注意，规则是供规范中等之才所用，为学术研究提供一个基本的入门途径。随着研究的深化，许多规则最后会被超越。

另一个问题涉及学在民间。所谓民间，并非铁板一块，而是由许多群体与个人组成的。随着刊物增多，"民间"还会日益分散。所谓"学在民间"，并不是要弄出一个新的统一体，来取代旧的统一体。现在许多谈论民间的人，无形中都假定自己所在的团体是中心，以为从此逐渐辐射，可以形成一个统一的"民间"。这是以中心心态，从边缘向中心挑战。恐怕我们这些身处北京的学者，更应当警惕并避免这种狭隘的中心心态。就我这样搞人文的人来说，甚至主张自我边缘化。

这段刊于《东方》1995年第2期的发言，虽语焉不详，也约略可见我的自我边缘化策略，以及对学术研究中个体性的强调。强调学术研究的个体性，必然注重著述之外的生命体验。这也是我把"四十自述"这组文章编入此书的原因。对于个体的学者来说，反省治学经历与追忆逝水年华，二者密不可分。

至于收入一篇关于苏曼殊的短文，明显与全书体例不合。一来此书在曼殊家乡出版（曼殊原籍香山县沥溪乡，今属珠海市前山区），即便"体例不合"，也都情有可原；二来希望借此表达我对"行云流水一孤僧"的怀念——此君在我的学术生命以及情感体验中，都曾占有独特的位置。

清人章学诚在《韩柳二先生年谱书后》中称："盖文章乃立言之事，言当各以其时。即同一言也，而先后有异，则是非得失，霄壤相悬。"基于此，章氏主张："凡立言之士，必著撰述岁月，以备后人之考证。"今日中国，不少报刊编辑喜欢删去文末"无关紧要"的年月日，大概是为了节省篇幅。殊不知，这么一来，后人无从考证——出版社不希望注明初刊；即便注明，文章面世所需时间迥异，初刊也不一定能说明问题。补上初刊时被删去的"撰述岁月"，各辑文章依写作顺序排列，目的是借以显示学术思路的演变。

最后，对于在关键时刻帮助我摆脱惶惑的朋友，以及先后发表拙文的报刊，深表谢意。明知只是“一文不值”的书生人情，也不敢不送。

1995年4月24日凌晨于京西蔚秀园

《学者的人间情怀》三联版自序

去年年底，我在河南大学出版社刊印了一册三十六万字的《学术随感录》。明明是“小文章”，竟弄得这么厚，实在有点反讽的意味。将这些随意书写、不登大雅之堂的短文结集成书，除了留下自家精神探索的印记，更希望从一个特定角度见证二十年来中国学术的变迁。在“自述”中，我曾提及：

> 既坚守象牙塔，撰写中规中矩的学术专著；又对已经制度化了的知识生产，保持一种冷静审视的态度，这是二十年间我所坚持的学术理念。专业著述不说，已完成的对于当代中国人文学术的叩问，辨析文化思潮的，有《当代中国人文观察》（人民文学出版社，2004年）；反省大学

体制的，有《大学何为》（北京大学出版社，2006年）；追忆学问人生的，有《当年游侠人》（三联书店，2006年）。再有，就是这本当初随意挥洒、如今则必须“苦心经营”的《学术随感录》。

这一尝试，最早开始于1988年的七八月间；可那组刊于《瞭望》杂志的“学术随感录”，以及此后陆续撰写的《学者的人间情怀》、《学术史研究随想》等，因收在珠海出版社原刊、“即将由三联书店重印”的《学者的人间情怀》中，为避免重复，只好割爱了。

在我先后出版的十几种随笔集中，珠海版的《学者的人间情怀》（1995）印数不多，影响却最大。十二年前初刊，印数五千，此后未再重印，可在论者的引述或评议中仍不时露面。这很大程度上得益于作为书题的那篇文章。

《学者的人间情怀》最初发表于1993年第3期的《读书》杂志，日后被收入各种选本，如《另外一种散文》（上海教育出版社，1998）、《知识分子应该干什么》（北京：时事出版社，1999）、全日制普通高级中学《语文读本》第五册（北京：人民教育出版社，1999）、《90年代思想文选》（南宁：广西人民出版社，2000）、《北大百年散文精选》（北京：中央编译出版

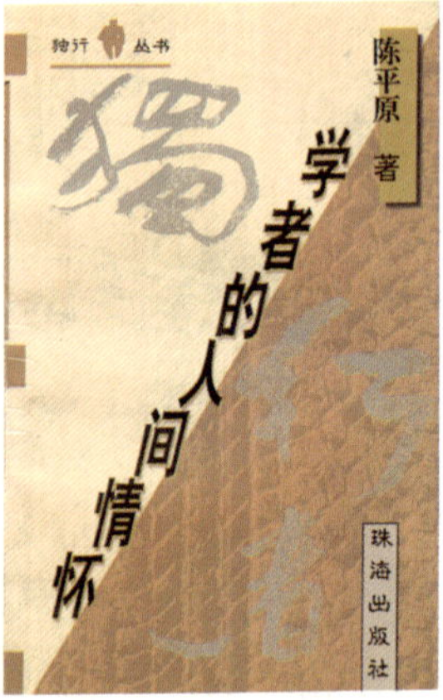

珠海出版社，1995 年

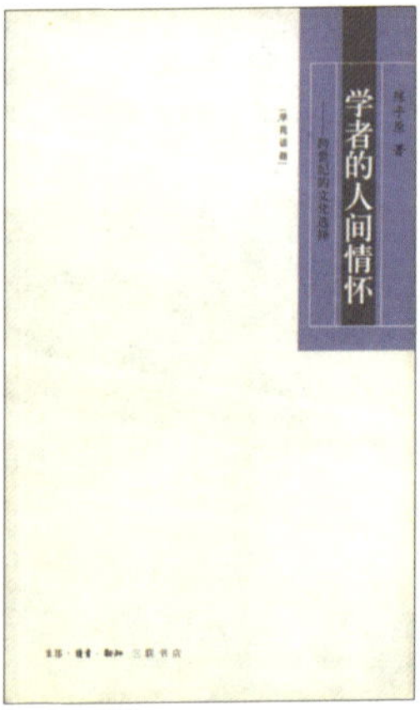

三联书店，2007 年

社，2002）、《中国当代作家面面观》（上海：华东师范大学出版社，2002）、《白话的中国》（北京：商务印书馆，2003）、《世界华人学者散文大系》（郑州：大象出版社，2003）等。集中其他各文，也有承蒙选家错爱，进入各种读本的，但像此文这样四处奔波，且出入于“散文”选、“作家”论以及“知识分子”研究等不同类型的选集，绝无仅有。

在关注学术规范建设的学者看来，我的《关于“学术语法”》一文，是此话题的始作俑者（参见杨玉圣等编《学术规范读本》，开封：河南大学出版社，2004 年；余三定的《新时期学术规范讨论的历时性评述》,《云梦学刊》2005年1期);而有考据癖的“北京学”专家,也将我的短文《“北京学”》,视为此话题的最早文献(参照马万昌《对北京学基本理论问题的思考》,《北京联合大学学报》2003年1期)。类似的“思想火花”还有好些,如《“文摘综合症”》、《学术史研究随想》、《走出“五四”》等。我当然不会愚蠢到以为自己真的开创了一个什么学科。设想多而能力小,兴趣广而功底薄,也就只能“随感”而已了。这既暴露了大转折时代读书人的困惑与迷茫,更体现其不服与抗争。如果不过分苛求,这些虽则浅薄、但仍属真诚的思考,也自有其可爱之处。

有序跋,有游记,有随笔,也有谈话,当初的定位是“关于当代中国学术的‘随感’”,故体裁归属不是很重要。如此“将学术知识和理性思考融入散文的表达之中”,必定“并不特别注重散文的文体规范,而将其视为专业研究之外的另一种自我表达或关注现实的形式”,洪子诚的《中国当代文学史》(北京大学出版社,1999)正是从这一角度,谈论诸如《学者的人间情怀》这样的“学者散文”。

除了是“另外一种散文”,还牵涉90年代中国知识分子的命运,史家偶尔论及时,褒贬不一。出于好意,两年前,北京的三联书店建议重刊《学者的人间情怀》,理由是保存一种“历史文本”。我同意了,而且,还专门撰写了题为《学术转型的见证》的

“新版自序”。可事后想想，还是觉得不太妥当。除了原刊文体驳杂，还有重复收录之类的问题。犹豫再三，最终决定撤稿。辜负了朋友的一片好心，实在抱歉；可如此决断，与其说是对读者负责，不如说是对自己的警醒。

在《当代中国人文观察》的“自序”中，我谈到过自己时常罔顾学科边界，贸然谈论已成“专家之学”的“当代中国”：

> 囿于“观察者”立场，加上会议论文或专题演讲的文体特征，使得本书的论述“鲜活”有余而“深邃”不足。就近观察一个生气淋漓、充满动感的社会，好处是“真切”，缺点则是容易流于“浮泛”。

这回也不例外，依旧只能扮演有浓厚学术兴趣的“观察者”形象。某种程度上，这是“论述姿态”所决定的——既然你选择了课堂讲授、学术演说、会议发言、随笔、答问以及文化评论等，那就只好随意挥洒，而不太可能像专家学者那样旁征博引，追求“每下一义，泰山不移”。

虽说只是“观察者”，并非驰骋疆场的“斗士”，但如此不顾专业设置，撰写诸多无关“业绩”的文章，也算是一种对于社会生活的“关注”与“介入”。没能力叱咤风云，只好“家事国事天下事事事关心”，说到底，这也只是一种“学者的人间情怀”。只是因兴趣及能力所限，这一“观察”，基本上局限于与自家专业接近的思想文化、新闻出版以及文史之学。除第一辑按写作时间编排外，其余三辑的划分，兼及论述主旨与文章体式。

本书新旧杂陈，按篇幅计算，大约是对半开。第一辑全属旧文，选自《学者的人间情怀》（珠海出版社，1995）；其余三辑，也有些录自《文学史的形成与建构》（广西教育出版社，1999）、《掬水集》（春风文艺出版社，2001）和《文学的周边》（新世界出版社，2004）。此四书原本印数就少，以后也不打算重刊了。不以“文采风流”著称，我的随笔集，希望适应读者阅读趣味的变迁，还是“专题化”为好。

选择集中二文，凑成正副标题，不完全是偷懒，也自有深意在——前者指向学术精神，后者关涉论述策略。所谓“学者的人间情怀”，就是我文章中再三表述的，“学会在社会生活中作为普通人凭良知和道德‘表态’，而不过分追求‘发言’的姿态和效果”。至于谈论当下的“文化选择”，不满足于就事论事，喜欢“跨世纪”，回到我所熟悉的清末民初，则带有明显的专业印记。集中各文的长处与短处，均与此学术思路相关。

这么说，等于是亮出了自家底牌；接下来，便是祈求读者批评指正了。

2007 年 5 月 3 日于京西圆明园花园

《阅读日本》后记

将社会与人生比作“大书”，图书馆里收藏的，也就只能定义为“小书”了。借“大书”参悟“小书”,或者以“小书”品味“大书”，此乃读书人的常态。所谓“读万卷书，行万里路”，或者“世事洞明皆学问，人情练达即文章”，常被世人挂在嘴上，真正落实起来却不容易，弄不好大书、小书全耽误。抱着名胜词典、口中念念有词的游客，或者按图索骥、打破沙锅问到底的专家，我都深表钦佩，又都略感遗憾：其开口见喉咙的观赏思路，以及过分僵硬的阅读姿态，都显得不够“优雅”与“洒脱”。

“阅读”这一行为，在我看来，本身就具备某种特殊的韵味，值得再三玩赏。在这个意义上，“阅读”既是手段，也是目的。只是这种兼具手段与目的的“阅读”，并非随时随地都能获得。即便是擅长读书者，也常有状态欠佳的时候。我不大相信苟能立志，读书便与“天时地利人和”无关的说法。在一个恰当的时空，碰到一个契合你心境及趣味的阅读对象，而且你有足够的时间及知识准备来仔细品尝，这样的机遇并不常有。

作为“专家”，我还会埋头书海，皓首穷经；作为“游客”，我又常天涯海角，走马观花。后者太飘浮，前者太沉重，都不是理想的阅读状态。有时突发奇想，如果给我一年时间，允许不带任何功利目的，完全凭个人兴趣读书，那该多好！对于积蓄无多、当不起隐士的现代人来说，这一本来极为平常的阅读方式，反而显得有点近乎“奢侈”。

不过，老天不负有心人，机会终于还是来了。

在日一年，除了继续专业研究，更多的时间和兴趣集中在我所不熟悉的日本社会与文化。坐在东京街头随处可见的小酒馆里，与日本朋友畅谈上下古今、“东西”“南北”；或者大太阳底下，与妻子骑单车在京都的大街小巷里游荡，迷路时再掏出地图确定方位，这种感觉真是好极了。就像钻到邻居的花园里胡乱转悠的小孩子一样，出于好奇，也会偷摘一两朵自家没有的玫瑰，但不准备做植物学鉴定。不管此前还是此后，我都不是、也不敢冒充是日本学专家。

正因为连“日本学”的门槛在哪儿都不知道，也就没有入门与否的焦虑。这是一次介乎“专家”与“游客”之间的愉快的“阅读”。或者说，是一个“训练有素”的“外行”在“看风景”。

“看风景”既是象征，也是写实。以我可怜的日语能力，对日本的阅读，得益于大大小小的图书馆，更得益于东西南北的旅行。

面对古寺、红梅，或者用汉字书写且“犹存唐代遗风”的匾额（周作人《苦竹杂记·日本的衣食住》)，真有“宾至如归”的感觉。可看着看着，“熟悉”的外观渐渐退去，骨子里的“陌生”让我震惊。那些从书本上得来的中日文化交流佳话，以及初次访问时的似曾相识感，似乎涵盖不了眼前的风景。终于有一天，明白了一个简单的道理：并非每个中国人，都有谈论日本的资格。日本对于我，就像罗兰·巴特的《符号帝国》所描述的，也是“遥远的国度”。

也正是这种“遥远”的感觉，刺激了我阅读的兴趣。明白日本文化不是中国文化的“复制品”，我的“外行”身份也就不证自明。努力去体味、去鉴赏另一种文化，这既需要学识，更需要好奇心。学识我谈不上，好奇心却“大大的有”。明知永远成不了日本学专家，还是津津有味地阅读“日本”这本大书；如此如痴如醉，连我自己都觉得好笑。一开始还自我安慰：这种节外生枝的阅读，对我的专业研究会有潜移默化的影响，做学问不就讲究触类旁通吗？很快地，意识到不该如此“动机不纯”，干脆放下包袱，轻装上阵。承认此乃“自己的园地”，不必上税，也就不必过分计较收成。

很高兴自己没有被专业化完全剥夺了对新鲜事物的兴趣，还能为一本陌生的大书而激动，并且不计成本地投入大量的时间和精力。尽管从经济学角度考虑，这绝对得不偿失；可作为一个活生生的人，我愿意“逸出常轨”，为这一愉快但不明智的阅读付出代价。

辽宁教育出版社，1996 年

比起径行独往、无法无天的大侠来，我的“逸出常轨”实在微不足道，而且只是暂时的。就好像比赛中间的“暂停”，只是为了让运动员调整一下呼吸，本身并不具有独立的意义。回到国内，我又成了“专家”，整日为承担的研究课题而埋头书海，难得再有时间和心境顾及我的业余爱好。很想把心中的风景完整地描画出来，可惜时不我待，只好允许其“半路出家”。不像断臂的维纳斯女神塑像，这里的残缺，不具备古雅的韵味或神秘美感，只证明作者的写作缺乏恒心与连贯性。在对读者表示歉意的同时，我暗暗下了决心……既然“决心”只是“暗下”，又何必公之于众呢？

还必须说说“训练有素”，否则显得不够真诚。不同于一般游客，我对日本的历史文化毕竟有所了解，而我所关注的晚清以来中国文人在日足迹，更成了最好的导游手册。虽然此“训练”非彼“训练”，我的专业知识基本无助于我对日本的了解，但我的专业训练使得我比较容易进入“课题”。更重要的是，每当我欣赏一幅风景，或者阅读一段史迹时，不自觉地，总是以我的知识背景为参照系。至于思考问题的方向，更是受制于当下的生存处境及精神需求。尽管我是日本学的外行，也充满了儿童般的好奇心，却并非天真纯洁得如一张白纸。说到底，“前理解”决定了我的阅读策略及方向。

这种解不开的“中国情结”，使得眼前的问题与心中的困惑不断对话，往往出现旁人难以理喻的“风云突变”。说是在“阅读日本”，又好像在借日本“阅读中国”，这种视角的转移，连我自己也无法准确把握。比如，我会在小酒馆里与日本朋友脸红耳赤地辩论所谓“东方的崛起”，或者有意挑起关于知识分子历史命运的话题，甚至选择日本的剑豪与中国的侠客作为演讲题目。当时的感觉似乎是“友情出演”，事后方才明白乃“主动出击”。为何有的话题我马上插嘴，而且手舞足蹈，以求冲破隔阂；有的则老是听不懂，即便听懂了也无法进入最佳工作状态。除了语言表达能力，还有阅读趣味在作怪。

正是这种“问题意识”，决定了这半部书稿之对待日本文化，注重体味而不是批评。得知我在撰写访日观感，曾有朋友表示愿意译成日文发表，条件是“痛下针砭”，以便警醒“狂傲的日本人”。我没有采取这一策略，原因是意识到自己的阅读，受制于“中国的”而不是“日本的”问题。借用鲁迅《〈出了象牙之塔〉后记》中语，我的写作，“并非想揭邻人的缺失，来聊博国人的快意。”在我看来，每个国家的知识者，都应该首先关注并鞭责本国政治生活及精神文化的发展；学有余力，方才“负有刺探别国弱点的使命”。我对日本的阅读，带有浓厚的中国问题意识，尚停留在借日本“阅读中国”的水平，这也是我自居日本学“外行”的原因。另外，作为“旅人”，心境超然，不同于生于斯长于斯的“国民”，对异国生活及情调多取鉴赏态度。鲁迅赞赏厨川白村对本国世态人情“一一加以辛辣的攻击和无所假借的批评”，但也称：“我先前寓居日本时，春天看看上野的樱花，冬天曾往松岛去看过松树和雪，何尝觉得有著者所数说似的那些可厌事。”

自忖没有本事兼及中国与日本、大众与专家，于是有了以上种种自我辩解。这种写作策略，与当下本人的心境相通，没必要另外去“深化主题”、“转换视角”，因而显得相对轻松与洒脱，与前面提及的对优雅阅读姿态的追求大致吻合。

书名《阅读日本》，本不该冒出第四辑所录文章。与其费尽心机打圆场，不如老老实实承认：此乃不得已而为之。

虽说随笔集不同于学术专著，不一定非绕着一个题目打转不可；可没能完成预订计划，心里总不是滋味。

挑了几篇题外之文，一来充篇幅，二来也可见笔者对于“文”与“学”关系的思考。对我来说，探讨中国散文的艺术特征及发展途径，既是一个学术课题，也是一种自我训练。澹远题目的“学究气”，不至于吓跑那些更欣赏“才情”、更追求“潇洒”的朋友。

至于褒贬晚明小品、桐城文章，或者评述学者之文，并非拉大旗做虎皮，暗示自家文章“别有渊源”。我想，这点嫌疑总该可以避免的吧？

题为“结缘小集”，自然是源于周作人的《结缘豆》。像《燕京岁时记》所述的，于佛诞日“煮豆微撒以盐，邀人于路请食之以为结缘”，这种雅事如今难得一见；不过，学周氏以文代豆，与读者结缘，倒是不妨试试。

1995年6月21日于蔚秀园，7月17日改定

《书生意气》小引

大概从1984年夏秋之交负笈北上起，我就有意识地调整自己的学术思路。此前的文章多人生感慨和即兴议论，文采飞扬，但难得平正通达之论。此后试图把人生感慨和学术研究区别开来，分途发展，既写严谨的专著，也写洒脱的小品。开始只从文体考虑，认定述学、议政与抒写人生，各有各的笔墨要求，合则两伤，分则两利。对学界逞才使气或借学术发牢骚的时尚甚不以为然，追求一种平淡而不枯瘦的述学文体。至于人生感慨，则用另一种相对清新空灵的笔调处理，出而为“学术（文化）小品”。

很快地我就明白，这不只是一种文体的分途，而且是一种思维方式和生活态度的分途。专著要求“严谨”，小品希冀“洒脱”；前者纯是经师治学，后者则近乎名士清谈。在我看来，两者都可爱，两者又都留下不小的遗憾。

只当“经师”，生活未免过于刻板枯燥，无法平息内心的骚动与感情的波涛；可冒充“名士”，则大有欺世之嫌，于心不忍。古

汉语大词典出版社，1996 年

代学者于治学之余,吟咏诗词以陶冶性情,不若今日“教授”之乏味。既要适应日趋专业化的学术潮流，又想保持一种属于自己的感情体验，于是我选择了两副不同的笔墨。

当然，述学与清谈完全是两回事，思考的角度和运作的程序完全不一样。别人或许能双手同时挥毫，我则只能一段时间内集中精力做一件事情。平时只是偶尔写点短文；完成一部专著后，需要休整一阵，我才比较集中地写一批小文章。并非着意追求产量而充分利用“剩余时间和劳力”，主要目的是借此调节心境和文气。不愿过早变成书斋里的“老学究”（并无褒贬含义），希望活得更为丰富多彩，于是有了若干略带自娱意味的闲文。

自觉近年求学略有长进，不免更多流连书斋；更因借鉴学术史经验，力主政学分途，不愿“借经术文饰其政论”。可这么一来，有些人生感慨和社会思考，郁积于心，无法处置。借小品文字略为宣泄，有利于个人的“心理健康”。更重要的是，希望借此保持一种人间情怀。并非完全“躲进小楼成一统”，还想留一扇窗口，品味人生，且用适当的方式介入社会。从事社会科学研究的或许不存在这问题；而像我这样的文史学者，既要有现实思考与时代气息，又不能强古人所难，随意宰割历史。在没有找到更好的办法以前，我希望在专著中面对古人（历史），而在小品中面对今人（现实）。

作为一名人文学者，我有我欣赏文章的特殊口味。不喜欢红男绿女风花雪月的“美文”,也不喜欢剑拔弩张黑白对峙的“杂文”,而喜欢有历史感有文化味，不太甜腻也不太油滑的“随感”。反正也不想削尖脑袋挤进据说是神圣的“文学殿堂”，也就不必考虑是否符合“散文”的定义。先前有朋友将我的此类文章作为“学术小品”出版,我认了；后来又有朋友将其作为“人生小品”出版,我也认了；现在又有朋友希望将其作为“文化小品”出版，我同样没有异议。若做演讲，我也会滔滔不绝地大谈“散文”、“小品”的文类特征；轮到自家写作，我只认准此等文章“散淡而有文化意蕴”、“篇幅短小且注重个人品位”。至于别人将其命名为“阿猫”还是“阿狗”,我都无所谓——只要承认这是一些有意思且可读的“文章”就行了。

照我的年纪，本不该有太多悼亡之作。无奈年来遭逢突变，父亲与几位恩师相继谢世，猛然间记起自己“慎终追远”的责任。落笔为文，战战兢兢，生怕唐突已经永远沉默的先人。就像当年落日余晖中，面对着高昌古城而产生的那种苍凉之感与敬畏之心！其中《王瑶先生的烟斗和酒杯》一文，可以说是我和《人民日报》海外版素不相识的编辑共同完成的。当年（1990年2月）发表此文很不容易，编辑为此颇费苦心，做了若干无伤大雅的剪裁；而国外的朋友正是借此文知道我的境况，日本的学者甚至将其译为日文发表——一大半为了先生，一小半为了学生我。如今收录此半篇文章，也算是纪念一个即将逝去的时代。

每当完成一部专著，我都喜欢在书前书后写上几句话，除交代写作背景外，更往往表达人生感慨与学术追求。也就是说，此等书籍的“鞋帽”，其实也是小品文字。有几篇已收在《大书小书》中，余下的一并收录于此，或许可从一个侧面体现现代读书人的胸襟与心路历程。不过最后一篇是为我的妻子的小书作的序，只因述及“旧年人物”，颇多同好，故一并收录。

“道听途说”一辑，乃近年在各种学术会议上的发言提纲或纪要。此类文字，本“卑之无甚高论”；可正因未曾充分展开论述，更见学术思路与眼光，还有论者之志趣与性情。但愿读者能“识大体”，不至于过分指责论者之“空疏”与“狂妄”。

最后一辑根据私人信件整理而成。“飞鸿”所以斗胆“踏雪泥”，其缘起及体例俱见该辑“小引”。其中之“或言古迹形胜，或述风土人情，更有记录琐事、直抒胸臆者”，不敢说“妙笔生花”，但求真实地展露学者生涯中“不太严谨”的一面。

至于书名题为“书生意气”，似乎不合时代潮流，难免“不知今夕是何年”之讥。可我以为，正因“运交华盖”，更应自我尊贵；失落了“意气”，书生可就真的“百无一用”了。

1992 年 11 月 11 日于京西蔚秀园

《书生意气》后记

在我所有的著作中，《书生意气》的出版最为“多灾多难”。其中的是非恩怨，不足为外人道也。

不想曲学阿世，书生仍然希望能够“意气用事”。与其说是敝帚自珍，不如说是尊重历史，尊重走过来的每一个脚印。增加了若干近年的文章，至于旧作，则仍保持原来的面貌，不作任何改动。

以读书写作为生，其中的酸甜苦辣，除了压在纸背溶入墨汁，便是借“书前书后”来表达。此类闲话，或许不入高人眼，在我自己却是生死攸关。将已出各书的序跋汇为一辑，大体可见近十年的所思与所感。相对来说，“书前”正经些，必须扣紧题目，且弹无虚发；不若“书后”多交代琐事，流露心境，可以随意挥洒。对于既有序也有跋者，可想而知，我选择的是后者。

此书编成在前，故《学者的人间情怀》（珠海出版社，1995）一书《序言》，因其自《书生意气》引录若干文章而向读者表示歉意。如今既然“起了个大早，赶了个晚集”，自是应该删去重复部分。只是《学术史研究随想》和《学者的人间情怀》二文，发表时引起较大争议，且与上下各篇关系密切，故仍破例予以保留。

1996年2月28日于北大蔚秀园

《陈平原小说史论集》题记

承蒙出版社厚爱，将我历年所撰小说史论汇集出版，高兴之余，不无惶恐。因为这既是极大的诱惑，也包含着难以跨越的陷阱。前些年出版的书早已售罄，能修订再版自是好事；况且，还可借此检阅自己的足迹，并确定重新出发的策略。只是本来学术起点不高，加上生性愚钝，步履蹒跚，一旦“结账”，原本存在的缺陷将暴露无遗。

没有采取“悔其少作”的高姿态，并非志得意满，而是不敢预言日后将有更大的成就。剔除了其他专题的论述，十五年间所撰小说史论，基本收录在此。各文只作技术性处理，未曾改头换面，也无法点石成金。

论集所收六书，中间四种一如原貌，前后两种变动较大，需略作交代。前者删去四篇题旨相异者，补充进来的三文，取自同期出版的《书里书外》。题目依旧，风景颇殊，原先的“自序”因而显得不太贴切。后者是从我即将出版或仍在写作的三本书中，

河北人民出版社，1997 年

抽取若干与小说论述相关者集合而成；本就不是独立完整的著述，书题也就只好大而无当。

近年学术兴趣有所转移，但小说史学仍是我最为关注的领域之一。随时准备重上梁山，故着眼于问题意识与发凡起例，并不追求著述的圆满或自足。在我看来，学术研究中“单刀直入”造成的“残缺不全”的遗憾，或许更适合于召唤知音与对话者——我盼望着真正的“朋友”，也期待着真正的“敌人”。

1996 年 6 月 20 日于京西蔚秀园

四十而惑

——《陈平原自选集》代序

平日喜欢为自己写的书做序，因那好歹证明又完成了一件工作，不妨海阔天空地神游一通。编学术自选集可就不一样了，总得说说自己的学术经历什么的。这可就有点为难了，不能瞎吹，也不能乱贬。说得太差，有负出版社和读者的雅意；说得太好，又实在没有那么厚的脸皮。思前想后，不如撇开具体评价，单说治学的甘苦。

那天有位女记者来访，说了一句我很不爱听的话。已经习惯“青年学者”的称呼，突然间发现被人家当作“中年学者”的代表，心理上实在无法接受。在我的“抗议”下，女记者只好同意修改文稿。事后想想，是我不对。人家已经请教过有关专家，四十岁该不该算青年？据说答案是否定的。幸亏她的提醒，我才猛然间明白自己的处境。即使按照中国已经相当宽厚的年龄划分，我也不好意思再“青年”下去了。只好学张爱玲小说，作一个美丽而苍凉的手势，永远告别那尚未真正呈现的“青春”。

人活在世间，总有遗憾。作为学者，这种遗憾尤其明显。回首往事，你会发现走了那么多的弯路，并感叹所花精力与所获成就太不成比例。因此，我不大愿意算总账，只希望解决一个个的具体问题。可毕竟编“自选集”是第一回，而且“四十岁”也是个惊心动魄的符号，只好破例从头道来。

不谈具体学问，就“读书”以及“时间”而言，我受孔夫子和鲁迅的影响甚深。不敢自认私淑弟子，也不想承继什么曲里拐弯的“学统”，只是小时候半懂不懂记下来的话，长大了越琢磨越有道理，颇有“终生受用”的意味。

第一句自然是关于读书的。父母都是教师，从小就让背《论语》中这段名言：“吾十有五而志于学，三十而立，四十而不惑，五十而知天命，六十而耳顺，七十而从心所欲，不逾矩。”那时年幼无知，颇以比孔夫子还早地“志于学”而自豪。后读《大戴礼记》、《白虎通义》，方才明白古人八岁学书计，十五入大学的通例。

今人不学礼，所谓“三十而立”也就只好落空了。不过三十岁那年，我刚好北上求学，算是个人学术生命中的重要转折点。车过黄河时，曾下决心好好思考这“三十功名尘与土，八千里路云和月”。可一进燕园，就被各种各样的新鲜事吸引住了，根本没时间算那陈年老账。现在想来很可惜。有些感觉，当时没有记下来，时过境迁，再也无法追忆。山村里昏黄的灯光，深夜中遥远的木屐声，以及盼望雨季来临以便躲在家中读书的情景，至今仍不时闯入梦境。这些对我极为重要的人生体验，全都压在一脸严肃的学术论著的纸背，不为读者所感知。

作为恢复高考后招收的第一届大学生，77级有它的光荣，也有它的苦恼。图书教材、课程设置、学术氛围等，大都不如人意。后人很难想象，我们学了一年的文艺理论课程，竟是以《在延安文艺座谈会上的讲话》为中心。同学不满，可教师的辩解也很有力：谁说毛泽东文艺思想不是文艺理论？幸亏有那么多好玩的事，方才足以弥补“文革”刚结束大学校园里百废待举的缺陷。比如，半夜里到书店门口排长队等待《安娜·卡列尼娜》、大白天在闹市区高声叫卖自己编印的文学刊物《红豆》、吃狗肉煲时为约翰·克利斯朵夫的命运争得更加“脸红耳赤”……所有这些只能属于我们这代人的小情景，回忆起来还挺温馨的。很想收录一篇大学时代的文章以作纪念，犹豫再三，还是没有这个胆量。

当初踏出中学校门、走向“广阔天地”时，我说了一句“豪言壮语”：十年后见！那时只是不认命，以为能凭自己的努力回到我所喜欢的书桌。其实，“谋事在人，成事在天”，没有高考制度的恢复，我大概只能像大寨人那样，永远地“站在虎头山，胸怀全世界”了。年轻时对时间很慷慨，一出口便是“十年”。哪曾想到，人生其实没有几个可以“潇洒走一回”的十年！走进大学校园，

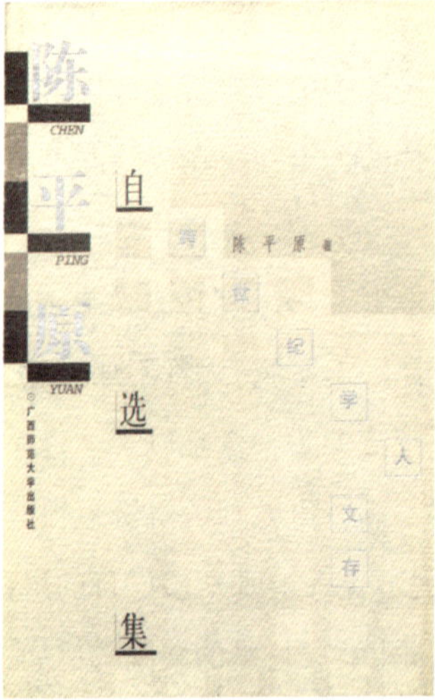

广西师范大学出版社，1997 年

感觉上就像搭上了末班车，丝毫不敢怠慢。紧赶慢赶，总算是抢回了点时间。收在集子里的头两篇文章（《鲁迅的〈故事新编〉与布莱希特的“史诗戏剧”》和《论苏曼殊、许地山小说的宗教色彩》），是硕士生阶段的习作。它具有某种象征意义：我终于找到了自己的书桌。“十年辛苦不寻常”，也就留下这么一点记忆。除了证明自己缺乏天赋外，也隐隐透出我们这代人治学的艰难：从洗掉腿上的泥巴，到坐稳校园里的冷板凳，路长着呢。

赶巧了，北上求学，至今正好十年。表面上，这十年我很顺利：可静夜沉思，总觉得心虚，真的“如履薄冰”。偶尔与人道及，得到的安慰是：古人早有言在先，学而后知不足。这么说来反而是好事？我不信。意识到自己在治学方面“先天不足，后天失调”，才是“心虚”的症结所在。既然如此，也就不好意思絮絮叨叨地推销自己的学术观点。

这种“心虚”，还有一个原因，那就是出于对“时间”的恐惧。“十年”就这么从自己的手指缝溜走了，而且无声无息！再也没有少年时的慷慨与豪迈，每念及“子在川上曰：‘逝者如斯夫，不舍昼夜’”，总有一种苍凉的历史感。我不相信荀子和董仲舒关于这段话的解说，什么“似道”、“似德”、“似义”、“似勇”，未免太理智了。我只是将其作为关于“时间”的千古感叹来解读。

面对“生有涯而知无涯”这一永恒的矛盾，我的策略来自鲁迅的《过客》。不管前面是坟场，还是鲜花，既然“还有声音常在前面催促我，叫唤我，使我息不下”，那我就只好往前走。

记得头一次翻开新版《鲁迅全集》，就被“开篇”吸引住了，这得归功于编者的技术处理。《〈坟〉题记》写于1926年，假如编全集时按文章写作时间或著作出版顺序收录，它都不可能排在第一位（比如1958年版便以《呐喊》打头）。若如是，真不知道我还会不会被如下这段话所深深震撼：

虽然明知道过去已经过去，神魂是无法追蹑的，但总不能那么决绝，还想将糟粕收敛起来，造成一座小小的新坟，

> 一面是埋藏，一面也是留恋。

鲁迅将早年文章集为《坟》，除“埋藏”兼“留恋”外，也给敌人的好世界“多留一些缺陷”——这个意思在《写在〈坟〉后面》中得到更充分的发挥。我的文章不属于社会批评，也没有那么强烈的战斗性，这后一层意思自然不好妄加比附。何况，我欣赏“坟”这个意象，并不限于出书编集子，而是希望在日常生活中不断地“埋藏”自己的过去，当然也不无“留恋”。在我看来，不会反省，则无所谓“埋藏”；没有“埋藏”，则很难再往前走；毫无“留恋”，则又未免过于乐观——焉知将来一定超过现在？

在《小说史：理论与实践》的《小引》中，我曾这样解释自己治学时某种程度的跳跃性：

> 一方面是自觉学术尚未成熟，总想多试试几套拳路几种枪法，不愿就此摆摊卖药；另一方面也因天性好强，老跟自己过不去，总觉得还能往前挪半步，不想就此打住。

似乎没有过“雄心壮志冲云天”的时候，不过就喜欢这么一点点的“自我超越”。我承认，这里有刻意制造“新坟”的诱惑，也有无法安营扎寨打硬仗的危险。对一个学者来说，不断地自我反省，未必都是好事。

但愿有一天，我能对自己的研究方向与学术成果充满自信。那时如果再有编选集谈治学的机会，肯定比现在轻松愉快得多。

附带说一句，文章分四个专题，前三辑（“二十世纪中国文学研究”、“小说学研究”和“学术史研究”）按发表时间排列，既表明我的研究范围，也显示我学术兴趣的转移。第四辑“人文关怀”，限于体例只收近作，但不等于说此前就“两耳不闻窗外事”。

1994 年 11 月 9 日于京西蔚秀园

《漫卷诗书》自序

儿时读杜诗，未能领略其博大精深沉郁顿挫，因而，飘浮在脑海里的意象，多倾向于清新明丽者。比如，时常涌上心头的“白日放歌须纵酒，青春作伴好还乡”，便不是典型的老杜诗风。吟诵这首《闻官军收河南河北》，更令我神往的，还是那“剑外忽传收蓟北”后的“漫卷诗书喜欲狂”。

一直将“漫卷”理解为无心而任意地前后翻卷，上大学后方被告知，为呼应下文的“好还乡”，应解为“胡乱地收卷起来”。不知为什么，我不喜欢这种过于理性化的解说。在我看来，“漫卷”一句，乃独立的意象。平日里正襟危坐、手不释卷的读书人，竟然漫无目的地胡乱翻卷着手中的图书，不正是心情极不平静（或曰“喜欲狂”）的表现吗？

之所以如此书呆气，非要分辨什么“收卷”与“翻卷”，就因为实在喜欢“漫卷诗书喜欲狂”之风神潇洒，不忍心将其“工具化”。倘若只是旅人远行前的收拾行装，不至于千载之下仍让我辈书生

浙江人民出版社，1997 年

心驰神往。作为一种生活姿态，“漫卷诗书”可以有多种诠释方案：既可解读为无心向学、不求甚解、附庸风雅；也可以是深入堂奥故脱略形骸，才气纵横故不守规矩，人书一体故无暇外求。后者作为一种理想的读书境界，只能心向往之。退而求其次，毋论功名、不计得失、自得其乐的“阅读”，似乎也可用“漫卷诗书”来描述。在这里，“漫卷诗书”之于“喜欲狂”，已由“外在特征”转为“实现途径”。即，读书人因“漫卷诗书”，而获得了“喜欲狂”的满足感。

如此发挥老杜诗句，明显地远考据而近随笔。“诗书”而至于“漫卷”，本就更适合于“好读书，不求甚解”，与专家学者之“钻牛角尖”

大相径庭。我很喜欢周氏兄弟的《随便翻翻》和《入厕读书》，坚信那是相当优雅的读书方法。可“大言”容易“欺世”，单是凭趣味“随便翻翻”，最多只能谈谈“我的杂学”，成就不了周氏兄弟的名山事业。撇开专业著述，只讲阅读姿态，“漫卷诗书”方才值得世人羡慕。

与“漫卷诗书”最为相称的文体，古有题跋，今有书话。在我看来，几乎每个“书痴”，都天生具备写作题跋或书话的才情。明明是书斋夜话、风雨闲谈，为何不提“学识”，而专说“才情”？道理很简单，好的书话，就像叶圣陶赞赏唐弢的《书话》时所说的，“每一篇都是十分漂亮的散文”。作为一种与古今贤达东西圣哲“对话”的特殊文体，书话很容易因“借景”而虚实相生，变幻莫测。善于腾挪趋避的书话作家，其学养与见识，往往得到“超水平”的发挥。更何况，还可以从“书里”谈到“书外”，引入大千世界、纷纭人生。正因有此便利，“书话”往往成为兼修文史者“驰骋才情”的疆场。

不经意间，我也在专业著述之余，出版了五册小书；细细寻绎，书话竟然居其半。十年笔耕，最大的收获，莫过于借此保持温润的心境。至于具体的写作策略，则不妨套用几组自家文章或书籍的标题：注重“学者的人间情怀”，故无论是“逛书摊”，还是“漫说文化”，都力图沟通“书里书外”，兼及“大书小书”；从琐琐碎碎的“京华买书记”，到点点滴滴的“江南访书录”、“东京读书志”，于己乃是发抒“书生意气”，对人则自称“结缘小集”。

只讲“结缘”,不论“经世”,并非故作谦虚。书话易学而难精,写作者如鱼饮水,冷暖自知。当初未曾卑视,如今也不想高自标榜。唯一想说的是:读大书写小书,文章方能大气。这里的“大书”,指的是各种厚实笨重且无关风雅的专业著述。此说自是针对时下小品文家之“心无旁骛”、“读写合一”,我对这种近乎“自我繁殖”的生产方式不无疑虑。

当初,为了第一本小书的出版,我专门撰写《杂谈书话》一文,无非想表明志趣,并悬一高的。十年一觉,轮到为自家的书话集(选自已刊随笔五种)作序,本该有点总结性的发言,没想到依然是“心向往之”之类的老话,惭愧之至。

1996年12月25日于京西蔚秀园

《游心与游目》小引

诵读魏晋诗文，如山阴道上行，清言隽语，应接不暇。其中，最令我心驰神往的，当属嵇叔夜的“游心”与王逸少的“游目”。

以“师心使气”著称的嵇康，其《赠秀才入军》诗云：“目送归鸿，手挥五弦。俯仰自得，游心太玄。嘉彼钓叟，得鱼忘筌。郢人逝矣，谁与尽言。”私心以为，此种境界，方当得上“高情远趣”四字。一般读书人所能领略与摹仿的，更接近于《庄子·骈拇》所称的“游心于坚白同异之间”。即选择某一学科、某一课题，潜心钻研，刻苦攻读。史家赞赏好学之士，常用“游意典谟”、“游神经书”之类的评语，取的自是后一种“游心”。至于“目送归鸿，手挥五弦”状态下之“游心”，除了浮想与沉思，更多几分雍容与嬉戏。

王羲之的《兰亭集序》，不曾收入《昭明文选》，可也照样千古传诵。“是日也，天朗气清，惠风和畅，仰观宇宙之大，俯察品类之盛，所以游目骋怀，足以极视听之娱，信可乐也。”寥寥数语，写尽曲水流觞之幽情雅致，千百年来，为无数骚人墨客所“抄袭”或“化用”。不同于屈原忧愤已极、寄托遥深的“忽反顾以游目兮，将往观乎四方”（《离骚》），风流儒雅的王逸少，其“游目”，主要是为了“骋怀”。魏晋以降，喜欢“游目”之中国文人，多取王君姿态：登临山水，亲近自然，借以发抒性情。

倘若追求读书成效，“所居虽有园，三年不游目”（司马光《独乐园七咏·读书堂》），自是最值得称颂。可要讲涵养性情，开阔胸襟，“游目”之于读书人，实不可或缺。朱熹教人读书，讲究心到、眼到、口到：“三到之中，心到最急。心既到矣，眼口岂不到乎？”（《训学斋规·读书写文字》）只讲读书，“心到”当然最为要紧；不过，人生百态，世事浮沉，非“读书”二字所能穷尽。“眼到”仍有其独立价值。对沉湎于“信息高速公路”的新一代学人来说，“秀才不出门”，确实可以“尽知天下事”。所谓“江山之助”，针对的主要是“情志”，而非具体的专业知识。比起“读万卷书，行万里路”这样的外在指标，我更欣赏强调阅读心态的“游目”。春花秋月，残垣断壁，有心人均能读出无限情致，不一定非浪迹天涯不可。

嵇之玄远、王之飘逸，今人均可望而不可及。未能追踪蹑迹，只好退而求其次：借“游心”转变阅读姿态，拓展思考范围；借“游目”延长阅读视线，培植温润心境。比起专业著述，随笔的写作，似乎比较容易接近此理想的读书境界。这也是我借用嵇、王诗文，来解说自家随笔集的原因。但愿“心向往之”的表述，不至于被误读为“拉大旗，做虎皮”。

从 1987 年起，在专业著述之余，我撰写了若干近乎自娱的短文。十年间，竟辑成了五册小书，真应了“无心插柳柳成阴”的老话。如今，剔除有关书话部分，将倾向于“游心”与“游目”者汇成一编，呈送给读者。既是“选集”，谈不上“领异标新二月花”，最多也只能做到“删繁就简三秋树”。与此相适应，略为摘抄各书的前言、后记，以见“我的随笔观”。

出版于 1988 年的《书里书外》，是我的第一本小书，文体接近古人的题跋与今人的书话，故《后记》中自称：“既谈书里，又谈书外，或者借书里谈书外。”作为学者，整日与书本打交道，从书话起步是再自然不过的了。1992 年出版的《大书小书》，开始更多地关注书外的世界。这种“借小书读大书”的写作策略，《后记》中称为“打开书斋小窗，保持人间情怀”。同年初冬，我为那“多灾多难”的《书生意气》撰写《小引》，述及同时发展两种笔墨的设想：

专著要求“严谨”，小品希冀“洒脱”；前者纯是经师治学，后者则近乎名士清谈。在我看来，两者都可爱，两者又都留下不小的遗憾。只当“经师”，生活未免过于刻板枯燥，无法平息内心的骚动与感情的波涛；可冒充“名士”，则大有

> 欺世之嫌，于心不忍。古代学者于治学之余，吟咏诗词以陶冶性情，不若今日“教授”之乏味。既要适应日趋专业化的学术潮流，又想保持一种属于自己的生命体验，于是我选择了两副不同的笔墨。

1995年春，在《学者的人间情怀·自序》中，除再次表达类似想法外，更略为交代了写作的甘苦：

> 作为学者，当然主要以专精的学术著述贡献于社会；撰写文化评论，在我，主要是保持“人间情怀”的特殊途径。并非鄙薄此类文章，而是深知其中甘苦。一般说来，专门著述需要含英咀华、沉潜数载，发言时心里大致有谱。反而是此类不吐不快、一挥而就的短文容易“露馅”，故实在不敢掉以轻心。

同文提及的“自我边缘化”选择，以及对学术研究中“个体性”的强调，都决定了我“必然注重著述之外的生命体验”。即便如此，与诗人的生花妙笔、天马行空，仍保持明显的距离。

去年秋天，《阅读日本》出版，封面上那句带广告意味的“妙语”，颇得友人的好评：

四川人民出版社，1997 年

> 在一个恰当的时空，碰到一个契合你心境及趣味的阅读对象，而且你有足够的时间及知识准备来仔细品尝，这样的机遇并不常有。

此语虽出自我撰写的《后记》，邀请其“脱颖而出”的，却是丛书的编者。机遇难得，写作过程也相当愉快，可真能体现“优雅的阅读”与“洒脱的心境”者，依然寥若晨星。至此，方才明白“走近随笔”之不易。

作者的自述，大都是一厢情愿，想得到、说得出的，未必真能做得到。因此，读者尽可“姑妄听之”。既然如此，也就不必多有顾忌，干脆和盘托出我心目中不同于“小品”、“散文”，接近于“语丝文体”的“学术随笔”。

去年夏天，应朋友的邀请，为其主编的“学者随笔”丛书作序，大致讲了如下三句话：“有学问而不囿于学问，能文章而不限于文章”；“以学识为根基，以阅历、心境为两翼，再配上适宜的文笔，迹浅而意深，言近而旨远”；“在知性与感性、思想与情怀、文学与学术、厚重与轻灵之间，保持一种‘必要的张力’。”

这自然不是正宗的essay，与宋人洪迈“意之所之，随即纪录”的《容斋随笔》也颇有差异。经过周氏兄弟等现代作家/学者的努力，融合古与今、东与西、文与学、情与理的“文章”，完全有可能发展出众多笔墨包括我所欣赏的兼及“游目”与“游心”的“学术随笔”。

1997年1月19日于京西蔚秀园

漫说“漫说文化”——《漫说文化》代序

据说，分专题编散文集我们是始作俑者，而且这一思路目前颇能为读者接受，这才真叫“无心插柳柳成阴”。当初编这套丛书时，考虑的是我们自己的趣味，能否畅销是出版社的事，我们不管。并非故示清高或推卸责任，因为这对我们来说纯属“玩票”，不靠它赚名声，也不靠它发财，说来好玩，最初的设想只是希望有一套文章好读、装帧好看的小书，可以送朋友，也可以搁在书架上。如今书出得很多，可真叫人看一眼就喜欢，愿把它放在自己的书架上随时欣赏把玩的却极少。好文章难得，不敢说“野无遗贤”，也不敢说入选者皆“字字珠玑”，只能说我们选得相当认真，也大致体现了我们对20世纪中国散文的某些想法。“选家”之事，说难就难，说易就易，这点如鱼饮水，冷暖自知。

记得那是1988年春天，人民文学出版社约我编林语堂散文集。此前我写过几篇关于林氏的研究文章，编起来很容易，可就是没兴致。偶然说起我们对20世纪中国散文的看法，以及分专题编一套小书的设想,没想到出版社很欣赏。这样,1988 年暑假,钱理群、黄子平和我三人,又重新合作,大热天闷在老钱那间十平方米的小屋里读书,先拟定体例,划分专题,再分头选文;读到出乎意料的好文章,当即“奇文共欣赏”;不过也淘汰了大批徒有虚名的“名作”。开始以为遍地黄金,捡不胜捡;可沙里淘金一番,才知道好文章实在并不多,每个专题才选了那么几万字,根本不够原定的字数。开学以后又泡图书馆,又翻旧期刊,到 1989 年春天才初步编好。接着就是撰写各书的前言,不想随意敷衍几句,希望能体现我们的趣味和追求,而这又是颇费斟酌的事。一开始是“玩票”,越做越认真,变成撰写 20 世纪中国散文史的准备工作。只是因为突然的变故,这套小书的诞生小有周折。

对于我们三人来说,这迟到的礼物,最大的意义是纪念当初那愉快的学术对话。就为了编这几本小书,居然“大动干戈”,脸红耳赤了好几回,实在不够洒脱。现在回想起来,确实有点好笑。总有人问,你们三个弄了大半天,就编了这几本小书,值得吗?我也说不清。似乎做学问有时也得讲兴致,不能老是计算“成本”和“利润”。唯一有点遗憾的是,书出得不如以前想象的那么好看。

这套小书最表面的特征是选文广泛和突出文化意味,而其根基则是我们对“散文”的独特理解。从章太炎、梁启超一直选到汪曾祺、贾平凹,这自然是与我们提出的“20 世纪中国文学”概念密切相关。之所以选入部分清末民初半文半白、甚至纯粹文言

湖南教育出版社，1997 年

的文章，目的是借此凸显 20 世纪中国散文与传统散文的联系。鲁迅说五四文学发展中“散文小品的成功，几乎在小说戏曲和诗歌之上”(《小品文的危机》)，原因大概是散文小品稳中求变，守旧出新，更多得到传统文学的滋养。周作人突出明末公安派文学与新文学的精神联系(《杂拌儿跋》和《中国新文学的源流》)，反对将五四文学视为欧美文学的移植，这点很有见地。但如以散文为例，单讲输入的速写（sketch）、随笔（essay）和“阜利通”（feuilleton）固然不够，再搭上明末小品的影响也还不够；魏晋的清谈，唐末的杂文，宋人的语录，还有唐宋八大家乃至“桐城谬种选学妖孽”，都曾在本世纪的中国散文中产生过遥远而深沉的回音。

面对这一古老而又生机勃勃的文体，学者们似乎有点手足无措。“五四”时抬出“美文”的概念，目的是想证明用白话文也能写出好文章。可“美文”概念很容易被理解为只能写景和抒情；虽然由于鲁迅杂文的成就，政治批评和文学批评的短文，也被划入散文的范围，却总归不是嫡系。世人心目中的散文，似乎只能是风花雪月加上悲欢离合，还有一连串莫名其妙的比喻和形容词，甜得发腻，或者借用徐志摩的话：“浓得化不开。”至于学者式重知识重趣味的疏淡的闲话，有点苦涩，有点清幽，虽不大容易为入世未深的青年所欣赏，却更得中国古代散文的神韵。不只是逃避过分华丽的辞藻，也不只是落笔时的自然大方，这种雅致与潇洒，更多的是一种心态、一种学养、一种无以名之但确能体会到的“文化味”。比起小说、诗歌、戏剧来，散文更讲浑然天成，更难造假与敷衍，更依赖于作者的才情、悟性与意趣——因其“技术性”不强，很容易写，但很难写好，这是一种“看似容易成却难”的文体。

选择一批有文化意味而又妙趣横生的散文分专题汇编成册，一方面是让读者体会到“文化”不仅凝聚在高文典册上，而且渗透在日常生活中，落实在为你所熟悉的一种情感、一种心态、一种习俗、一种生活方式；另一方面则是希望借此改变世人对散文的偏见。让读者自己品味这些很少“写景”也不怎么“抒情”的“闲话”，远比给出一个我们自认为准确的“散文”定义更有价值。

当然，这只是对20世纪中国散文的一种读法，完全可以有另外的眼光另外的读法。在很多场合，沉默本身比开口更有力量，空白也比文字更能说明问题。细心的读者不难发现我们淘汰了不少名家名作，这可能会引起不少人的好奇或愤怒。无意故作惊人之语，只不过忠实于自己的眼光和趣味，再加上“漫说文化”这一特殊视角。不敢保证好文章都能入选，只是入选者必须是好文章，因为这毕竟不是以艺术成就高低为唯一取舍标准的散文选。希望读者能接受这有个性、有锋芒，因而也就可能有偏见的“漫说文化”。

1992年9月8日于北大

十年一觉——《漫说文化》前言

一场秋雨，一层凉意。东京大学校园里的银杏叶开始飘落，进校门便是一地金黄。如果恰逢正午的太阳，景色更为壮观。报载北京前两天下雪,想来北大校园里的银杏早已凋零。银杏有大小，一地金黄的时间也有先后，可两座校园确有不少相似之处，难怪刚来时老有梦里曾相见之感。

客居异国，不免思乡。忽忆起杜牧诗句：“十年一觉扬州梦，赢得青楼薄幸名。”并无牧之之才气和艳遇，也难得“烟花三月下扬州”，只是凭空觉得“十年一觉”四字惊心动魄。

屈指算来，从我第一次到北大寻梦，到今秋东渡访学，刚好十年。人生能有几个“十年”？更何况适逢从“而立”走向“不惑”！倘若不是此次偶然的出游，造成一种时空的距离和陌生化效果，或许不会如此清醒地“追忆逝水年华”，也不会如此真切地感受到十载燕园梦的飘逝。

就好像秋风注定扫落叶一样，一旦意识到梦境的存在，也就意味着其即将隐去。明年秋天还会重见北大银杏的辉煌，可那已经是新一轮生命的开始。每念及此，不无伤感。即使人生真的如戏，可以重排一场，大概也不会有什么奇迹出现。但静夜凝思，仍然无法平静地接受十载燕园梦已经永远飘逝这一事实。

这自然只是一种“凡人的悲哀”。既不能“知天命”，也就没必要故作达观。趁着梦境还未完全消失，不时重温一下“过去的好时光”——其实，过去的时光未必真的那么美好，只不过一去不复返的东西总是让人牵肠挂肚。

十载燕园梦，自是以读书为主。在《我的读书生活》中曾分析四种类型的学友，论及“学友间各有所长，见识大致相当（学术观点不同无所谓），或合作，或竞争，谁也不欠谁，谁也离不开谁”的“互补型”时，举的例证便是在北大时与钱、黄二兄的合作。

这段描述只是举例说明，不免略去“前因后果”。说起“燕园雅集”，主要应归功于钱、黄二兄。不只是当年我见识无多，聊天时多带耳朵少带口；更因我之进北大，全靠二位“提携”。

1983年初春，我第一次坐上北行的列车。那时并没打定主意进北大，只是觉得北京的初春很有魅力：刚来时万木萧疏，才几天工夫，路边的柳树便日新“夜”异，迎春花也不甘寂寞起来，一切都显得那么生机勃勃。相形之下，南国的四季常青反而乏味。当然，北京令人心醉的，还有琉璃厂的古书和故宫的红墙绿瓦。

这年的深秋，我第二次跨长江过黄河，目的是为毕业后进京工作探路。当时联系的单位是中国社科院文学研究所。进燕园拜会子平兄时，被劝知“一定得见见老钱”，在“钱老师”那间十平方米的小屋里聊了一个下午，临别时呈上我刚完成的《论苏曼殊、许地山小说的宗教色彩》。据说当天晚上十点多，读过文章后，老钱就急匆匆地跑到勺园，找子平商量如何劝我转投北大。

事后，老钱真的说服王瑶先生出面，要求北大破例接纳我这中山大学的毕业生。功亏一篑后，王先生又毅然决定把我收为他的第一个（也是北大中文系第一个）博士研究生。如果不是子平兄的热心引见，老钱大概不会如此认真阅读我的文章；而不是老钱极力推荐，我也难得闯进这已经颇为拥挤的燕园。

为了使我的学术风格更能为北大教授们所接受，老钱多次来信指导；再加上另一位朋友朱晓进帮助打听有关考试的各种具体事宜，那阵子我每周总有一两封北大来信。同学间纷纷传说我在京有位女友，老师们也有所风闻，都说我急于离穗“可以理解”。于是，我提前半年通过硕士论文答辩（那一届硕士生各校自行规定学制，北大两年半，中大则三年），收拾行装，便进京赶考来了。

正式拜在王瑶先生门下念书，“钱老师”便成了我的“师兄”。遵师兄之命，改口称“老钱”——这样聊天时方才无拘无束。那时我初闯燕园，人地生疏，钱、黄二家便成了主要聊天场所。唯一不同的是，到子平家聊天还能“蹭饭吃”，张玫珊烧菜手艺甚佳；而老钱的夫人不在身边，面对“永远的煮面条”，还不如到食堂打饭。开始是两人两人聊，后来发展到三人一起聊，且越聊越专业化，居然聊出个“20世纪中国文学”的命题来。

这命题最早是老钱提出来的，就专业知识而言，他远比子平和我丰富。1985年春天在万寿寺召开的现代文学创新座谈会上，是我代表三人就此设想作了专题发言；此后整理成文公开发表，又是由子平执笔。可熟悉我们学术背景和研究思路的朋友都知道，躲在幕后的老钱才是这“三人谈”的核心。有趣的是，我们三人虽说都是“文革”后北大培养的研究生，可年龄相差很大（老钱大学毕业那年我刚进小学）。就因为联名发表文章，统统成了“青年评论家”，老钱平白无故地被“降了一级”。好在他颇有童心，不以为“耻”，还以为“荣”。

就在“20世纪中国文学”这一命题走红时，不少出版社前来约稿，希望就此设想撰专著。不是完全不动心，也曾有过大致的规划，可很快发现自身根基不稳，不想仓促上阵。于是激流勇退，写我们各自的专著去了。

不想一年后，老钱又“卷土重来”。这回说是缩小战线，就弄20世纪中国小说史。而且人多势众，开会时一本正经，还得准备发言提纲，不像以前聊天那么洒脱了。忙了两年，我负责的部分终于完成了，还颇获好评。只是第二卷以下千呼万唤至今未出台，大有虎头蛇尾之嫌。除有客观环境的制约，更重要的是，诸君都有较强的学术个性，在一起交谈很愉快，合作起来却不容易，尤其是希望写成一部“有整体感”的著作时更是如此。

最后一次的“三人行”，倒是我牵的头。1988年春天，人民文学出版社约我编林语堂散文集，我谢绝了。无意中提起分专题从文化角度编选20世纪中国散文，倒得到了出版社的支持。大热天，三人又挤在老钱那间堆满书籍的小屋里“集体读书”。忙了一个暑假，总算有了初步的眉目。一开始只是希望得到一套文章可读且印刷精美的小书，做下去便变成了撰写20世纪中国散文史的准备。相约认真写好各书的序言，为日后的研究留几个足迹，埋几根桩。

这套小书的选编经过及理论眼光，在《漫说“漫说文化”》一文中已有说明。需要补充的是，由于客观形势的变化，使得后五本书险些难产。等到出版社表示愿意继续出版时，子平兄正打点行装准备远游。原先由他承担的《生生死死》和《神神鬼鬼》，便转到我头上。虽说尽了最大努力，仍有点心虚：倘若由子平编选并作序，或许更精彩。值得庆慰的是，这第三次合作没有中途鸣金，十本小书好歹也算“战利品”。

子平走后，我和老钱仍常在一起聊天，可就没了当年一聊就聊出个学术课题的豪兴。或许，那种“侃大山”式的学术聊天，本就只能属于80年代。除了心境及学术思路变化外，还有一个潜在的因素：“二人转”不如“三人谈”能激发灵感。前者往往是谈拢了容易趋同，谈崩了无法回旋。有了第三者的存在，谈话的格局便变幻莫测，像万花筒一样有无数种组合方式，远不只是“合纵”或“连横”。

真不知日后三人重逢，是否还会像以前那样，为了某个学术观点争得脸红脖子粗。记得老钱一激动就提高嗓门，被戏称“余音绕梁三日不绝”；子平擅长以柔克刚，你越着急他越慢条斯理地酝酿他的“警句”；我则老是事后诸葛亮，关键时刻笨嘴拙舌的。

有这么三回学友间的“如切如磋，如琢如磨”作点缀，更有那么几本小书作为“同学一场”的纪念，十载燕园梦因而显得不太苍白，也不太凄清。

人生在世，大概总免不了有“十年一觉”的感慨；我能把这声“感叹”埋在未名湖边，也算是一种幸运。

1993年12月6日于东京白金台，时烟雨溟濛，窗外枫叶凄艳欲绝

《中国现代学术之建立》后记

在我有限的撰述中，本书的写作，最为艰难曲折。从 1991 年的暮春时节落笔，到此回酷暑中勉强收工，行程竟六年有半。中间虽也穿插别的课题，但关于中国现代学术史的思考，始终没有停止过。最好的证据，莫过于六年间以“现代学术史研究”为题，在北大讲了三轮专题课。

尽管没有怎么偷懒，写作速度还是如此之慢。难度大是一个原因，学识少也不敢否认。除此之外，写作中，之所以不时停下来自我反省，很大程度是实践当初的诺言：将学术史作为一项研究课题，更作为一种自我训练。唯一值得自慰的是，本书的写作，尚属认真，努力在理解与超越、温情与冷峻之间，保持某种“必要的张力”。

本书的完成，与《学人》集刊的出版息息相关。这不单是指书中不少章节，曾以论文形式刊发在此集刊上；更重要的是，《学人》诸同人对于学术史的共同兴趣，对我形成巨大的压力与无声

北京大学出版社，1998 年

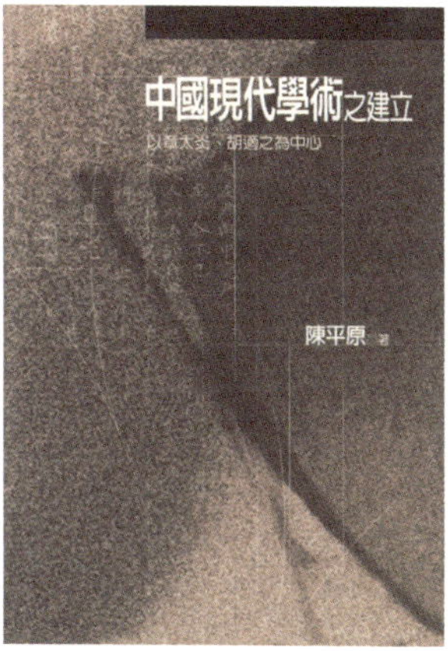

台北：麦田出版，2000 年

北京大学出版社，2010 年

的催促，使本课题不至于半途而废。因此，我特别感激资助《学人》出版的日本朋友，以及江苏文艺出版社的鼎力支持。

在本书的写作过程中，我曾有机会作为日本学术振兴会访问学人，在东京大学和京都大学从事研究，得到藤井省三、尾崎文昭、伊藤虎丸、丸山昇、丸尾常喜、芦田肇、渡边浩、平田昌司、中岛长文、中岛碧等诸位先生的热心帮助与指引，使我得以从容读书，并对学术思路作了某些调整。

北京大学出版社一如既往，热情地接纳我的著述，张凤珠女士则是第六次成为拙作的责任编辑，二者同样令我感动。

最后，本书的写作，得到国家教委科研基金的资助，特此致谢。

1997 年 8 月 29 日于西三旗寓所

不是后记

——关于《中华文化通志·散文小说志》的写作

三年前，也是天寒地冻的元月，就在西山脚下的一处院落，与“中华文化通志”编委会签了合同，正式成为“艺文典·散文小说志”的撰稿人。明知合同不好随便签，之所以如此“斗胆”，一半为那笔数目不小的研究经费所诱惑，一半则是因题目很合我的口味。

“诱惑”不必说，尤其是在“君子固穷”的年代。值得一提的是，对于我来说，承接这一课题，确实颇具“挑战性”。研究中国小说十年，自认颇有心得；可贯通古今，这还是第一次。至于中国散文，更是基本处在“业余爱好”阶段，只有若干粗疏的设想。实际操作起来，方才明白，未免低估了此举的难度。或者说，高估了自己的能力与志气，以为还像以前那样，咬咬牙鼓鼓劲就能闯过去。

尽管主编通达，允许此书突出研究者的个人色彩，但毕竟有“通

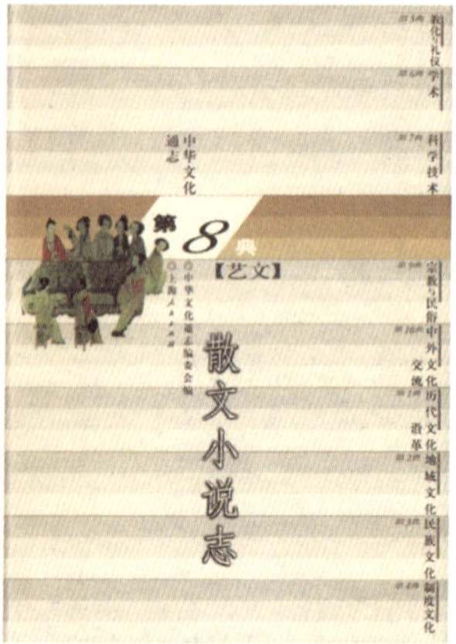

上海人民出版社，1998 年

上海人民出版社，2004 年

志”的框架在，取舍不能过于随意。写专著不妨“攻其一点，不及其余”，作通史则不能绕开众所周知的大题目。碰到绕不过去的障碍，无法腾挪趋避，又不愿人云亦云，只好像当年大庆人所说的，“有条件上，没有条件，创造条件也要上”。这么一来，心力交瘁，苦不堪言。

平日写作，自由自在惯了。选什么题目，怎么写，何时交稿，全都随我的便。也有中途改变主意，另起炉灶，或者干脆撤销选题的，跟出版社打个招呼，说几句“抱歉抱歉”也就过去了。这回可不一样，一个萝卜一个坑，除非“鞠躬尽瘁，死而后已”，想中途换马，办不到。编委会极为认真，三天两头寄通知，打电话，催问写作进度，提醒你不得“延误战机”。好几回思路卡壳，实在写不下去，真想破罐破摔，认罚就是了。要不是担心“一粒老鼠屎坏一锅汤”的指责，我早就“缴械投降”了。

说不清是生理机能衰退，还是被这本书的写作逼出来的，反正这两年身体状态一直欠佳。可想而知，情绪也好不到哪里去。心灰意冷时,真有“写不完”的感叹。每念及此,不免“大呼上当”。并非第一回写书，可从没有感觉如此“沉重”，以致必须依靠妻子的安慰与鼓励，方能一步步走过来。

本以为全书完稿那一刻，会有戏剧性的场面，比如说大哭或者狂笑。三年辛苦，毕竟不寻常。可实际上，什么“故事”也没有发生。如此平淡的结局，连我自己都大失所望。只记得当时伸了一下懒腰，小心翼翼地将文件复制到软盘上，然后便散步去了。屈指算来，距离签“卖身契”那一刻，总共三年零十天。日后读者如何评价，实在顾不及了，首先想到的是，我又获得了读书与写作的自由。

也只有在重获“自由”的前提下，我才能平心静气地审视走过的脚印。这一回历险，虽则有点不自量力，因而步履过于蹒跚；但也有好处，那便是将我学术转移的时间表大大提前。没有编委会提供的机遇与压力，我不可能如此“顺当”地过关斩将。

每写完一部书稿，总喜欢信笔涂鸦，除了向读者交代有关事宜，也顺便说说个人写作的心境。对于我来说，这最后的闲笔，并非无关重要。感觉上就像吃饺子，非“原汤化原食”不可。明知后记之有无，不大影响全书的阅读，可缺了这几句闲话，心里憋得慌。按照“中华文化通志”编委会的统一规定，各书均不得设后记；如有特殊情况，必须提出充足的理由。我没有“充足的理由”，在书后说几句若即若离的闲话，纯属个人兴趣，当然只好“割爱”了。

好在编委会只是规定不设后记,没有说作者不能写类似“后记”的文章。于是，也就有了以上的“闲话”。

1996 年 2 月 25 日于北大蔚秀园

生命中必须承受的“重”

——《中国散文小说史》新版后记

这是一本“老书”，可对于许多读者来说，并非“第二次握手”。

说“老书”，那是因为，此书的原型乃上海人民出版社 1998 年推出的《中华文化通志·艺文典·散文小说志》，此次重刊，只是改正了若干错别字。曾荣获第四届国家图书奖荣誉奖的《中华文化通志》，是一套印刷精美的大书，共一百零一卷，售价人民币六千元。这样的大型丛书，自有其特定用途，比如作为外交场合的礼品，或入藏国内外各大图书馆；至于一般读者，我相信一开始就不在出版社考虑之列。可读书人都明白，同样是书，陈列在图书馆与搁在自家书房，命运大不相同。这就难怪，到目前为止，对于我的这册“老书”，知者、读者、评者全都寥寥。

这回的“老书新刊”，除了感谢气魄宏大的“中华文化通志”编委会，如果不是他们的热情邀请与严厉督促，就不会有此书的诞生；还得感谢上海人民出版社，没有他们的慧眼相识，此书也只能酣睡于图书馆的十里书香中。

对悠久而瑰丽的中国文学略有了解者，大概都明白，用三十多万字的篇幅，描述两千年来“散文”、“小说”两大文类在中国的演进，不是一件容易的事情。当初不自量力，迎接此等“挑战”；以致好几回梦中惊醒，担心无法完成任务。幸亏夏君不断晓以大义，方才挺了过来。因此，旁人评说的是作品的优劣，我则更看重写作的过程——此书的撰写，不仅促成我学术视野、趣味及笔调的转化，更让我深刻体会到生命中必须承受的“重”。

按照丛书编委会的统一规定，各卷不设前言、后记。可我的习惯是，每写完一部书稿，总喜欢信笔涂鸦。“对于我来说，这最后的闲笔，并非无关紧要。感觉上就像吃饺子，非‘原汤化原食’不可。”于是自作主张，略为变通，撰短文《不是后记》，刊于1996年4月12日《南方周末》。其中有这么一段 :“本以为全书完稿那一刻,会有戏剧性的场面,比如说大哭或者狂笑。三年辛苦，毕竟不寻常。可实际上,什么‘故事’也没有发生。如此平淡的结局，连我自己都大失所望。只记得当时伸了一下懒腰，小心翼翼地将文件复制到软盘上，然后便散步去了。”

当初的压力与惶惑是真的，结尾的闲散与平淡也是真的，不是吹嘘“举重若轻”，而是久而久之，感觉也都麻木了。或许，这就是人生。

写大书难，写高度浓缩的小书也不容易——即使不说更难。记得韩愈《进学解》有这么两句 :“记事者必提其要，纂言者必钩其玄。”对于史家来说，提要钩玄，既需史料丰富，更得见识卓越。而这，不只牵涉学问功底，还有学术表达的能力。比起一眼就能看穿的“贯通古今”以及“穿越文类”的努力，我更愿意谈谈本书的述学文体。

对于讲究文章书写的人来说，“辞达而已”、“要言不烦”，那可是很高的境界。太松则累赘，太紧则枯涩，其中的分寸感，不是很好掌握。更何况我的论述对象，包括“古典”与“现代”（丛书编委会原本规定，所论截止于辛亥革命，我则要求延伸到1940年代末，目的是让古今之间“血脉贯通”)，这就更得直面文言与白话之间的巨大张力。在一部学术著作中，既有明白如话的自家论述，又有佶屈聱牙的古人文章，还有作为参照系的曲里拐弯的欧化语，三者之间如何协调？在日后撰写的《现代中国的述学文体——以“引经据典”为中心》(《文学评论》2001 年 4 期）中，我曾提及：“胡适《中国哲学史大纲》所标举的先引原文，后加白话解说的方法，虽被后世大多数学者所接纳，但不知不觉中，解说文字不再‘明白如话’，而是略带‘混和散文的朴实与骈文的华美’的文言腔。原因是，倘若正文（白话）的质朴清新与引语（文言）之靡丽奇崛之间落差过大，作者与读者都会感觉不舒服。也许是耳濡目染，古书读多了，落笔为文必定趋于‘雅健’；但也不排除作者意识到此中隔阂，借调整文体来填平鸿沟。”这段话，既是历史描述，也是夫子自道。而我之意识到此中缝隙，以及有意识地调整述学文体，正是基于撰写本书的经验。

在我看来，学术著作并非只是“观点”加“材料”，同样必须讲求“修辞”。正因为对述学文体略有考虑，我不太喜欢对旧作修修补补。不妥的段落可以删去，错漏之处应该更正，但如果伤及筋骨，则只能暂时搁置。因为，在我看来，任何文章（著作）的完成，都与学术机遇以及撰述时的心境密切相关。过了这个村，就没那个店。除非你花很多时间“沉潜把玩”，否则，回不到原先那个思路，很难接得天衣无缝。与其新旧混杂，不如另裁新衣，或干脆打个显眼的补丁，让读者自己去鉴别。这也是我同意出版社的建议，只改错别字的缘故。

不改不等于自我陶醉，这些年，我在小说研究方面确实工作不力，但谈论散文，则颇有创获。比如，2000年百花文艺出版社出版的《中国散文选》，以及即将由三联书店推出的《从文人之文到学者之文——明清散文研究》，便体现我这方面的努力。

真希望有一天，我能有精力与勇气，将此书重写一遍。若如是，则乐莫大焉。

2004年2月9日于京西圆明园新居

北大版《中国散文小说史》序

写大书难，写高度浓缩的小书也不容易。用三十多万字的篇幅，描述两千年来“散文”、“小说”两大文类在中国的演进，实在是冒险之举。撰写此书，不仅促成了我学术视野、趣味及笔调的转化，更让我深刻体会到生命中必须承受的“重”。

此书初刊本，乃上海人民出版社1998年推出的《中华文化通志·散文小说志》，因从属于大型丛书，不能自作序跋。为弥补这一缺憾，2004 年收入上海人民出版社“专题史系列丛书”时，我抓住机会，撰写了“新版后记”。如今作为“陈平原著作系列”的一种，改由北京大学出版社刊行，免不了多说两句“闲话”。

八年前，因上海人民出版社退回原稿，我得以仔细比勘，发现出版作业中的若干问题，因而撰文，提及“对于编辑的改动，我既感激，又抱怨——感激其消灭了原稿上的若干错漏，抱怨其下笔时不够谨慎”（参见《编辑的“积极”与“消极”——读〈散文小说志〉原稿有感》，原刊 2001 年 8 月 4 日《文汇读书周报》，《新华文摘》2001 年第 11 期转载）。文章有理有据，且与人为善，总结出来的若干颇具操作性的“定理”，据说在业界颇受重视。

这回重刊，一开始用的是 2004 年“专题史系列丛书”版，没想到，发现的错漏一点不比初版少。只好改用原稿作底本，请责任编辑重校一遍。这回彻底信了古人说的，“校书如扫落叶，旋扫旋生”。

不敢将书中所有过失全都推给出版社，但尽可能减少排校中的讹夺，我相信是每个作者的最大心愿。为学术著作添加“索引”，既便于读者查检，也容易发现失误。这也是我对北大版比较有信心的缘故。

从 1996 年 4 月此书定稿，到今天，已经过去了十三年。关于“中国散文”与“中国小说”的研究，我反省多而实践少，没能拿

台北：二鱼文化出版公司，2005 年

北京大学出版社，2010 年

出更丰硕的成果，实在很遗憾。好在将此书与本书系其他著述相对照，还是能约略看出我的学术追求。

2009 年 12 月 14 日于香港中文大学客舍

《老北大的故事》小引

1929年底，刘半农为《北京大学卅一周年纪念刊》撰文，提及校庆文章之难写，称不外“说好话”与“说老话”两种。前者留给校长市长，方才显得“冠冕堂皇，雍容大度”；后者则最好出自真正的“老北大”之口，要不“说错了给人挑眼，岂非大糟而特糟”（《北大河》）。刘文借北大三院门前的水沟“起兴”，预想百年纪念会的情景；我则将关于校庆的诸多“好话”与“老话”作为解读对象，试图在纵横交错的“历史地图”上，寻找真正的“北大之精神”。

我所深感兴趣的，不只是北大校史，更包括前人对于北大校史的叙述与阐释。校史上扑朔迷离的“故事”固然值得侦探，建构光荣传统的“神话”，同样值得认真剖析。所谓的“老北大”，并非一成不变的客观实在；每一代北大人，都在借校庆纪念之机，为其心目中的北大“添油加彩”。我的工作计划是，在品味日渐复杂的“老北大的故事”的同时，追踪这些故事的形成、流传与演变，以及制约着这一演变的社会文化因素。

这是一个有趣但并不轻松的话题。“老北大”确实个性鲜明，可圈可点的轶事甚多，只要态度虔诚，不难有“新发现”。既然如此，何以还有“并不轻松”一说？原因是：好玩的不一定是真的，真的又很可能过于沉重。百年北大，折射着现代中国政治、思想、教育的光荣与梦想、屈辱与遗憾。入口处是一则诱人的轶闻，出来时却很可能满脸灰尘。此说并非故弄玄虚，百年中国，本来就不是容易谈论的话题。因学力及客观条件的限制，只好绕过了若干人所共见的“伤疤”——比如“文革”中的北大；即便如此，本书所呈现的故事，也并非总是“风和日丽”。

全书分为四辑，末辑乃书评，涉及北大人物或大学史的写作。其中《大学百年》和《人文景观与大学精神》二则，是从我另外的著作转录来。之所以冒昧重收，因其与本书的写作大有关系。五年前，在日本东京大学访学时，买了一册印刷精美的“写真集”《东京大学百年（1877—1977）》，读后感慨良多，曾撰文予以评述，顺带预测“北大百年史”的写作。至于为金耀基的《剑桥与海德堡》等书撰写评论，不只是因其曾为我的游览提供方便，更希望借此探讨将正襟危坐的校史与随意挥洒的游记结合起来的可能性。一为学术思路，一为文章笔墨，二者的启迪，规定了我今日的探索。

第一辑虽分六节，原本只是一章，即《北大旧事》（北京：三联书店,1998年1月)一书的"代序"。前年夏天,正式进入本课题,依照惯例,收集了大量相关史料。因不忍割舍,挑选其中若干有关"北大旧事"的篇章,集成这册被人看好的"奇书"。这种工作程序,乃模仿鲁迅,希望从事每一个课题,"我都有我独立的准备"。此文以《"太学"传统》《校园里的"真精神"》为题,分两次在《读书》刊出后,颇获好评。访学美国时,曾以"老北大的故事"为题,在加州大学的伯克利、戴维斯、洛杉矶校区做专题演讲,也屡受欢迎。去年秋季开始,我在北大讲了一学期的专题课,以大学制度为中心,讨论现代中国学术的建立与发展,"老北大的故事"依然是其中最吸引人的一章。当然,每一回的演讲,都是一种"重写";不断扩张的结果,便是本书的成形。

进入90年代以后,我主要从事现代中国学术史的研究,撰写《中国现代学术之建立——以章太炎、胡适之为中心》(北京大学出版社,1998年2月)时,已经意识到学术思想与教育体制的关系非同小可,并略有切入。选择"老北大的故事"作为研究课题,首先是学术史的视野,而后才是百年校庆的机遇。第二辑最能体现这一特色,也是作者最为用力之处。考辨校史上若干"疑案",只是文章的切入口,真正关注的,其实是蕴藏在"故事"后面的思想史线索。校庆之改期、传统之诠释、校长的遴选、纪念册的编纂等,其内在含义,绝非区区学校围墙所能限制。

首先是学术上的发现,而后才考虑叙述语调以及文章结构。

江苏文艺出版社，1998 年

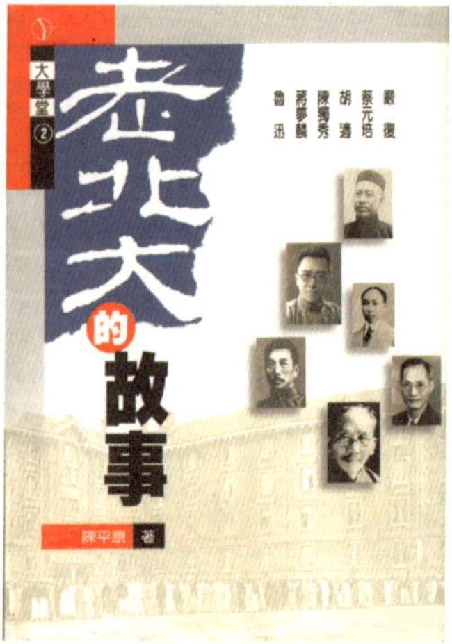

台北：立绪出版社，2011 年

总的思路是，以考据出故事，以故事出思想，以思想出文章。既然着眼点是学术，为何题为“故事”？除了借阐释“故事”展现历史图景这一写作策略外，更希望沟通文与史、雅与俗、专家与大众、论著与随笔。在我看来，“大学”之命运，应该是所有文化人关注的对象，而并非只是教育家的专利。

第三辑诸文，乃去年春夏游学美国的意外收获。在哥伦比亚大学东亚图书馆和哈佛大学燕京图书馆，发现了不少此前不曾注意的史料，于是一鼓作气，在救护车的呼啸声中（住处邻近哥大医学院），完成了这八则短文。

本书的写作，从最初动议、收集资料到各章定稿，均得到夏晓虹女士的大力帮助。只是因夏君另有重任在肩，方才由我独力承担。另外，在收集史料的过程中，得到北大图书馆、北大档案馆以及哥大、哈佛等校图书馆的大力支持；《读书》、《中华读书报》等报刊腾出宝贵版面连载拙作；北大学生一而再、再而三地为我的学术史研究专题课捧场，所有这些，乃本书得以完成的主要动力，仅在此一并致谢。

1998年2月18日于京北西三旗

《老北大的故事》增订版后记

将北大置于教育史、思想史、学术史的脉络中考察，除了凸显史家的眼光，更希望引导读者走向历史深处，思考若干重大问题；在百年中国的叙事框架中讨论北大的得失与成败，不是一件容易的事，除了思想立场，还牵涉如何进入历史——包括研究的策略与叙述的笔调；兼及“文”与“学”，将历史研究的探索与写作方式的革新结合起来，这是作者小小的梦想；不是专业著述，也不是通常意义上的散文随笔，而是半学术半文章，姑且称之为“第三种笔墨”。以上四句话，大致勾勒出本书的基本面貌。接下来，便是交代版本流变等琐务了。

本书以 1998 年 3 月江苏文艺版《老北大的故事》为主干，兼收 2000 年 1 月上海文艺版《北大精神及其他》的若干文章。具体情况如下：新书第一辑乃江苏版《老北大的故事》的第一、第三辑，那原本就是两篇连载的长文，所谓“分久必合”是也；同时调入第二辑中的《老北大的自画像》和《作为话题的北京大学》，以及《北大精神及其他》中的《北大传统之建构》。新书第二辑除调出二文外，其余照旧。第四辑删去《轶事之外的辜鸿铭》、《学者小说的魅力》、《大学者应有的素质》三文，补充若干《北大精神及其他》的文章。第三辑全部取自《北大精神及其他》。

至于《北大精神及其他》的“解说大学”、“记忆五四”二辑，因已入专业著述，不再收录；其余文章的取舍，视论题是否相关以及有无入集而定。

本书所收文章，最早的撰于1994年3月，最迟的写于1999年7月。有三篇文章处境微妙，必须略加辩说。《北大传统之建构》和《老北大的自画像——“校庆感言”》二文，都是选择北大教授或校长的视角，借以勾勒“老北大”的精神风貌；希望呈现不同的语境与思路，故保留二文结构，对后者略作删节。《北大传统：另一种阐释——以蔡元培与研究所国学门的关系为中心》日后成为《触摸历史与进入五四》（北京大学出版社，2005）第三章中的一节，此文最初发表时，得到某前辈学者的大力褒扬，为表纪念，予以保留。《即将消逝的风景》虽已入《当年游侠人》（三联书店，2006）中，但此文流播甚广，且与本书主旨大有关联，故破例收录。

最近十年，我之谈论“大学”，除若干专业论文外，大都收入北大出版社已经或即将刊行的《大学何为》和《大学有精神》二书。此外，三联书店2008年出版的《北京记忆与记忆北京》中，也有若干关于“北大人”的追怀与驰想，敬请参阅。

十五年间，在主业“文学研究”之外，我不时涉足“大学话题”；《老北大的故事》是起步处，敝帚自珍，乃人之常情。文章

北京大学出版社，2009 年 5 月

照旧，不做修订，只是补上初刊状况，除便于读者了解发言的语境，也留下自家蹒跚学步的足迹。

2009 年 1 月 25 日，星期日，除夕之夜，鞭炮声中

《文学史的形成与建构》小引

为自己的书写序，是一件十分惬意的事情。因那毕竟代表着又一次耕耘的完成。至于收获如何，很难预料。除了天灾人祸，还有自身才气与学识的限制，实在勉强不得。这话，我在别的地方说过。

不过，这一回的写序，却一点也不轻松。原因是，所序之书，并非成于一时一地，心境、思路乃至文笔，都有较大的差异。重新检点，不如意处甚多。事先并无统一构思，如今更是回天乏力，无论如何变不成“专著”。明知世人对于专著的器重近乎盲目，厚积薄发的论文集，或许更值得咀嚼——可惜本书不在此列，无法引以护身。

说白了，这只是笔者七八年间关于文学史与学术史部分文章的结集。若干自以为精彩的短文，已入《学者的人间情怀》和《书生意气》；有些相关的专论，也因《中国现代学术之建立》出版在前，不便重复收录，只好敬请有兴趣的读者费神了。

进入 90 年代，我在北大开设了专题课“现代中国学术史”，已经讲了三轮，越讲越心虚，始终不敢撰写“通论”。倒是另外三回的讨论课，即带领研究生研读、品鉴章太炎的《国故论衡》、鲁迅的《中国小说史略》、周作人的《中国新文学的源流》，收获颇丰。即便如此，将讲稿整理成文，恐怕一时半载也无完工的希望。本书第一辑，乃忙里偷闲，于授业解惑之余，联缀成篇。诸文虽不成统系，且未能充分展开，却大都有自家面目。

去年夏天起，借助“老大学的兴衰”，我力图将教育、思想、学术三者熔为一炉，探讨 20 世纪中国的大学或某一侧面。此课题，私心以为大有开掘的余地。可惜刚刚起步，在本书中，也只是略露端倪。“中国大学百年”，不管是作为话题，还是作为文章，都是我最关注的：这里有历史的感慨，也有现实的忧思。此类“盛世危言”，历来不受欢迎，可“不说白不说”。

如果说本书有什么值得肯定的，具体结论之外，很可能是学术史上的“文学史”这一研究视角，以及将学术史研究作为一种自我训练，回过头来重新构建文学史的意向。“重写文学史”，乃笔者本行，始终耿耿于怀。虽说近年笔墨略有转移，可《中华文化通志·散文小说志》以及本书第二辑诸文，还是可以表明我的志向与兴趣。

在《探究“文学史”的形成》一文（载《书生意气》）中，我曾提到，应该追问作为研究对象、知识体系和著述体例三位一体的“文学史”，在整个人文社会科学中的地位、功能以及发展前景。反省学科的根基而不是具体结论，必然涉及一系列重大问题，除了共通的现代民族国家意识的形成，更与西方教育制度的引进、文学革命的提倡与追忆、国家权力对学术研究的制约与利用，以及中国学术传统与西方文学理论的互动等密切相关。除非不穷根究源，否则无法不跨越原有的学科边界；可一旦越界追击，并非通人的我辈，往往捉襟见肘。没有胆量瞒天过海，只好以此素面见人。

1997 年 12 月 1 日于西三旗寓所

《文学史的形成与建构》后记

本书的出版，略有耽搁，这倒给了我补充新作的机会。大学的建设与创新，本是我近年关注的重心，曾在北大开设过专题课“现代中国学术：以大学制度为中心”。可惜涉及北京大学的论说，多已收入《老北大的故事》（江苏文艺出版社，1998）一书。这里只能补充为纪念戊戌变法一百周年而撰写的短文《从新教育到新文学》。另一则插入的文章，题为《超越“雅俗”——金庸的成功及

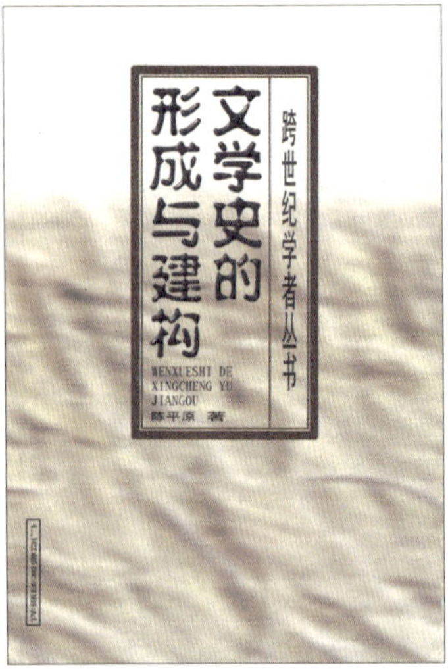

广西教育出版社，1999 年

武侠小说的出路》，乃提交给今年六月在美国科罗拉多大学召开的“金庸小说和20世纪中国文学”国际研讨会的论文。

实际上，本书各章，为参加各种学术会议而撰写的，便有六篇之多。此类文章，其立论与展开，与专业著述（如《作为文学史家的鲁迅》）颇有区别。再加上两则演讲稿和书评，本书之体例，不免显得参差。唯一聊以自慰的是，思路还算连贯。

全书分辑并命名，只是为了使一团乱麻显得略有头绪，不敢以“体系完整”欺世，更不会狂妄到以为区区几则小文，就能涵盖诸如“大学史寻踪”或者“文学史叩问”之类的大题目。

附录一则《世纪末的思考》，主要是为了回应本丛书的主题。相对来说，我的立说不够鲜明：既对“跨世纪”的中国大有信心，又对世人之盲目乐观不无疑虑。作为以20世纪中国为主要研究对象的学人，我当然格外珍视这世纪末的反省与展望。可也正是史家的谨慎（或曰拘泥），使得我不敢乱打“21世纪是中国人的世纪”之类的包票，而只是着力于回顾、辨认和分析百年中国蹒跚的步伐，并提醒“今日国人，不妨以泰然、坦然的心境，迎接新世纪的太阳”。

在这个意义上，选择一则散淡的闲文作为附录，并非多余之举。

1998年8月18日于京北西三旗

《北大精神及其他》后记

去年的这个时候，北大百年庆典刚过去不久，我经历了一场意想不到的“危机”。既然希望独立思考、自由表达，就难免一不小心触犯时忌，但这回对方反应之强烈，实在出乎我意料之外。更要命的是，那边四处告状，这厢竟浑然不觉，还扬扬得意，没有丝毫“防范意识”。自以为在弘扬北大光荣传统，突然间发现被指摘为“蓄意破坏”北大光辉形象。一时间风言风语，竟有长辈私下向我的朋友打听：陈平原为什么反对北大举行百年庆典？面对众多不着边际的中伤、误解与赞扬，除了苦笑，再就只能沉默了。

其实很简单，不就是稍稍动摇了某些“权威人士”对于北大的阐释嘛，有什么了不起。就算是“异端”吧，也没必要如此“兴师问罪”。能否简单地将老校长蒋梦麟断为国民党新官僚，并抹杀其正规化教育的思路，或者北大校庆的改期到底是偶合还是有意，这些本来都是可以商量的，可对方一开始就摆出不想局限在学术领域，非要追问“居心何在”的架势。写一小文略做回应，希望平心静气地讨论问题，可当我遵嘱将其交给刊登批评文章的某学报时，主编忽然改变主意，说是对方有言在先，如陈某发言，将有更严厉的言辞恭候。我当然明白，追究过“用心”以后，还能使出的招数，那确实不是常人所能抵御得了的。“苦口婆心”劝说我不要申辩的主编，后来还是自食其言，再次发表没有对手的“商榷文章”。懒得与其计较，只是将当初自己压下的《大学史的写作及其他》收入本书，大致表明立说的差异。

不过，更严厉的批判终于还是来了，那便是今年第五期《中流》杂志上发表的《好一个“五四不吃香了，怎么办？”》。此文除了帽子特吓人，还专门送达各有关领导。承蒙领导提醒，拜读之后，甚感悲哀。不考虑我的专业领域，指责我老讲“五四新文化运动”，而不提“五四爱国政治运动”，认定这是别有用心，已经让我很不服气了。更吓人的，还是下面这段罗织罪名的妙语：“许多北大校友对陈氏说的‘五四不吃香了，怎么办？’表示困惑，但也有人提出：十月革命节那么伟大，现在不是不吃香了吗？提得好，提到要害处了。这就是说中共垮台了怎么办？资本主义在中国复辟了怎么办？如果真到了那一天，就不只是北大校庆‘再改期’的问题了，连国庆日都要改了。这确实‘危险’得很。我们相信，广大人民群众，真正的共产党员，是不容许这样的事情发生的。”做学问，免不了因意见相左而

上海文艺出版社，2000 年

与人打笔墨官司，可商榷文字，原本讲究“单打独斗”，如今对方不断变幻叙述角度，一会儿拉上“许多北大校友”，一会儿平地冒出“也有人”，最后又是“广大人民群众”，又是“真正的共产党员”，如此泰山压顶，我还有什么好说的？本来只是讨论北大校庆为何改期，即便我的考辨失误，也不值得将区区小文跟虚拟的“资本主义在中国复辟”那样的重大事件联系在一起。再说，依学界目前的主流观点，中国历史上未曾有过“资本主义”阶段，陈某即便有心，也无从“复辟”。至于将我和其他学者之改变“诠释框架”，说成是“国内外敌对势力梦寐以求的”，更像是“文革”中常见的“无限上纲”，与改革开放后的思想潮流似乎不太合拍。据说，类似的言论，还由某公在不少重要场合广为传播。

承久经风雨的长辈告知，像我这样因言得罪且被强烈关注的，要是在二十年前，“早就给灭了”。如此危言，确实耸听，不由得冷汗一身。并非特别勇敢，硬要闯禁区，而是不曾意识到禁区的存在，没想到有关北大校史的考辨，竟有如此大的风险。好在校方还算开明，没有要求我去“说清楚”；要不，我怎么可能说清自己的“用心”是良好的呢？

面对众多赞赏、商榷与中伤，我反而日渐意识到此课题的巨大潜力与思想价值。正像《辞校史专家说》中所说的，我不是站在为北大辩护的立场来审视这所著名大学的历史的——虽然我对她的过去、现在与未来怀有一种特殊的感情。

我之关注北大，从最早的研究五四新文学，到近年撰写现代中国学术史，再到逐渐逼近作为现代知识生产基地的大学制度。文学史——学术史——教育史，这互相制约的三角关系，是我目前最为关注的课题。老北大因其一身三任，不只纠葛复杂，而且影响深远，特别适合作为我的研究个案。只要我的研究工作还在继续，就难免发表与“正史”不太协调的言论，并非故作惊人语，而是立足点不一样（参见《大学史的写作及其他》）。另外，学术发展日新月异，我不太相信二十年前的“权威”能够永远避免后来者的挑战。

遗憾的是，眼下出版的这本小书，尚未能真正体现我的“学术野心”。这里有主客观两方面的原因。百年校庆期间，传媒的地毯式轰炸，使得北大的历史与现状广为人知，没必要再由我来饶舌。发掘众多“人所不知”的故事，并提出若干“独立不羁”的见解，需要较长时间的知识准备。而我去年刚出版了《老北大的故事》（江苏文艺出版社，1998），如今虽穷精殚虑，也不可能突飞猛进。

在短短的一年半后推出新著，其实不是我的本意，纯粹是为了配合这套关于世界名校的丛书。我认同主事者的看法，谈“世界名校”，最好不要局限于“海外”。到目前为止，北京大学并非世界一流大学；但并非世界一流的北大，在东方文明古国崛起的过程中发挥如此巨大的作用，这种荣耀，又是许多世界一流大学所不具备的。在这个意义上，我同意丛书第一辑收入北大。经受不住出版社的再三劝说，也就只好仓促上阵了。

好在这是一种个人化的叙述，包括对于北大传统的诠释，以及对百年庆典的若干反省；还有，就是“人在燕园”一辑所体现的，经由若干师长与这所大学结下的不解之缘。因“结缘”而带来的强烈的主观色彩以及作者身影的浮现，使得这组文章多了些激情与温馨，而相对缺少距离与冷静。这也是没办法的事。

将北大置于教育史、思想史、学术史的脉络中考察，除了凸显史家的眼光，更希望引导读者走向历史深处，思考若干重大问题。这既符合北大的特殊身份（说实在的，假如选择如此视角，北大还真是无可替代），也更能体现笔者的学术追求。在百年中国的叙事框架中讨论北大的得失成败，不是一件容易的事，这里还涉及如何进入历史——包括研究的策略与叙述的笔调。本书最后一辑，除了五四运动与北京大学密不可分外，将其纳入此书，更想强调的是关于历史写作的思考。明眼人很容易看到从《北大旧事》、《老北大的故事》到《触摸历史——五四人物与现代中国》（与夏晓虹合作主编，广州出版社，1999）的内在联系。将历史研究的探索与写作方式的革新结合起来，希望兼及“文”与“学”，这是我的小小的梦想。不是专业著述,也不是通常意义上的散文随笔,而是半学术半文章,我称之为第三种笔墨。正在尝试，还不到以成败论英雄的时候，因此，也就不想多说了。

当然，以我的“学术野心”，还是希望有一天能就北京大学撰写沉甸甸的专著。不过，即使拟想中的“大作”得以完成，我也依旧怀念在寻寻觅觅的过程中所品尝的刺激、困惑与烦恼，以及这两册“半文半学”的小书。在我看来，这是一个能够调动研究者的激情与想象力、具备许多学术生长点的好题目,即便山路崎岖,前景不太明朗，也都值得尝试。

在我从事本课题研究的过程中，得到诸多师友的激励，其中也有反对我的学术观点，但依然表示理解与支持的。自中央电视台的“读书时间”和“东方之子”做了专访后，我收到不少不相识的读者来信，有向我查询其曾在北大念书或工作的祖上的情况的，有以知情人身份提供进一步研究的线索的，也有纠正我文章中若干细节失误的，更有撰写书评大加揄扬的。这些都让我感动，起码是意识到“吾道不孤”。时至今日，每当我到外地高校做学术演讲，总会被要求“讲讲北大”，而且每回的演讲都很成功。这当然主要归功于“北大”自身的魅力，可也与我如此投入此课题、如此认同所谓的“北大精神”，不无关系。

最后，有一点必须说明。在“人在燕园”一辑，我选录了一则此前已经入集的短文《十年一觉》，目的是使前后的叙述更为流畅，也让读者略为知晓我的燕园生活。小小私心，敬请原谅。

1999年7月13日于京北西三旗

《掬水集》序

前年的金秋十月，我应邀到上海讲学，归来时转道南京，目的是拜访程千帆先生。此前虽也有缘面谒以及书札往来，但难得深入交谈。这回专程前往拜见，没有确定的话题，也不谈具体的学问，只希望听先生随意发挥。这是我向老一辈学者请教时屡试不爽的“不二法门”——与其规定题目，像新闻发布会那样有问有答，不如任其天马行空，更能展现饱学之士的风神潇洒。学者并非生姜，不一定越老越辣，就具体的专业知识而言，某些方面甚至开始退化，远不及早年著述精彩；真正难得的，是其精神状态与文化趣味，因后者除读书外，更得益于岁月沧桑。

套用王国维的名言，学人如古诗词，也是“有境界则自成高格”。研究文学的人，多少总有点“文人气”。当我品评当世学人时，除专业成就外，还另有一杆秤，那就是其为人是否“有诗意”。当今之世，“有诗意”、“有境界”的学者越来越少，这也是我愿意千里走访程先生的缘故。记得那天先生情绪特佳，取出精心写就的条幅，边听我和作陪的及门弟子品评，边仔细题款并用章，一脸怡然自得，样子煞是可爱。

上月初，韩国会议归来，已近深夜，打开电脑，赫然在目的，竟是南京大学发来的程先生仙逝的讣告。当即给张伯伟兄拨电话，请代向师母转达哀思。此后的好些日子，每当凝视客厅里悬挂的先生书赠的唐人于良史《春山夜月》句“掬水月在手，弄花香满衣”，便有飘飘欲仙之感。就像我的导师王瑶先生客厅里常挂题有《归去来辞》的陶渊明像，但始终无法遗世独立一样，程先生也并非只是“掬水”与“弄花”。记得十年前，为悼念王先生而作的两首《浣溪沙》，以寄托遥深而在学界广泛流传（后编入1996年印的《闲堂诗文合钞》）。当然，比起“刑天舞干戚”来，陶潜的“悠然见南山”，无疑更能体现中国读书人的趣味——尤其是在日常生活中。

南京拜谒归来不久，我开始为《文汇读书周报》撰写系列短文，并题曰“掬水集”，算是私下里向程先生致意。当时定下体例，希望兼及小说家谈小说史、散文家谈散文史、诗人谈诗歌史，以及学者谈学术史的著述。可惜写写停停，始终无法集中心思。唯一可以自慰的是，既为“掬水”，本应随缘，不必过于用心与用力。这回编书话集，借用来做书题，也是这个意思——希望不致辱没先生的雅意。

辑一各文相对整齐，乃“掬水集”的原型，较能体现最初的

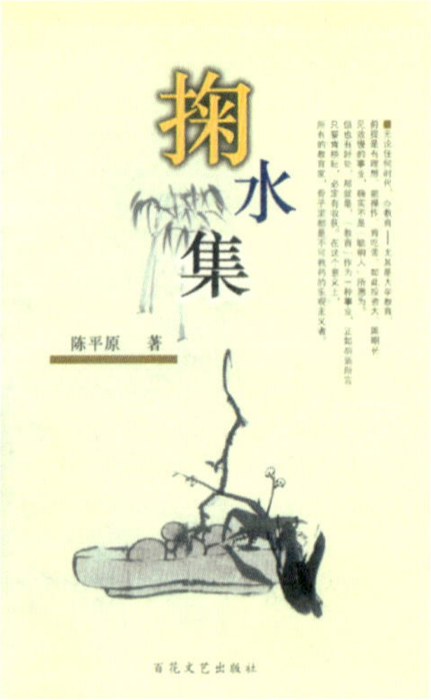

百花文艺出版社，2001 年

写作意图，只可惜其中三则因与北大相关，此前已入《北大精神及其他》。辑二则文无定例，随写随刊，而缀以关于《读书》和三联的评论，乃别有幽怀——希望在杂乱无章中显示某种文化理念；辑三的前六则，曾以《大书小引》为题发表于《文艺争鸣》杂志，余者大都是关于自家著述的只言片语，不外交代写作策略与心境。辑四的“胡思乱想”，涉及教育、学术、文化，或拾遗补阙，或借题发挥，可看作上述书评的“底色”。

将话题局限在与书相关，摒除凸显个人心境的随笔，只是贪图方便,并不意味着笔者所“掬”之“水”仅限于此,更不暗示“花香”即是“书香”。毕竟,能够真正体味并从容鉴赏“春山夜月”者,不必强分何为“风声雨声”,何为“读书声”。

2000年7月21日于东京弥生寓所

《茱萸集》小引

与“十年磨一剑”的专业著述不同，随笔集之出版，更是“看似寻常成却艰”——借助某种机缘或道具，串起一大片原先四处飞溅的笔墨，使其显得“煞有介事”，需要颇为高超的技巧。愚钝如我辈，因而常有捉襟见肘的感觉。照实说了，此乃近年所撰短文的结集，说不上有什么完整的构思——原先没有，现在更不敢妄自追加。

没有完整的构思，不等于没有一以贯之的关注。编学术集刊，我强调“有情怀的专业研究”；写学术随笔，则希望是“有专业背景的挥洒才情”。谈章太炎，谈胡适之，谈20世纪中国文学，“职业相”一望便知，并非理想之举；我更倾心于那种不露痕迹的表现。似乎是谁都能说的家常话，其中却蕴含着专家的眼光；将多年的苦心经营，化作一挥而就的潇洒；与专业著述相反，凸显文笔和精神，学问则退居二线；与读者平起平坐，拒绝故作高深，避免给对方造成压迫感……如此“从容”但不“轻松”的写作，在我，只是“心向往之”。集中自认庶几近之的，仅有《不该消逝的校园风景》、《“〈读书〉时代”的精灵》、《无法回避的“1968”》等寥寥数则。

全书“品相”如何，作者的吹嘘，基本上不起任何作用；我愿意谈的，一是古老的“茱萸”，一是时尚的“网络”。

选择原先不知为何物的“茱萸”作为书名，当然不是为了炫耀自己的植物学知识；除了书中前两辑的怀旧思亲诸作与王维《九月九日忆山东兄弟》诗意境接近，更因集中“茱萸”一文的产生，背后有段故事。先参加“中华古诗文经典诵读工程”座谈会,之后，方才应邀为《人民日报》的“我读古诗文”专栏撰稿（顺便说一句，编者原先设计的专栏名称乃高屋建瓴的“如何阅读古诗文”，后从善如流，改为私人叙事性质的“我读古诗文”。如此转向，我以为可取）。故必须将座谈会上的发言，与这则《不知茱萸为何物》链接，方能明了作者压在纸背的意愿。

由中国青少年发展基金会发起的“中华古诗文诵读工程”，在社会上引起巨大反响，“读千古诗文，做华夏赤子”在青少年中蔚然成风。主持者计划用十年时间吸引三百万少年儿童参加此诵读工程，并直接影响到两千万成年人。有感于工程启动一年多，进展极为顺利，社会各界普遍持欢迎态度，主持者于1999年4月3日在上海召开座谈会，我应邀参加，并在会议上做了发言。《人民日报》和《文汇报》两大媒体分别做了报道,都引用大段我的发言，

春风文艺出版社，2001 年

可二者互相交叉，让我大开眼界。两报记者素质都很好，记录及表达均相当准确，只是着眼点不同，故所闻所见自然有异。

读多了明显是由主办单位提供的“通稿”，忽然间发现了此类真正的“新闻”，大为感慨。近年读书，对晚清以降颇为时尚的“从演讲到文章”很感兴趣，希望借此探寻白话文产生及发展的另一途径。口头与书面的差异，有目共睹；可更重要的“说者无心，听者有意”，却不见得会被认真对待。其实，记录整理者的工作，远不只是接受和转换，更包括过滤、筛选、重组乃至创造。看看自己的即席发言，竟有如此精彩的不同版本，焉能不深思？

有一点必须说明，两报报道的规模和方式不太一样，也是制约其策略选择的原因。1999 年 4 月 23 日《人民日报》以整版篇幅发表《让民族文化血脉相传——海内外学者畅谈“中华古诗文诵读工程”》，分六小节介绍二十位学者的发言，我主要占据“先背诵，后理解”节；而刊于 1999 年 4 月 17 日《文汇报》上的《古诗诵读宜重诗教》，篇幅只有四分之一版，但有两句醒目的提要：“‘中华古诗文经典诵读工程’引动古诗文选本出版浪潮”；“北大学者陈平原提醒：编辑选本应尊重少儿教育规律”。前者与会议主办人密切合作，以正面宣传为主，故必须涵盖全局；后者侧面观察，自我命题，志在补阙拾遗，必要时还可矫枉救弊。应该说，二者的选择都是明智的。

至于我发言的主体部分，即详细分析十二册《中华古诗文读本》编纂时的利弊得失，因稍显专业特长，自认为是用心处，现场反应也很好，却被干脆利落地删除。这正是新闻报道不同于学术论文的地方——只要结论，无须论证。单看报道，你会觉得我说话的口气很武断。反过来想想，时下评论文章之喜欢“棒喝”，而不擅长、也不屑于条分缕析，或许正是受传媒报道方式的影响？

以下两段我的“发言”，前者录自《人民日报》，后者见于《文汇报》。

古诗文选本要充分考虑幼儿心理和启蒙教育的特点，多以情感、境界而不是立场、观点来选材，注重性情和审美趣味。选本与教科书的区别在于：教科书希望用这一代人的知识把事情讲清楚，表面上看是帮助孩子，实际上是限制了他们的眼界；而选本是让你自已读、自已体会，不懂的以后再说。我欣赏“中华古诗文经典诵读工程”倡导的“直面经典”的原则，防止由于我们这一代人的知识局限而导致的先天缺陷。

所谓“诵读”，其实也不仅是记忆，而且有理解，在抑扬顿挫中理解古诗文。一句“燕赵多感慨悲歌之士”，换几口气、变几个调，念得惊心动魄。近年文怀沙、叶嘉莹、陈贻焮等人为公众诵读古诗文，腔调不一，各具特色。当然，考虑到大面积推广的需要，不可能要求大家都像从前那样“诵”，我想大概只能采用播音员字正腔圆的办法。但从前的“诵”毕竟是值得怀念的。

陈平原认为，像《千家诗》、《唐诗三百首》这样的著名诗歌选本，已有几百年历史，现在有编选更有时代性选本的必要，但它们的一些编选思路值得借鉴，特别是涉及蒙学的问题，怎么尊重少儿教育规律，有一些问题需要研究。针对北大的新选本，他提出两点意见，第一，编选时最好以文体为标准，而不要以文学史发展脉络为线索。以作品的朝代顺序来编目是学者的思路，而以文体为根据才更符合儿童记忆、诵读的特点。第二，应重“诗教”，而不是强调“文以载道”。他说，从琅琅上口、便于诵读的角度来说，诗歌优于文章，而且，儿童背诵古诗文，最重要的意义是陶冶性情，应以境界、神气的养成为第一，而不是以培养情操和立场为第一；诗歌的最大优点就是含义的丰富和不明确，对“道”的解释有多样性的蕴藏。这样对陶冶性情最为有利。陈平原说，片面强调文以载道，一方面会在选目时选一些过分注重讲道理的篇章，另一方面就是在这个活动过程中，出现过分重视对诗文作解释的现象，一定要讲出一个道道来，这容易导致对“道”的单一解释。含义太明确既损伤诗文的丰富性，又容易过时。他作为一个曾经有过做小学教员经历的人，感到非常痛心的一点，就是那时让孩子们背的一些文章，以后变得毫无用处。这是做选本的人应该注意的。

陈平原提出的两点意见，得到了与会专家及主办单位的首肯，特别是对“诗教说”的推崇，对“文以载道”的警惕。与会者普遍提到，由于现在中学语文教学中存在一些弊病，古诗文诵读工程要是弄不好，就会和这些弊病一起相互推波助澜，既起不到应有的效果，又辜负了发起人的一片苦心良意。他们谈到，古诗文诵读工程是一件有价值的、能对社会产生广泛深入影响的事，应该有学者对此作出严肃的发言。

即席发言与撰写文章，一是只有结论未见论证的“大话”，一是感情色彩很浓的私人叙事，二者互相映照，起码可以让读者明白，学者们书斋里的思考，其实并非“空穴来风”。

要说闭门读书的学者，不可能真的“两耳不闻窗外事”，最恰当的例子，还属第四辑“尴尬在线”中两篇谈论网络的文章。《数码时代的人文研究》原是为韩国全南大学召开的“新千年：全球化格局中的人文学”国际研讨会而撰，没想到后来竟“大有用武之地”。“当代中国”并非我的专业领域，这些年来，利用外出参加学术会议的机缘，逼着自己每年至少撰写一文，保持与当下日常生活的血肉联系。文章尚未完稿，因到重庆参加中国现代文学理事会，应邀在重庆师范学院做一专题演讲，即以此为题。后又曾在北京大学、香港科技大学、北京师范大学等处演讲过——临场固然多有发挥，但基本观点没有大的变化。文章初稿出来后，先是《南方周末》以《数码时代的写作与阅读》为题做了摘登（2000年7月7日）；全文刊于《学术界》2000年5期，《文摘报》同年10月8日摘要转载时，题为《面对数码时代挑战，人文学者喜忧参半》。《南方周末》和《文摘报》都是发行量很大的报纸，而摘选时又都偏于“喜忧参半”的“忧”，以致有坚决捍卫网络者表示，愿无偿为我“启蒙”。其实，我更看重发行量很小的《学术界》版本，因其包含着我与北大中文系研究生的对话。

每次就此题发表演讲，总会招来不少精彩的质疑，但一句“由于时间限制，演讲到此结束”，总让人感觉意犹未尽。只有在北大那次，因彼此知根知底，双方都放得开，对话的效果最好。事后，请几位学生将自己的想法整理成文，一并送《学术界》刊出。这些受过人文专业训练，且对网络大感兴趣的年轻一代，与我的观点形成某种对峙或补充。这次编《茱萸集》，征得他们的同意，将其收录，以便读者对照阅读。我相信，读者会欣赏这种“众声喧哗”的局面。这五位现正在读的文学专业研究生，只有一位本科念的是中文，其他四位分别学工、学医、学美术、学德文。仔细辨认，你还是能看出一点蛛丝马迹的。

在辟除恶气的“茱萸”与虚拟人生的“网络”之间，到底还有多少值得一品的“感觉”与“精气神儿”，实在不敢妄自推荐，只好寄希望于有缘的读者。

2001年7月17日于京北西三旗

《中国大学十讲》自序

进入1990年代，我逐渐走出纯粹的文学研究，兼治学术史与教育史。《北大旧事》（三联书店，1998）以及《老北大的故事》（江苏文艺出版社，1998）的出版，既赢得许多读者，也遭受不少非议；这更激发起我对“大学”话题的强烈兴趣。此后陆续出版的《文学史的形成与建构》（广西教育出版社，1999）、《北大精神及其他》（上海文艺出版社，2000）等，也都涉及百年中国的大学教育。以致在一次相当严肃的史学研讨会上，竟被主持人作为“大学史专家”介绍。

“文学史”与“大学史”，虽仅有一字之差，其间讨论对象、研究方法以及问题意识等，均有很大距离；没有受过严格的教育学训练，实不敢妄自称雄。之所以斗胆闯入邻居神秘幽深的“后花园”，还自得其乐地“吟风弄月”，不外坚信风云激荡的思潮，必须落实为平淡无奇的体制，方能真正“开花”、“结果”——学术思想的演进以及文学艺术的承传，其实与教育体制密不可分。

这一点，在收入本书的《新教育与新文学》，以及最近发表的《“文学”如何“教育”》中[1]，得到某种程度的阐发。

我曾经说过：“从事学术史、思想史、文学史的朋友，都是潜在的教育史研究专家。因为，百年中国，取消科举取士以及兴办新式学堂，乃值得大书特书的‘关键时刻’。而大学制度的建立，包括其蕴含的学术思想和文化精神，对于传统中国的改造，更是带根本性的——相对于具体的思想学说的转移而言。”[2]至于我自己，不过是在努力实践这一预言。

书中各文，最早的完成于1996年10月，最晚的则撰写于2002年4月。但追溯我对“大学”话题的兴趣，还得从1994年春天的一则随笔说起。那时我正在东京大学访学，阅读了若干“东京大学百年”之类的著述，大有感触，于是遥想北大百年，很可能会成为反省中国高等教育的绝好时机：

> 相对来说，北京大学与现代中国政治的关系更为错综复杂；撰写“百年史”所面临的困难，肯定比东大要大得多。

[1] 拙文《“文学”如何“教育”》刊于《文汇报》2002年2月23日，随后，陈思和发表《既是“知识”，也是“审美”》（刊《文汇报》2002年5月4日）、孙惠柱发表《也谈文学如何教育》（刊《文汇报》2002年5月26日），对拙文观点有所呼应与发挥。

[2] 陈平原：《辞“校史专家”说》，《新民晚报》1998年5月10日。

复旦大学出版社，2002 年

> 倘若少点道德意识，多点实录精神；少点个人色彩，多点历史进程，或许能避开一些无谓的纷争。[1]

事后证明，尽管我的预测颇为悲观，还是低估了问题的复杂性。“无谓的纷争”纷至沓来，大大影响了我研究的进度与心境。虽说因谈论北大传统与大学精神招来许多意想不到的麻烦——有心人居然将区区小文与虚拟的“资本主义在中国复辟”这样的重大事件

[1] 陈平原：《大学百年》，《文汇读书周报》1994 年 10 月 29 日。

联系在一起[1]；好在今非昔比，不至于被人一棍子打死，故还敢于坚持己见。

跟专业的教育史家不同，我的研究带有明显的问题意识，首先是解决自己心中的困惑，而后才是学术价值的追求。不过，一旦进入具体课题的实际操作，我还是努力保持史家实事求是、多闻阙疑的风格。我说过，在中国，争辩教育得失，不专属于教育家和教育史家，而是每个知识分子都必须承担的权利与义务。此书实践此一诺言，即便不够专业，起码也是认真思考的产物。

本书以问题为中心，故搁置诸如“20世纪中国大学史”这样的宏大叙事，只是就自己熟悉且感兴趣的话题，稍作深入开掘。本书谈论的大学不过七八所，且重点落在我目前工作的北大，很容易给人“自我贴金”的感觉。我之所以不避嫌疑，以北大为主要个案，讨论中国大学百年的经验教训，很大原因是北大地位特殊——谈论20世纪中国的思想与学术，北大实在无法也不应该被轻易绕开。除北大外，我还关注清华大学、中央大学、中山大学、南开大学、西南联大、无锡国专——如此名单，一看就是“别有幽怀”。并非专业的教育史家，我之谈论大学，不太涉及办学规模、经费预算以及综合实力评估，而是注重其个性与风采。选择的标

[1] 参见拙著《北大精神及其他》（上海文艺出版社，2000）一书的《后记》；至于精彩纷呈的“后续故事”，留待日后作为调节气氛的“豆棚闲话”。

准是，“校史”之外，必须有值得咀嚼的“故事”与“精神”。

谈论百年中国大学史，我自认为游刃有余的，还是北京大学。“近水楼台先得月”，对这所大学的历史与现状，我了解较多，体会也较深；另外，相对而言，我比较认同老北大的传统。北大百年校庆期间，传媒的过分热情，以及校方的某些举措，激起了学界一些朋友的不满，导致其较多发掘北大本就存在的消极面，甚至转而热讽冷嘲。私心以为，北大作为中国教育史乃至思想史的重大话题，其功绩不能轻易抹杀，其过失也必须认真对待；只是不管说好说坏，都必须出于公心。作为北大人，我之直面乃至褒贬北大，其实很不容易——稍有不慎，便可能招来一片责骂声。

我谈老北大的文章很多，至于提及新北大的，当以《北大人的精气神儿》最有名。此文乃应“北大在线”之邀而作，颇有“表扬与自我表扬相结合”的意味，故更应该格外讲究分寸，否则，很容易让人反感：

> 比起波光潋滟的未名湖、古朴庄严的博雅塔，以及近年崛起的百年纪念讲堂和理科楼群等有形景观，我更看好北大人的自尊与自信。踏进燕园，你很容易为这种有历史感因而显得深沉、有现实关怀因而显得生动的“少年气象”所感动。更为难得的是，这种“少年气象”，既属于稚气未脱的本科生，也属于白发苍苍的老教授。生活在如此气韵生动的校园文化

中，你不会因此而摆脱人生的众多困惑，却很可能平添一股肉搏这虚空与烦恼的精气神儿——这正是北大真正诱惑人的地方。[1]

以上这段话，扪心自问，没有刻意拔高；而且，可以说是抓住了北大的灵魂。

谈论一所大学的“光荣与梦想”，与品鉴校园里具体人物的得失，完全是两回事。背靠一流大学，确实能使三流学者陡增自信，人前人后显得底气十足；但真正一流的学者，反而不太在乎自己所在大学的排名前后。学者与大学的关系，就好像商品和橱窗，有相得益彰的，也有一方过分依赖另一方的。在我看来，生活在北大这样的名校里，最应该反省的，应该是“名至而实不归”：

记得张爱玲说过，香港是个夸张的地方，在那里摔一跤，比在别的地方摔得都疼。北大也是如此。在这里，出名容易，失名也不难，而且速度都很快。在北大的“言说”（正反不论），容易引起学界的关注；再加上川流不息的进修与访学，实际上起了放大器的作用。一般说来，这种状态，对北大人有利，因为，不用花特别大的力气，就可以引领

[1]《北大人的精气神儿》，《中华读书报》2001年5月16日。

风骚。可事情还有另外一面。正因为太容易得名，北大人必须时刻警惕名至而实不归的危险；也正因为可能领导潮流，过度热心于此，难免为潮流所裹挟。[1]

在这个意义上，热闹得有点夸张的北大校园，不见得就一定是读书的好地方。

在《中国大学百年？》以及《传统书院的现代转型》中，我对20世纪中国教育之成功移植西洋制度表示欣赏，但对其抛弃悠久的书院传统则十分遗憾。讨论此问题，我还撰有《大学之道——传统书院与二十世纪中国高等教育》，因使用的资料与前两文略有重复，没有收入本书。但那篇文章的结语部分谈论“书院在21世纪”，有几段话值得引录：

谈论本世纪书院精神之不绝如缕，并非完全否定现代大学制度。面向21世纪，毫无疑问，现代大学仍是主流。问题在于，传统的书院教育，是否能为我们提供某种思想资源？我的答案是肯定的。粗略言之，大概可以包括如下三种思路：

---

[1]《从中大到北大》，（香港）《纯文学》复刊3期，1998年7月。

从教育体制考虑：私立大学、研究院及民间学会对于中国学术思想多元化的贡献；

从教育理念考虑：全人格教育、通识教育以及打破教育的实用主义传统；

从教学方法考虑：强调独立思考、自学为主、注重师生之间的理解与沟通。

至于某些具体学科及研究领域——如中国传统文化研究，借鉴书院教学，效果十分明显，自不待言；我想强调的是整个学术思路的转移，即21世纪的中国大学，不应该只是“欧洲大学的凯旋。[1]

了解我对中国书院传统失落的深深感慨，当能明白为什么我对“章太炎与中国私学传统”这样的命题[2]，以及对南开大学、无锡国专这样现代教育史上的“奇迹”格外感兴趣。

本书谈论中山大学那一篇，以《不该消逝的校园风景》为题，

---

[1]《大学之道——传统书院与二十世纪中国高等教育》，（香港）《岭南学报》新1期，1999年10月。

[2] 拙文《章太炎与中国私学传统》初刊《学人》第二辑（江苏文艺出版社，1992），后收入拙著《中国现代学术之建立》（北京大学出版社，1998）和王晓明主编《批评空间的开创——二十世纪中国文学研究》（东方出版中心，1998）。

其中隐含一个假设，即有“雅事”与“隽语”支撑的老教授，乃是校园里绝好的风景。这其实是延续北大百年校庆期间我的一则短文的思路。在那则怀念师长兼自我反省的《即将消逝的风景》中，有这么几段：

记得刚进北大时，在未名湖边流连，学长指着日后逐渐熟悉的老教授的身影告知，此乃燕园里最为“亮丽”的风景。如今，秋风凋碧树，风景日渐暗淡。常听人感叹“江山依旧，物是人非”；其实，既然哲人已逝，“江山”就不可能真的“依旧”。

还会有博学之士入主燕园，但不见得“有韵”且“有味”。作为“阅读对象”的学人，知识渊博固然重要，更值得欣赏的，却是其个性、气质与才情。慨叹老一辈学人多轶事，后来者因长期压抑，有趣的人不太多。当然，还有一些制度性的因素，使得北大校园里这道特殊的风景，有可能永远消逝：一刀切的退休制度，使得以后的学子，再也没有六十三岁以上的老教授可以“从游”；校园里人满为患，新人早已撤到燕北园、西三旗去了，若干年后，未名湖边，再也见不到悠哉游哉的老教授。

没有长须飘拂的冯友兰，没有美学散步的宗白华，没有妙语连珠的吴组缃，没有口衔烟斗旁若无人的王瑶，未名湖肯定会显得寂寞多了。

江山代有才人出,单就“授业”而言,所谓“青黄不接”,大概属于危言耸听。不过,学生阅读的不只是“书本”,更包括“导师”。而我们这一代教授,是否经得住学生们挑剔的目光,是否还能为学生提供精神的乃至审美的享受,实在没有把握。[1]

如果注意到我对梁启超、梁漱溟、梅贻琦等人教育理念的表彰,以及对于“校园里的真精神”的阐发,当能明白“风景”云云,并非文学家的想入非非。

明知“说了等于没说”,作为一名普通教师,持之以恒地关注大学的命运,正应了那句老话:“位卑未敢忘忧国。”只可惜学识浅,撰述无多,勉强选出来的,也就这薄薄一册。

所选十则关于大学的文章,《首都的迁徙与大学的命运》、《传统书院的现代转型》和《学术讲演与白话文学》三篇,是这两年新撰的,从未入集;其余七文,分别选自我已刊的五书。至于略为分隔,上编论文,下编随笔,目的是区别体例:论文用底注,尽量详细,便于研究者复核;随笔则文中夹注(夹注中的篇目,除特别注明者,均见所序或所评之书),以不妨碍阅读为原则。

[1]《即将消逝的风景》,刊《中华散文》1998年5期,同时收入1998年北京大学出版社印行的《青春北大》。

本书的写作，得到普通高等学校人文社会科学重点研究基地基金资助，特此致谢。

2002 年 6 月 30 日于京北西三旗

《触摸历史与进入五四》台湾版自序

五四新文化运动，对我来说，既是历史，也是现实；既是学术，也是精神；既是潜心思索的对象，也是自我反省的镜子。问学二十几年，经历诸多曲折，"五四"始终是我的"最佳对话者"——其具体思路及举措，不无可议处；但作为整体的生气淋漓与丰富多彩，至今仍让我歆羡追慕不已。

十年前，我曾写过一则短文，题为《走出"五四"》，大意是说，"五四"所建立的学术范式（如西化的思想背景，专才的教育体制，泛政治的学术追求，以"进化"、"疑古"、"平民"为代表的研究思路等），虽曾发挥很大作用，也产生若干流弊；可即便如此，我还是不敢"遗忘五四"，理由是：

> "五四"那代人迫于时势，采取激进的反传统姿态，现在看来流弊不小。今日反省五四新文化（包括学术范式），我想，不该再采取同样的策略——尽管那样做更有"轰动效应"，也

> 更能引起传媒的关注。除了学理以外，我只提“走出”，而不敢轻言“决裂”、“超越”或“扬弃”，固然包含我对“五四”那代人的尊重与理解，更重要的是，意识到“路漫漫其修远兮”，实在没有口出狂言的勇气。这一点，与我选择学术史研究作为“走出‘五四’”的桥梁，大有关系。

基于“希望超越‘五四’者，必须先理解‘五四’”这一预设，我旧事重提，开始以平常心直面那早已被神话化了的“五四”。

为了“走出”而“走进”，在世纪之交，我花了五年时间，选择若干专题，与“五四”展开学术以及心灵上的对话。集合在本书中的，便是其中比较有代表性的成果。你或许说，这回的研究，有接受美学、新历史主义、福柯的知识考古学，以及麦克卢汉的媒介研究等的印记，在我，则只是一如既往，以研究对象为中心，拒绝为任何精彩的理论做证。

在我看来，1919 年 5 月 4 日发生在北京的学生大游行，刊行于 1915 年至 1922 年的《新青年》杂志前九卷，以及 1920 年初版、1922 年增订四版的第一本白话诗集《尝试集》，分别代表了“政治的五四”、“思想的五四”以及“文学的五四”。而这正是解读五四新文化运动的三个最重要的角度。选择对于“五四叙事”来说至关重要的三个案，强调“回到现场”，暂时搁置“伟大意义”、“精神实质”之类的论争，目的是突破凝定的阐释框架，呈现纷纭复杂的“五四”场景，丰富甚至修正史家的某些想象。

以下三段话，虽卑之无甚高论，却大致代表了我的工作策略。脱离了具体语境，任何论述都可能是偏颇的；这里只是作为“内容提要”，以便读者对本书的基本框架“一目了然”：

谈论“五四”游行对于中国社会的巨大冲击，历来关注的是学生、市民、工人等群体的反应，而我更看重个体的感觉。众多当事人及旁观者的回忆录，为我们进入历史深处——“回到现场”，提供了绝好的线索。几十年后的追忆，难保不因时光流逝而“遗忘”，更无法回避意识形态的“污染”。将其与当年的新闻报道以及档案资料相对照，往往能有出乎意料之外的好收获。

谈论《新青年》之历史功绩，从文学史，还是从思想史、政治史角度立论，会有相当明显的差异。本文综合考虑《新青年》同人的自我定位、后世史家的持续研究，以及我对“五四神话”的独特理解，希望兼及思想史与文学史——首先将《新青年》还原为“一代名刊”，在此基础上，发掘其“思想史视野中的文学”所可能潜藏的历史价值及现实意义。

《尝试集》之所以成为现代中国文学史上声名显赫的

台北：二鱼文化出版公司，2003 年

北京大学出版社，2005 年

“经典之作”，主要不系于胡适本人的才情，很大程度是“革新与守旧”、“文言与白话”、“诗歌与社会”等冲突与对话的产物。在史家眼中，与文学生产同样重要的，是文学接受的历史。而制约着公众趣味与作品前程的，包括若干强有力者的独立判断与积极引导（比如周氏兄弟之应邀删诗），以及作为知识传播的大学体制（比如“中国新文学”课程的开设）。至于因意识形态纷争而导致某部作品“突然死亡”或“迅速解冻”，使得20世纪中国的文学接受史显得扑朔迷离，因而也更具戏剧性，更值得追踪与玩味。除此之外，还有一点同样值得我们深思：在经典形成的过程中，作者并非毫无可为。像胡适那样借助于自我完善（不断修订自家作品）、自我阐释（撰写《尝试集》三序）以及自我定位（关于“胡适之体”的论述），有效地影响读者的阅读与史家的评价，这在文学史上既非前无古人，也不是后无来者。因此，在讨论文学生产、文学接受以及文本阐释时，我们会惊讶地发现，已被“杀死”了好多次的“作者”依旧顽强地活着，并迫使史家无法完全漠视其存在。

《新青年》同人“自我建构”的能力很强，其“五四叙事”异彩纷呈，令人叹为观止。对于此等由当事人提供的“证词”，不可不信，也不可全信。小心翼翼地爬梳资料，细心体会文本的表里与内外，调动自家的生活体验与想象力，复原那些早已消逝的历史情景，这一过程，不仅仅是学术劳作，更包含某种艺术享受。

正因如此，本书的写作，既很辛苦，也很愉快。其感觉，一如晋人王献之说的，“从山阴道上行，山川自相映发，使人应接不暇”（《世说新语·言语篇》）。当然，这指的是研究者的精神状态，而不是白纸黑字的著述。写作的人都明白，了然于心者，未见得就能了然于手与口。本书之是否“有趣”，仍有待读者的检验。

2003年1月10日于台大长兴街客舍

《触摸历史与进入五四》后记

自2003年6月《博览群书》上刊出我的短文《〈触摸历史与进入五四〉》自序，便不断有朋友前来索要“新书”。也有细心的，注意到我自序的是台版，于是建议赶紧修订扩充，以便在大陆印行。其实，这正是我的设想——先“繁”（体字）后“简”（体字），薄厚有序。只可惜手脚不麻利，设想又太多，岁月蹉跎，一晃眼两年半过去了。

好在“五四”是个常谈常新的题目，不争这一朝一夕。就我个人来说，这题目，过去谈过，以后也还会涉及。这里只是将近年的所读所感、所考所论，做个小结。

二鱼文化版的《触摸历史与进入五四》，有个副题，就叫“一场游行、一份杂志、一本诗集”，不用说，所收三文，当为此书的第一、二、五章。虽然各章日后都做了修订，但大的格局没变。除了这回补充的第三、四、六章，关于五四新文化运动，我还有不少论述。之所以自我设限，不把书做得“更有分量”，目的是保持论述风格的相对统一——必须是选择特定对象，依靠“触摸历史”而“进入五四”的，方才收录。至于其他综论、短评，或时段稍微靠前靠后的，留待日后再结集出版。

关于本书的写作宗旨及论述策略，“导言”及台湾版“自序”

已做了交代，这里主要讲讲文章周边的故事。

第一章的主体部分（即一、二、三节），原是《触摸历史：五四人物与现代中国》（广州出版社，1999年）一书的“总说”，后才独立成文。此书的撰稿人，除作为主编的我和夏晓虹外，还有王枫、郑勇、苏生文、赵爽、杨早、颜浩等年轻朋友。该书“后记”中有这么一段话，颇能显示其撰述特色：

> 在本书的写作过程中，我曾带领包括本书作者在内的若干研究生，沿着当年北大学生的游行路线，用将近五个小时的时间，从沙滩红楼一直走到因被学生“火烧”而名扬天下的赵家楼。一路上走走停停，指指点点，不时以历史照片比照或补充当下景象，让思绪回到八十年前那个激动人心的春夏之交。此举说不上有何深刻寓意，只是希望借此触摸那段已经永远消逝的历史。[1]

没想到，如此低调的叙述，还是招来一阵上纲上线的批判[2]。好在时代变了，人没被一棍子打死，书反而在南方获奖。还有一个意

[1]《〈触摸历史：五四人物与现代中国〉后记》,《触摸历史：五四人物与现代中国》351页，广州出版社，1999年。

[2] 关于此次风波的原委，参见拙著《北大精神及其他》（上海文艺出版社，2000）一书的《后记》，以及书中收录的《“触摸历史”之后》。

想不到的，那就是此书出版后，“触摸”一词竟不胫而走。或许，这得益于其“兼及文史”的风格。此文同时在海峡两岸粉墨登场——以《五月四日那一天》为题，刊于《北京文学》1999年5期；以《触摸历史与进入五四》为题，收入《五四运动八十周年学术研讨会论文集》（台北：政治大学文学院，1999年6月）。至于第四节，原是独立的文章，题为《鲜活的“五四”》，初刊香港《纯文学》复刊第12期（1999年4月），后才整合进去的。

第二章初刊《中国现代文学研究丛刊》2002年3期、2003年1期，约略同时收入我和山口守主编的《大众传媒与现代文学》（北京：新世界出版社，2003年）。到目前为止，这是我写作时间最长的一篇“文章”，2001年5月开笔，到2002年10月方才尘埃落定。在此期间，与日本大学山口守教授合作，召开中日“大众传媒与现代文学”研讨会，以及会后编辑出版论文集，是此文得以最终完稿的重要因素。而研讨会上，我以《文学史家的报刊研究》为题[1]，大谈王瑶先生以降的北大中文系诸君如何注重报刊与现代文学的联系，也算是自报家门。

第三章乃典型的“集合之文”，第一节《“兼容并包”的大学理念》，初刊《方法》1998年5期和《文汇读书周报》1998年6月6日，后收入拙著《北大精神及其他》（上海文艺出版

[1] 参见《文学史家的报刊研究——以北大诸君的学术思路为中心》，2002年1月9日《中华读书报》。

社，2000年）和《中国大学十讲》（上海：复旦大学出版社，2002年）；第二节《北大传统：另一种阐释》，初刊《文史知识》1998年5期，后收入拙著《老北大的故事》（南京：江苏文艺出版社，1998年）；第三节《蔡元培与老北大的艺术教育》，初刊《现代中国》第五辑（武汉：湖北教育出版社，2004年），后收入拙著《文学的周边》（北京：新世界出版社，2004年）。之所以新旧杂糅，整合成文，主要是考虑到蔡元培在五四新文化运动中的重要性。至于强调蔡先生作为教育家而不是政治家的突出贡献，是我的一贯思路；此前此后，还有若干论述。

第四、第五两章，并非只是延续拙著《中国现代学术之建立——以章太炎胡适之为中心》（北京大学出版社，1998）的思考，而是另有渊源。1993年年底，我第一次访问台湾，在台北的“书巢”购得艺文印书馆1972年版《章太炎的白话文》，当即下决心追寻此书的“前世”与“今生”；2000年春夏间，北大图书馆馆长戴龙基邀我帮助鉴定馆藏胡适文物，以新发现的鲁迅书札为契机，我得以步步为营，展开日渐深入的探索。在此期间，承蒙贵州教育出版社奚晓青、卓守忠二君不弃，让我主持“20世纪中国人的精神生活”丛书，并具体负责《尝试集·尝试后集》、《章太炎的白话文》二书的“选编”与“导读”。二书的导读部分，略做删改，便成了以下三文：《令人神往的“提奖光复未尝废学”——章太炎的东京讲学》（《文史知识》2001年9期），《学问该如何表述——以《章太炎的白话文》为中心》(《现代中国》第二辑，湖北教育出版社，2002 年 3 月)，《经典是怎样形成的——周氏兄弟等为胡适删诗考》(《鲁迅研究月刊》2001 年 4、5 期)。

第六章乃集合四则考证文而成，具体出处如下：《失落在异邦的“国故”》与《在巴黎邂逅“老北大”》，分刊《读书》2002 年 6 期与 2005 年 3 期；《不该被遗忘的“文学史”——关于法兰西学院汉学研究所藏吴梅〈中国文学史〉》，刊《北京大学学报》2005 年 1 期；《八十年前的中学国文教育之争——关于新发现的梁启超文稿》，刊 2002 年 8 月 7 日《中华读书报》。稍有经验的读书人都明白，所谓“旧纸堆里的新发现”，事关“才学”，但“机缘”更要紧。念及此，我十分感激英国伦敦大学亚非学院贺麦晓（Michel Hockx）教授和法国东方语言文化学院何碧玉（Isabelle Rabut）教授，正是他们的盛情邀请，使我得以利用访问/讲学的机会，在伦敦大学亚非学院图书馆和法兰西学院汉学研究所图书馆里悠哉游哉地翻书，并有所发现。另外，北大法律系退休教授、收藏家程道德先生提供梁启超的未刊文稿，也是我展开相关研究的必要前提。

记得是 2002 年的七八月间，一天清晨，接到余英时先生从美国打来的越洋电话，说是刚读了我在《读书》上发表的那篇《失落在异邦的“国故”》，很感兴趣。略为寒暄几句，余先生终于进入正题：拿着放大镜，仔细端详文中所附影印件，发现“佥思佥信”四字，应该是“愈思愈信”。末了，余先生不无得意地说：“对于傅先生的墨迹，我看得多，自信还有几分把握。”余先生的意见是对的，我除了照改，更想表达谢意。

除了上述诸君，还得感谢三位台湾友人：邀我赴台讲学、使我得以完成《新青年》研究长文的台湾大学中文系教授梅家玲，寄我《自彊轩日记》的台湾中山大学中文系教授陈燕，以及为我刊行台版《触摸历史与进入五四》的中央大学中文系教授焦桐。

当然，最应该感谢的，还是我的妻子夏晓虹——正是由于她的理解、帮助与鼓励，才使我得以完成一本本小书。

2005年6月6日于京西圆明园花园

《触摸历史与进入五四》英译本序

“五四”之所以能吸引一代代读书人，不断跟它对话，并非“滥得虚名”，主要还是事件本身的质量决定的。必须承认，一代代读者都与它对话，这会造成一个不断增值的过程；可只有当事件本身具备某种特殊的精神魅力以及无限丰富性，才可能召唤一代代的读者。当然，会有这么一种情况，事件本身具有巨大的潜能，但因某种限制，缺乏深入的持续不断的对话、质疑与拷问，使得

LEIDEN · BOSTON:
Brill Academic Publishers, 2011

北京大学出版社，2010 年

其潜藏的精神力量没有办法释放出来。比如说文化大革命，这绝对是个“重大课题”，只是目前我们没有能力直面如此惨淡的人生。“五四”不一样，几乎从一诞生就备受关注，其巨大潜能得到了很好的释放。九十年间，“五四”从未被真正冷落过，更不要说遗忘了。我们不断地赋予它各种意义，那些汗牛充栋的言说，有些是深刻挖掘，有些是老调重弹，也有些是过度阐释。说实话，我担忧的是，过于热闹的“五四纪念”，诱使不同政治力量都来附庸风雅，导致“五四形象”夸张、扭曲、变形。

回过头来看，20 世纪中国，就思想文化而言，最值得与其进行持续对话的，还是“五四”。所谓的五四运动，不仅仅是 1919 年 5 月 4 日那一天发生在北京的学生抗议，它起码包括互为关联的三大部分：思想启蒙、文学革命、政治抗议。虽然此后的中国发生了翻天覆地的变化，但那个时候建立起来的思想的、学术的、文学的、政治的立场与方法，至今仍深刻地影响着我们。一代代中国人，从各自的立场出发，不断地与“五四”对话，赋予它各种“时代意义”，邀请其加入当下的社会变革；正是这一次次的对话、碰撞与融合，逐渐形成了今天中国的思想格局。

看待历史事件，每代人都会戴上自己的有色眼镜，或者说“前理解”。这是所有历史学家都必须面对的困境与宿命。“所有的历史都是当代史”，这名言有其合理性；但沉湎于此，很容易变得自负、专横。历史学家所面对的，只是一堆五彩斑斓的“文明的碎片”；我们凭借专业知识，力图用这些有限的“碎片”来拼接、还原、重构历史，这本来就有很大的危险性。你要是心高气傲，根本不把古人放在眼里，肆意挥洒自己的才情与想象力，不扭曲那才怪呢。我们确实无法完全呈现早就失落的历史场景，但因此就应该彻底舍弃吗？作为训练有素的观察者，我们有义务努力穿越各种迷雾，走近 / 走进那个事件的内核，跟历史对话。某种意义上，我们之“重返现场”，是知其不可而为之——借助这一寻寻觅觅的过程，与五四新文化人进行直接的心灵对话。这样的“对话”，既五彩缤纷，也充满动感，还跟每个寻觅者的心路历程联系在一起。这样的“五四”，方才“可信”，而且“可爱”。

感谢贺麦晓 (Michel Hockx) 教授以及 BRILL 出版公司，正是由于他们的慷慨相助，我与“五四”的对话，方才可能走出国门，为英语世界的读者所了解。

2009 年 9 月 4 日于香港中文大学客舍

（*Touches of History: An Entry into May Fourth' China*, translated by Michel Hockx, LEIDEN · BOSTON: Brill Academic Publishers. 2011）

《当年游侠人》自序

写书的人都明白，一部著作的完成，除了知识积累，还需要某种特殊的心境与机缘。其实，出书也一样，没有这回的台大讲学，就不会有《当年游侠人》的问世。

说不清是缺乏经验，还是诗人脾性作怪，没经过任何市场调查，焦桐兄单凭直觉，便一口“吃下”我好几本小书。既然警告无效，那就“恭敬不如从命”，开始清点起自家的文稿来。真是不看不知道，一看吓一跳。二十年间，我所“结缘”的文人学者，竟与台湾有如此紧密的联系。

那位1893年生于台南府城延平郡王祠边的窥园，三岁时因台湾割让，随父母迁回大陆的许地山，是我念硕士课程时特别关注的文人兼学者；而二十岁便以《台湾竹枝词》文名鹊起的丘逢甲，其“归籍海阳”后的认同危机，以及“辞官办学”隐含的改革思路，前几年也曾引起我的极大兴趣。至于晚清思想史上的重要人物章太炎、梁启超的渡台，更是现代中国学界津津乐道的佳话。

台北：二鱼文化出版公司，2003 年

戊戌变法失败，章太炎因避祸东渡台湾，于 1898 年 12 月 4 日抵达台北，第二年 6 月 10 日，从基隆乘船，转游日本的东西两京。虽然太炎先生的《自定年谱》称，“台湾气候蒸湿，少士大夫，处之半岁，意兴都尽”；可在台期间，章氏将其论政论学的旧作新撰，编订成一代名著《訄书》，这在现代中国思想史上，也算一件大事。记得胡适在日记中曾提到，“中国很少精心结构而有系统的著作”，扳着手指计算，两千年间，也就四十几种，这其中，就有章太炎的《訄书》与《国故论衡》。

同样因戊戌变法失败而流亡，梁启超渡台的时间，比章太炎整整晚了十二年。不过，梁启超1911年2月24日的乘笠户丸渡台考察,因邀请者乃台中声名卓著的栎社,诗酒唱和的包括林痴仙、林幼春、林献堂、连雅堂等台湾现代史上著名的诗人、学者及政治家，此行广为台湾读者所熟知。游台月余，任公先生感触良多：“此行乃得诗八十九首，得词十二首，真可谓玩物丧志，抑亦劳者思歌，人之情欤？”为什么称“吟诗”为“玩物”，读游台第一书，方知梁氏此行目标远大，计划周详，原意是实地考察日本人所吹嘘的“治台成绩”，看能否为日后中国的发展提供借鉴。信中所开列的考察项目，涉及日本殖民台湾的诸多行政手段，包括金融、农政、警察制度、土地及户口调查等十大问题。任公先生甚至已致信老友张元济，准备将拟议中的《台湾游记》一书，交上海的商务印书馆出版。可惜，很快地，辛亥革命爆发，梁氏奔走国事，此计划胎死腹中。不然的话，以其观察力与表达力，留下一部类似《新大陆游记》或《欧游心影录》那样的精彩著述,当不在话下。

隔着约略一个世纪的风云，在台南府城的小巷里穿梭，拾取许地山儿时嬉戏的笑声；在台北街头踯躅，寻找章太炎当年寄居的《台北日报》馆旧址；在雾峰林家“莱园”优游，抚摩那些残缺的石凳；在南港胡适墓园拜谒，欣赏那些深得“适之体”神韵的白话碑文；或者访问阳明山麓的林语堂故居，参观成舍我创办的世新大学等，都让我隐约感觉到历史的余温。而这种交织着历史与现实、生活与梦幻的情境，最典型的，莫过于每天聆听台大校园里傅钟的遥响。

十年前，第一次来台，曾慕名拜谒台大幽静的傅园，为其精美的希腊式廊柱所震撼；这回的台大讲学，每天面对着为纪念傅斯年而设立的傅钟，则有“却把他乡作故乡”的感觉。翻阅《国立台湾大学中国文学系系史稿》，发现许多熟悉的名字，意识到这所大学的文学院，与老北大因缘极深；至于任职时间不长，但对台大发展至关重要的老校长傅斯年，更是“五四”时期北大的学生领袖。因此，当我在课堂上就“晚清文学与文化”，或“二十世纪中国文学”等话题侃侃而谈时，仿佛回到了北大的讲台。讲到得意处，台上台下，会心一笑；此情此景，着实让我感动。

记得有一回，在课堂上借题发挥，谈论起大学者的著述，除了纸面的严谨与理智，纸背的温润与深情，同样值得关切。在这个意义上，“知人”，不只是为了“论世”，本身便自有其独立价值。对于这种带有更多个人性、不过分排斥情感与偏见，近乎密室私语的“特殊的阅读”，好多年前，我曾做过专门论述：

> 并非每个文人都经得起“阅读”，学者自然也不例外。在觅到一本绝妙好书的同时，遭遇值得再三品味的学者，实在是一种幸运。由于专业需要，研究者一般必须与若干在世或早已谢世的前辈学者对话。“对话”与“结缘”，在我看来

颇有区别，前者注重学理之是非，后者则兼及其人格魅力。大概是天性好奇，品尝过美味佳肴，意犹未尽，又悄悄溜进厨房去侦查一番，于是有了这些专业以外、不登大雅之堂的“考察报告”。

重读八年前的这则《与学者结缘》，明白自己为何偏爱别人以及自家“专著之外”的文字，原来是认定，这其中隐含着作者的真性情，或者说某种不可复制的生命体验。

眼前的这册小书，当也做如此期许。

作为读者，喜欢追究作者压在纸背的思考，看好“生命体验与学术研究”的结盟，如此趣味，必然对“有学问的文人”，以及“有文人气的学者”情有独钟。选择黄侃《效庾子山咏怀》中的诗句“此日穷途士，当年游侠人”作为书名，不取其牢骚，而取其气势与情怀。所谓“游侠”，在我看来，主要是一种精神气质，而与具体的职业、武功以及行动能力关系不大。这一点，在我那本“墙内开花墙外香”的《千古文人侠客梦》中，多有论列。

喜欢谈论逸出常轨的游侠，必定不太欣赏“太平盛世”的“平安无事”。落实到今日中国学界，则是对“专业主义”成为塑造我们思想行为的主要力量，以致对各种可能出现的不合规矩的“奇思妙想”造成极大的压抑，表示担忧。因为，越来越精细的学科分野、越来越严格的操作规则、越来越艰涩的学术语言，在推进具体的学术命题的同时，会逐渐剥离研究者与现实生活的血肉联系。别的学科不敢说，但对于人文学来说，这个代价并非微不足道。因此，既希望既投身“专业化”大潮，又对“正统派”之得失保持清醒的认识。在为《现代中国》第一辑撰写的《编后》中，我曾经提道：

在《知识分子论》中，萨义德（E.W.Said）曾抱怨“今天在教育体系中爬得愈高，愈受限于相当狭隘的知识领域”；而研究文学时，“专业化意味着愈来愈多技术上的形式主义，以及愈来愈少的历史意识”。以所谓的“业余性”（amateurism）来对抗专业化大潮，在中国人看来，或许不如“博雅”的说法更精确。与此相关联，我希望以“情怀”来补充“规则”的缺失。对于训练有素的学者来说，说出来的，属于公众；压在纸背的，更具个人色彩。后者“不着一字”，可决定整篇文章的境界，故称其“尽得风流”，一点也不为过。没必要借题发挥，也不是以史为鉴，在选题立意、洞察幽微中，自然而然地调动自家的生活经验，乃至情感与想象，如此“沉潜把玩”，方有可能出“大文章”。我以为，纯粹的技术操作并非理想的学术状态。尤其是谈论20世纪中国的社会、生活、思想、学术、文学、教育等，今人的长处，正在于其与那段刚刚逝去的历史有着千丝万缕的联系，故容易“体贴入微”。

在专业领域之外，还有自家的阅读兴趣，还能对社会发言，还敢写无关升等的文章，这种“业余选手”的架势，或许不被方家看好，我却十分倚重。

收入本书的大部分篇章，曾先后在《读书》等思想文化刊物上发表，当初拟想的读者是“文化人”，而非“专家学者”，故笔调轻松有余，论证严密不足。集中当得起“论文”二字者，大概只有《乡土情怀与民间意识——丘逢甲在晚清思想文化史上的意义》。而选录此文的理由，很显然，是基于“人”，而不是“文”。

至于十五则小文，之所以分为上下两辑，不外前者以人物为中心，后者则有相对明确的问题意识。

本书之采用“随笔”而非“论文”的架势，当初确实是有感而发，而且希望“文”、“学”兼修。只是时过境迁，不少文章失去原先特有的魅力。其功用，大概就像晋人《法显传》所描述的，在杳无人烟的戈壁沙漠中，残留着若干骆驼以及人类的尸骨，后来者据此得以辨认西行的路径。

若做如是想，则本书仍值得编辑。

2003年1月14日于台大长兴街客舍

《当年游侠人》三联版自序

两年多前，台湾二鱼文化为我出了一册月旦人物的小书，题目就叫《当年游侠人》。集中各文水准不一，好在写作时多有感而发，还算有点趣味与幽怀。

书刚刊行，三联书店编辑郑勇便闻风而动，跑来劝说我出简体字版。如此雅意，自是让人感动，可我一直很犹豫。原因是，书中各文，多曾收入我在大陆所刊各散文随笔集中。

直到有一天，郑勇以“漫说文化”丛书受欢迎为例，说明“专题性”对于读者的意义，我才同意他的建议：停刊此前所出各随笔集（除《学者的人间情怀》外），逐渐杂糅新旧，按专题成书。相对来说，谈论现代中国文人与学者的《当年游侠人》最为完整，只需稍做整理，便可问世。而且，以此开篇，也好表达对于先贤的向往与凭吊。

三联版比起二鱼版来，有很大的出入。第一二辑删去了关于苏曼殊、梁启超、傅斯年三文，因其已在准备重刊的《学者的人间情怀》或刚出版的《触摸历史与进入五四》（北京大学出版社，2005）中；另外补上谈辜鸿铭和许寿裳两篇。至于第三辑七文，则全是新增加的。前两辑分别描摹晚清、五四两代学人，第三辑则是追忆那些引领我走上学术道路的师长。各文排列顺序，依据的是传主的生年。

我格外欣赏的晚清以降人物，还有周氏兄弟等，但那些文章或偏于专业,或过于琐碎,不便入集；追忆师长文章,还可举出《满枕蝉声破梦来——怀念吴组缃先生》，因其已藏身《学者的人间情怀》，只好割爱。倒是关于苏曼殊、蔡元培二文的取舍，需要略加解释。在《晚清的魅力》一文中，我说了这么一段话：

> 说来你也许不相信，将我诱入晚清的，竟是三位诗僧。先是“行云流水一孤僧”的苏曼殊，接着是“我虽学佛未忘世”的八指头陀,最后是“华枝春满,天心月圆”的弘一法师。好几次提笔,想细说与我“结缘”的三法师,最后都变成“此时无声胜有声”。三诗僧之让我入迷，首先是其人，而后才是其诗。这种阅读趣味，虽然与专业要求相距甚远，却是我切入晚清的最佳角度。直到今天，晚清文人心态，仍是我关注的重点。

十年过去了,欣赏趣味未变,而“细说”的许诺仍然落空。台版《当年游侠人》中《行云流水一孤僧——关于苏曼殊》一文,实即是《学者的人间情怀》中的《苏曼殊小说全编序》。苏君特立独行，魅力四射，谈论晚清，缺了他确实有点可惜；但自破体例，殊为不值。与此形成鲜明对照的是，谈论蔡元培的小文，虽已入《中国大学

三联书店，2006 年

十讲》(复旦大学出版社，2002)，却依旧保留下来了，还加了个“附录”，显示自家“别有幽怀”。这么做，除了格外看重“兼容并包”的大学理念，更因为区分专业著述与学术随笔的不同读者。

集中所收各文，多少总有点专业上的发现，与作家所写人物传记不同；但拟想读者依旧是大众。也正因此，所记所论，偏于人物的精神、气质、趣味，而不是其政治或学术上的功业。让诸多有趣味有神采的文人学者，走出专业的小圈子，以便大众欣赏与崇尚，这是本书的小小野心。至于文章长短不一，论述角度多有变化，那是事先没有统一规划造成的。当然，对于随笔这种文体来说，随意书写，不拘一格，也自有其好处。

至于将“当年游侠人”的范围，从晚清的康有为、章太炎，一直推衍到几年前刚去世的金克木、程千帆等，那是因为，我坚信，那些我曾有幸“从游”的师长们，也都值得后人鉴赏与品味。

北大百年校庆期间，我曾撰有《即将消逝的风景》一文，谈道：“江山代有才人出，单就‘授业’而言，所谓‘青黄不接’，大概属于危言耸听。不过，学生阅读的不只是‘书本’，更包括‘导师’。而我们这一代教授，是否经得住学生们挑剔的目光，是否还能为学生提供精神的乃至审美的享受，实在没有把握。”此文在大学生中流传甚广，以致常有人问我：没有长须飘拂的冯友兰，没有美学散步的宗白华，没有妙语连珠的吴组缃，没有口衔烟斗旁若无人的王瑶，未名湖是否显得寂寞多了？我想是的。

丙戌初一，爆竹声中，于京西圆明园花园

《大英博物馆日记》小引

今年七八月间，应邀到伦敦大学亚非学院（SOAS）访问研究。时值暑假，学生大都外出，于是免去了原先约定的学术演讲。邀请者表示歉意，我则窃喜。正是这一变化，使我得以抛弃“中国文学专家”的身份，以旅游者好奇的目光，仔细打量这座对我来说十分陌生的国际大都市。

整整一个月，白天外出，游胜迹，逛书店，访名校，进画廊，再就是参观大英博物馆；晚上则躲在家中，阅读从亚非学院图书馆借来或刚刚买到手的各式闲书。就这样，日子过得有滋有味。不知不觉间，到了该打道回府的时候。临走前，扔下一句大话：我会为这座城市写点东西。不是狂妄到以为自己的“妙笔”能让伦敦“蓬荜生辉”，而是这座城市的某些细节确实让我着迷，以致无视专业边界，谈论起走马观花所得的伦敦印象。

伦敦一月，最让我得意的是住处临近大英博物馆，因而得以从容观察这个已有二百五十年历史、绝对享誉全球的“知识的海洋”。走过不少国家、见识过许多美术馆和博物馆，到目前为止，最让我怦然心动、流连忘返的，非大英博物馆莫属。这一判断，牵涉时间、金钱、个人心境以及知识储备等，带有很大的主观随意性。好在我不是博物馆学专家，不必使用“最好之一”这样模棱两可的外交辞令。作为一个充满好奇心而又缺乏专业背景的读者，我的表述，或许更能代表一般游客的见解。

基于此，我选择了十二则参观大英博物馆以及大英图书馆的日记（后者现已独立门户，可原先归属于前者），略做整理，补充了一些相关资料，以奉献给不见得有机会亲临其境的读者。之所以采用日记的形式，目的很明确——藏拙，能说多少算多少。日记中又加附记，则是不敢冒充博学。并非倚马立就的天才，只好屡屡“事后诸葛亮”。

2001 年 9 月 16 日于京北西三旗

《大英博物馆日记》后记

近日重读刘义庆《世说新语》，最欣赏的，依旧是《任诞》篇里的王子猷夜访戴安道：

山东画报出版社，2003 年

> 王子猷居山阴，夜大雪，眠觉，开室命酌酒，四望皎然。因起彷徨，咏左思《招隐诗》，忽忆戴安道。时戴在剡，即便夜乘小船就之。经宿方至，造门不前而返。人问其故，王曰："吾本乘兴而行，兴尽而返，何必见戴！"

魏晋名士风流，千载之下仍令人怀想不已。只是其刻意讲究言谈容止，有时用力过度，流于造作。眼前这则逸事，因无此弊，甚得我心。

今人也讲闲适，但将其视同风油精，平时搁置不用，关键时刻起“提神”作用。忙忙碌碌地赚钱，再忙忙碌碌地消费，一切都基于“计划”与“效率”，很难再有凭兴致挥洒时间、金钱与才华。偶有标榜“不随人后”、“无所顾忌”者，又走到了另一个极端，成了“我是流氓我怕谁”。既不想过分委屈自己，也不敢硬充名士，只是希企适性而行。眼下这册“计划外”小书，便是“意气用事”的产物。

虽说只是几万字的小书，却并非一气呵成。在英国总共才居留一个月，所谓“席不暇暖”，居然就敢著书讲论，似乎有点不自量力。就像最后一则日记所说，这都是读童话读出来的毛病。可正因为“老大不小”，更向往任性而行。平日里上讲台、写论文，不好过于即兴；既然是假期，那就应该允许乃至鼓励自由发挥。

原先没想专写大英博物馆，否则定会多加留意，收集相关资料。回家前十天才突发奇想，要写点东西。当时定的题目，俗得不能再俗，就叫《漫步伦敦》，还连夜赶写出序言。这篇已经作废的“序”，放在附录里，以见最初的写作动机。

本想比照朱自清先生的《伦敦杂记》，也写九则，以便与之遥相呼应。朱先生前四则谈书店、文人宅、博物馆、公园，那好办，此乃游览伦敦者必由之路；最后一则记房东，我则略为转化，描写“在酒楼上”的“一间自己的小屋”。中间部分谈市场、谈吃、谈乞丐、谈圣诞节，我没有什么体会；于是转换视角，谈大学，谈桥，谈地图，谈议会大厦，好在都与伦敦相关。

朱先生早年的散文，常夹入小说笔法，描写生动而逼真，只是“经营”的意味太浓；中年以后文字，干净利落，粗看很平常，仔细阅读，才琢磨出味道来——并非才子型的“直抒胸臆”，而是言浅意深的“平易”。人多赞其散文集《背影》等，我则更欣赏《经典常谈》和《伦敦杂记》。轮到我邯郸学步，更倾向于在散文中带进随感，包括读书札记等。学不来朱先生驾御文字的功力，但散淡与质朴，还是希望略显一二。

由原先拟想的更为感性的“漫步”，改成比较学究气的“日记”，那是因回到国内，恢复原先的工作状态，不只时间无法自由支配，连兴趣与感觉也都变了样。眼看又会像以前诸多自以为精彩的计划，电光一闪，照亮茫茫大地，然后隐入永远的黑夜。关键时刻，朋友坚邀为改版后的《文物天地》开专栏，一时冲动，答应整理大英博物馆日记。第一则日记发表，杂志还在封面上“广而告之”。这么一来，没有退路了，所谓“开弓没有回头箭”是也。

将“漫步”改成“日记”，不免稍为约束自家笔墨。但这也有个好处，既藏拙，也便于“延伸阅读”。每则日记后面的“附记”，固然是“事后诸葛亮”，就连日记本身，也有所修饰与补充。当初只是记下大致印象，改写成文章，不能不略为铺陈，还核对了若干引文，且注明版本等。不想旁征博引，害怕变成另一种考据文章，故还是采用限制叙事，勉强维持“日记”的体面。至于日记中为何多有关于读书生活的记载,并非炫耀博学,而是当初阅读这些“闲书”，就知道其不太可能进入我的专业论述；舍不得丢弃这些“鸡零狗碎”的有趣资料，故抄录在日记中。当初的想法是，杂记若干客居伦敦时的读书生活，也算一种纪念。

古人云：读万卷书，走万里路。这既可以理解为在行路中读书，山川与书籍相映照，故容易领会与查核；也可以理解为书籍散落四方，非走万里路前往搜访不可；还可以解释为，读书人也像侠客一样，非浪迹天涯，不能成就大学者的气魄与境界。清初学者傅山之以鹿车载书漫游，以及顾炎武的出走北地访书，在国仇家恨之外，确实也与此古训有关。更近的例子，便是胡适等现代学者的海外访书了。看前辈学者伦敦读书,左右采获,煞是羡慕。我此行的学术目的是追寻晚清画报以及明清小说之绣像，不过并没寄予太大希望。因此才随心所欲阅读，给自己“学术休假”，以恢复对于未知事物的强烈好奇心。

至于“附记”部分之不时掺杂当代生活经验，目的是打破博物馆的封闭性。在一个“神圣事物”受到普遍挑战的时代，博物馆不可能独善其身。不管是追究藏品之来源（这一点乃大英博物馆的软肋，最容易招来后殖民主义者的严厉批判），还是辨析其入藏标准、展出原则，以及维护主流社会政治意识与审美趣味的功能等，都有其合理性。但博物馆不可能被废止，其基本功能也很难被取代；改良的方法，在我看来，可在多元视野以及古今对话上下功夫。也就是说，让藏品走出封闭的博物馆世界，与当代人的日常生活以及精神世界发生关联。这也是我阅读大英博物馆的方式，以及不避累赘地为每则日记撰写“附记”的原因。博物馆不是一个自足的世界，它在召唤观众的同时，也被观众的眼光所改造。只有将储藏远古记忆的博物馆，与关注日常生活的大众传媒，以及沟通古今的学校串联起来，互相支持，也互相质疑，其“传播知识”的宗旨，方才比较容易得到体现。

伦敦读书，主要着眼“图文并置”所产生的阅读效果。这既延续了此前自家若干著述的思路，也有新的体会。在一个陌生的文化环境里，图像所传达的信息，远比文字清晰，且更容易被接受。不仅仅是因为读者的语言能力，更包括图像所特有的直观性与丰富性，容易激起主动介入与重新阐释的欲望。举个例子，“看图说书”就比“读后感”更多自由驰骋的空间，也更容易激发创造热情。当然，文字也自有其优势，比如抽象性与深度感等。古已有之的“左图右史”与“图文并茂”，都是意识到图文二者互相补充的可能与必要。从出版《触摸历史：五四人物与现代中国》（1999 年）、《点石斋画报选》（2000 年）、《图像晚清》（2001 年），到为鲁迅的《中国小说史略》和自家的《千古文人侠客梦》配图（2002 年），再到眼下的这册小书，在我，都是在努力探寻文字与图像互相阐释的有效途径。

如此说来，闲书不闲，冥冥之中似乎自有安排。

台北：二鱼文化出版公司，2004 年

此书之得以最终完成，得益于夏君的激将与宽容。与我同行的夏君，既分享当初旅游时的欢乐，也帮助恢复若干记忆，还承担“监工”与“验收”双重责任。另外，伦敦之行，得到伦敦大学亚非学院贺麦晓（Michel Hockx）教授的大力帮助。而叶隽、安延夫妇的结伴，也给我们的游览带来了许多便利。对于上述四君，均表谢意。

2002 年 9 月 15 日于台大长兴街客舍

2003 年 2 月 7 日，全书定稿于京北西三旗

《大英博物馆日记》台湾版序

在一个所谓“地球村”（global village）的时代，出国旅行乃家常便饭。既然是旅行——而非科学考察，你我都很清楚，也只能是“走马观花”。可即便如此，有心人还是能在一众看客里，分出个高低雅俗来。欣赏自然景观时，或许差距不太明显；一旦走进博物馆，便很难掩饰各自的趣味——后者显然需要更多的知识储备。

不是博物馆学家，对英国历史也缺乏深入的了解，我之游览大英博物馆，纯属业余爱好。按理说，这样的人，是没有资格在公众面前说三道四的。可意想不到的是，我斗胆写出的这册小书，出版后竟大获好评，中央电视台“读书时间”栏目还专门制作了长达半小时的专题片《陈平原带您游大英博物馆》。选择这么一个蹩脚的“导游”，当然不是看中其并不丰厚的学识，而是公众比较容易借助此非专业的视角进入这座知识的海洋。

如果说这册小书有什么可取之处，我想，大概是笔者阅读博物馆的姿态以及叙述这一阅读时采取的策略。具体说来，便是贯穿全书乃至深入骨髓的“图文并置”与“古今对话”。跟一般的图文书不同，本书的图像资料，以“历史感”而非“愉悦性”见长，而且构成了论述的重要组成部分，几乎可与文字平分秋色——如果不说更胜一筹的话。这无疑与我近年关注图像与文字，将其作为研究课题，不无关系。

所有进入博物馆的人，都明白“古今对话”的重要性。本书的特色，在于引入另外两个参照系——作为游览者的我，不仅与博物馆里的万千展品对话，还与此前诸多描述这座博物馆的先贤以及当代中国的日常生活对话。如此胡思乱想、自由剪辑，不能说没有打破博物馆自我封闭的意图，但也是随笔这一体式使然。

不说你也知道，对于真想了解大英博物馆的历史与现状的读者来说，此书最多只能算是“开胃酒”。如此零敲碎打，若能勾起你深入探究甚至拨乱反正的欲望，作为作者，我很乐意“功不成也身退”。

2004年11月16日于京西圆明园花园

《人在北京》自序

当年在广州读书，常听当地人讲“食在广州”。意思是说，广州人对“食色，性也”的“食”极为讲究，从用心、用料、用力，到技巧、产值、品味，都是天下无双。当时觉得，这种带有排他性的自我吹嘘，很难被外地人接受。没想到，“忽如一夜春风来”，此句式竟像“千树万树梨花开”，迅速在神州大地蔓延开来。不管是衣食住行、歌舞宴游，还是油盐酱醋、春夏秋冬，最佳的推销语，莫过于套用此句式。

不过，这“在”字句用多用滥了，也就丧失了原先所具有的震撼力与杀伤力。慢慢地，词义本身也发生了变化，由唯我独尊的“天下第一”，变成你好我好大家都好的“最好之一”。但即便如此，此句式先天具有的霸气与傲气，还是没有完全退去。

我的任务是，进一步削弱其“霸权主义”色彩，将价值判断转化为现象描述。由原先设想的不无张扬的“学在北京”，一转而

台北：联合文学出版社，2003 年

成波澜不惊的"人在北京"，这么一来，兼及宏大叙事与私人叙事，不只牵涉北京历史文化，更落实在我所生活的北大校园以及我所认识的北大师长。后两者，其实正是本书所赖以展开的线索。

对北京这座"八百年古都"兼"国际性大都市"，说实话，我很感兴趣，也有将其作为学术对象的企图。但到目前为止，还只限于临渊羡鱼。本书之斗胆选择以"北京"为主角，乃得益于许君的指点与鼓励。想想也是，在北京生活了近二十年，对于这座城市，虽无纵横捭阖的学术实力，打打边鼓还是可以的。再说，我的谈书店，说大学，怀师长，对于以学术文化著称的北京来说，其实也是题中应有之义。

换句话说，本书的主角确实是北京，但那只是以学术文化为主轴的北京；而且是透过一个生活在北京的学者不无偏颇的目光以及略嫌芜杂的笔调，所隐约呈现出来的。

2003年3月17日于京北西三旗

《看图说书》小引

小时候上语文课，特别喜欢“看图说话”。面对一幅或数幅有大致内涵而又充满不确定性的图像，自由驰骋，任意发挥，感觉很过瘾。比起背诵口诀、默写生词，就着生动的画面，讲述“自己的故事”，无疑更能调动争强好胜的孩子们的参与意识。很可惜，时至今日，我还没弄明白这种在游戏中学习、在模仿中创造的课堂设计，到底是何方神圣发明的。

长大后，读鲁迅的书，看他表彰启蒙读物《看图识字》，方才回想起，我辈儿时识字，确是大大得益于各类图像。为蒙童绘图，虽说难登大雅之堂，可此等事却实属不易：

> 倘不是对于上至宇宙之大，下至苍蝇之微，都有些切实的知道的画家，决难胜任的。（《且介亭杂文·〈看图识字〉》）

可是，为何轮到我来谈论启蒙教育中图像的意义时，竟然忘了“看

三联书店，2003 年

图识字”这回事，而偏偏记住了“看图说话”？总不能归结为表现欲强，从小就喜欢耍嘴皮？或许这么说更实在些：同样是有效的教育手段，前者基本是被动的接受，后者则包含着即兴发挥，因而更符合儿童的天性。

逗引起我对知识传播中图像作用的思考的，还是鲁迅。不过，这回改为中国读书人大都耳熟能详的名文《阿长与〈山海经〉》。鲁迅是这样描述他那“最初得到，最为心爱的宝书”的：刻印粗劣，纸张发黄，图像不佳，但幻想力十分丰富——

> 人面的兽；九头的蛇；一脚的牛；袋子似的帝江；没有头而“以乳为目，以脐为口”，还要“执干戚而舞”的刑天。（《朝花夕拾·阿长与〈山海经〉》）

作为课堂练习的“看图说话”，与凭兴趣临摹绘图本《山海经》，二者之间有很大差异。前者着重语言文字表达能力的培养，后者则兼及审美意识与绘画能力的提高。此外还有一点，我始终耿耿于怀：当初让我“说话”的所有图像，描述的均为日常生活，政治正确，符合科学精神，绝无白日做梦、想入非非的余地。如此培养出来的乖孩子，未免过于“少年老成”了。我是等到长大成人，有权利自由选书及阅读时，方才晓得欣赏那猛志可佳的“刑天舞干戚”与稚气未脱的“奇肱国飞车”。说起来，真的有点不可思议。尽管怀疑当初“看图说话”之边界过于严明，有可能妨碍儿童想象力的发挥；可那毕竟是我“最初的创作”，况且还常常博得老师的表扬，故至今回想起来，感觉还是挺温馨的。

其实，欣赏图像，不只限于识字不多的儿童，连博古通今的硕学鸿儒，也都可能挑灯夜读，拍案叫绝。我这里说的，是中国人久远的读书传统：左图右史。硕学鸿儒之“看图”，其眼光与趣味，当然比只是借机“说话”的小学生要高远幽深得多。但究其根底，其实也有接近处，那就是相信图像和文字之间可以互相诠释。抽象的语言表达不清楚的，直观的图像让你一目了然；反过来，单纯的图像无法讲述曲折的故事或阐发精微的哲理，这时便轮到文字“大放光芒”了。道理其实很简单。只是由于图谱传世远比文字书籍困难，西汉刘向、刘歆父子创立《七略》体例时收书不收图，再加上历代文人学士或着力辞章，或追寻义理，均将才情学识系于“语言文字”，而相对忽略了图谱之用，使得国人没有真正养成读图的习惯。这一点，宋人郑樵撰《通志略·图谱略》时，已有相当深刻的反省。

即便如此，中国书籍之“图文并茂”，还是源远流长，绝对值得华夏子孙引以为傲。不说唐五代时期的雕版印刷在传播佛教、普及文化以及服务民众日常生活方面所发挥的巨大作用，单是宋元以降文学作品插图之精彩，便令今人叹为观止。配合着大量小说、戏曲的叙事，有过许多精彩的“全相”与“绣像”，这点广为人知。我想说的是，即便是相对空灵的诗歌意境（如《六言唐诗画谱》），或文章情调（如《古文正宗》），画家们也有本事将其还原为图像，可见古人在文字/图像互相转化方面的功力，实在不可小觑。

没错，在版刻书籍及文学插图这个论述框架中，图像总是屈居配角。必须是先有“诗情”，而后才可能转化出“画意”。这一点，与“题画诗”的创作顺序恰好相反。但这并不妨碍才华横溢的画家发挥其想象力与创造性。同一个故事，不同时代不同画家可以有截然不同的表现。固然有画风、技巧方面的制约，但也包含着画家对这一故事的理解。最明显的，莫过于各种版本的《西厢记》

之众彩纷呈。不只是莺莺的造型有很大的变化，画师配图时之场面感,以及“精雕细刻”的审美意味,都自然体现出对这一永恒“爱情故事”的不同理解与诠释。

我关心的，还不只是画家的笔法（刀法）是否娴熟，画面的构图是否饱满，而是读者阅读时，能否体会画家经营的苦心。作为传播媒介的图像与文字，各具长短，有可说而不可画的，也有可画而不可说的；就看配图的画家本事高低，能否“出新意于法度之中”。至于读者，将并置的图像与文字对照阅读，会产生什么样的效果？之所以如此设问，因为据说寺庙的讲经，以及瓦肆的说书，有以图像相配合的。挂一彩绘的立轴，然后凭借三寸不烂之舌，让听众的听觉与视觉得到最大程度的享受。这情景，还是挺令人神往的。

三十年前，我在粤东山区插队。承蒙乡亲厚爱，安排我春节期间在晒谷场摆一乒乓球台，再搭上一书桌，讲述梁山好汉的传奇故事。凭此特长，我每年都有半个多月的“带薪休假”——即在家温书,照样记工分。说书人靠的不是死记硬背,记得故事大要,其他就看临场发挥了。反而是人物的性格、相貌、举止马虎不得,需要事先琢磨,烂熟于心。如此,即便情节略有伸缩,人物稍微变形,也都无伤大雅。说实话,那时浮现在我脑海里的林冲、武松、鲁智深、公孙胜等形象，主要来自连环画的造型。当时，要是能找到包含若干“绣像”的“古本”，我之讲述水浒故事，说不定会有更精彩的发挥。

“说书”作为一种表演，与文学体式“小说”之形成与发展，关系极为密切。这点，不必念文学史，也都能猜个八九不离十。本专栏之开设，希望不但可以“看图”，而且能够“说书”——评述已经成书的小说。中国古代小说的创作与传播，与说书艺术有千丝万缕的联系。即便像《儒林外史》那样已经相当文人化的写作,也都要摆出一副说书场中面对听众讲故事的架势。与此相适应，我也不准备宣讲什么大道理，而只经由一个个小故事，让读者理解文学生产的途径以及图文配合的方式。

小说写作在前，图像配合在后，如何争取做到“珠联璧合”，这就看接受者兼创作者的画家之眼光与手段了。轮到我来阅读图像，或引申发挥，或补充说明，则基本上只是一种接受与阐释。从文字到图像，再从图像回到文字，如此曲折往还，或许还能撞击出些许有意思的“思想火花”。不过,眼下还不敢说大话,原因是，本人并非美术史科班出身，主要的着眼点还是文学、文化和历史。如此阅读图像,就像武侠小说里所说的,不是少林、武当那样的“名门正派”所为，总让人放心不下。

而之所以如此胆大妄为，一是觉得这事好玩，二是受鲁迅一则私人通信的启示。1934 年 1 月 11 日，鲁迅致信郑振铎，希望其完成《北平笺谱》后，“大可以作第二事，就是将那资本，来编印明代小说传奇插画，每幅略加解题”。郑先生后来编印《中国版画史图录》等，于中国文化建设意义重大；倒是选明清小说插图而“略加解题”一事，没来得及做。那好，就让后学我来试试看。

2000年5月24日于西三旗

《看图说书》后记

大约一百年前，中国人开始面对报刊连载时，作者和读者之间，曾有过短暂而艰难的“磨合”。表面上是小说家韩邦庆、徐枕亚在教导读者，读报刊连载时不能性急，必须不断地掩卷沉思，“思之累月而竟不得”，方才接读下文；可实际上，还是作家们努力使报刊连载小说朝着适应读者趣味的方向发展（参见拙著《中国小说叙事模式的转变》269—271页，北京大学出版社，2003年）。这还是指那些博得读者青睐、风靡文坛数月乃至数年的成功之作。大部分连载可没这么幸运，或反应平平，全然吊不起读者的胃口；或突遭变故，半道上就偃旗息鼓了。经营好一个“连载”或“专栏”，其实很不容易。

就这么点浅显的道理，我也是碰了一鼻子灰，方才悟出来。三年前，我一时兴起，答应为《中国图书商报·书评周刊》撰写关于中国古典小说插图的《看图说书》。虽属专栏，但允许我有长有短，算是一种特殊照顾。这么一来，可苦了责任编辑，每回都是手忙脚乱。我呢，同样也不轻松。按理说，每周一次，每回一两千字，配上三四幅图，工作量不算很大。只可惜不是职业作家，还有好多别的工作要做，一不小心，就过了交稿的期限。平日作文，讲究的是灵感与情趣，即便没有神来之笔，可也不能太委屈了自己。遵循的是鲁迅的教诲，“写不出的时候不硬写”（《答北斗杂志社问》）。这下可好了，时间一到，非提笔——不，开机——不可。念及此，马上兴致索然。回头想想，对于那些持之以恒且常有上乘表现的专栏作家，不能不存几分敬意。

一个偶然的机缘，或者说一个很好的借口——到德国讲学，让我“堂而皇之”地撤离了战场。出国讲学期间，确实不适合继续经营这个当时颇受欢迎的专栏。问题在于，三个月后，讲学归来，心境略有变化，加上各种杂事缠绕，于是一次次地辜负了读者及编辑的期待。不是提不起兴趣，而是无法保证从此不断档——零敲碎打，时断时续，那样更对不起读者。

在这期间，有很多出版界的朋友看好此专栏，希望将其结集出版。看我如此“难产”，纷纷出谋划策，最常听到的高见是：不妨先做一了结，然后声明“未完待续”。开始还硬挺着，说是马上就能腾出手来，一次推出，效果好些。终于有一天，明白自家长不出三头六臂，无法同时做好多事，只好从善如流，让本书先行一步。

搭起一个大架子,只谈了区区五种,实在说不过去。后面的呢?说读者“翘首以待”,那是假的;成了自家的心病与压力,这才是真心话。

2003年9月24日补记于西三旗

《陈平原序跋》小引

捧起一本书，习惯上先翻书前书后的序跋，欣赏那些深一脚浅一脚、或东或西飘忽不定的闲话。因为，借助于此，知道自己是在与一个有生命感觉、有喜怒哀乐的血肉之躯对话，心里踏实多了。将心比心，轮到自己出书，自然也喜欢借序跋说点闲话。

说是“闲话”，其实并非无关紧要，往往是写书时压在纸背的“心里话”。倘若是专业著述，为了符合学术规范，写作时不免扣紧主题，不敢随意摇曳笔墨。至于结集的散文随笔，并非撰于一时一地，其中的“心路历程”，更需要一吐为快。如此说来，最需要序跋的，其实是作者本人。

表面上是面对读者，介绍自家新书；实则是面对自己，检讨走过来的足迹。也正因此，有真意，去粉饰，随意点染，长短不拘，是序跋的基本特征。而其中最为关键的，是有自家面目及心迹在。至于是否“袭辞赋风流”，能否“非雷非霆，而千载震惊”，当看个人学识、才情及机遇，勉强不得。

东南大学出版社，2003 年

虽则喜欢前贤或幽玄或平实的各式序跋，却从未想到将其作为一种独立文体来认真经营。只是每书完稿，照例总会写下若干闲话，否则，这句号似乎就画不圆。就像吃完饺子，非喝碗饺子汤不可，民间的解释是，“原汤化原食”，有助于消化。

如此说来，这册序跋集，不见得有多么了不起的文章价值，却必定具有生命史的意义——起码使得个人近二十年的求学经历，留下若干清晰的印记。再配上妻子精心挑选的三十帧生活照，几乎成了具体而微的“学术自传”。

学业未成，弄什么“自传”！好在我加了“几乎”以及“具体而微”两个修饰语，以显诚惶诚恐的心态；至于为“学术自传”加引号，则不无自嘲的意味。

2002 年 11 月 24 日于台大长兴街寓所

《当代中国人文观察》自序

十年前写过一则短文，题目就叫《十年一觉》，说的是与钱理群、黄子平二君共同营造的“十载燕园梦”如何飘然远逝。文章中有这么几句颇为伤感的话：“屈指算来，从第一次到北大寻梦，到今秋东渡访学，刚好十年。人生能有几个‘十年’？更何况适逢从‘而立’走向‘不惑’！”十年后重读此文，即便撇开杜牧诗句，“十年一觉”四字，也依旧撼人心魄。

上回发此感慨，是为三人合撰的一册小书作序；这回呢，则是谈论自家的文化评论集。应南京大学中国现代文学研究中心之邀，决意将近年所撰关于当代中国的文章结集出版。挑挑拣拣中，突然发现一个秘密——又是一个“十年一觉”！真是冥冥之中，自有定数。我之基于学术立场“考古证今”，起点应为 1993 年。正是这一年，以剖析“精英文化的失落”以及“人文学者的选择”为契机，我开始以“业余爱好者”的眼光与架势，偶尔涉足“当代中国”话题。

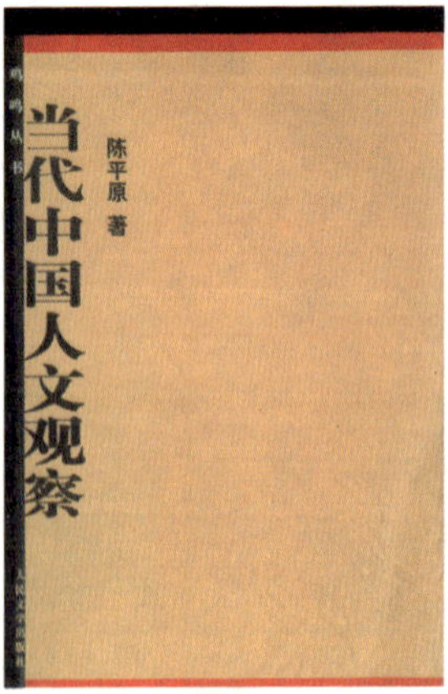

人民文学出版社，2004 年

北京大学出版社，2010 年

面对当代中国诸多让你或悲或喜、亦惊亦叹的文化现象，张大嘴巴的同时，也不由得睁圆了眼睛，观察、记录、分析、考量，甚至直接将其作为研究对象。记得很清楚，当初之所以“越界”，撰文剖析“当代中国”，不外想借此保持与当下文化建设“不即不离”的联系。这一潜在动机，诱使我撰文时不避琐碎，尽可能多地保留感性资料，以便后来者得以从容地进入历史。这其实是我自己从事中国现代文学及学术史的体会，“立此存照”的精细描述，往往比不着边际的高头讲章，更能呈现历史的某一面相。

并非此行专家，自愿扮演“观察者”角色，这既解释了我为何无法展开深入的学理探究，也给自己保留了海阔天空纵横驰骋的自由。从相当热门的学术史、民族主义、武侠小说，到近乎明日黄花的文化人与学院派的分工、文言与白话的对峙、政治与文学的纠葛，还有方兴未艾的“北京学”，以及大众传媒与现代学术的关系等，都被纳入本书考察的范围。只是囿于“观察者”立场，加上会议论文或专题演讲的文体特征，使得本书的论述“鲜活”有余而“深邃”不足。就近观察一个生气淋漓、充满动感的社会，好处是“真切”，缺点则是容易流于“浮泛”。对于像我这样的“业余爱好者”来说，“蜻蜓点水”、“大而无当”之类的讥讽，只好预先认领了。

唯一聊以自慰的是，这种“非专业”的观察，很可能带入别样的眼光与方法，有时又为专门家所不及。况且，“你站在桥上看风景，看风景人在楼上看你”（卞之琳《断章》），焉知今日粗浅的描绘与论述，他年不会成为学者有用的史料？念及此，于是不避浅陋，选择了近十年间所撰十文，奉献给关注当代中国文化进程的读者。

悠悠十年，观察对象在变，观察者本身也在变。本书的论述，从思想到文体，前后并不完全一致。为了存真，各文依写作及发表的顺序排列，除统一体例、调整注释外，文章内容不作改动。需要说明的是，前四章多年前曾分别入集，这回抽出合刊，为的是自家思路的完整。区区私心，敬请读者谅解。

2003年3月31日于京北西三旗

《当代中国人文观察》增订本序

与2004年人民文学出版社刊行的初版本相比，北大“增订版”的最大差异是，减少了《“五方杂处”说北京》与《“通俗小说”在中国》二文，增加了《“学术文”的研习与追摹》、《学术史视野中的“关键词”》、《重建“文学史”》、《中国大学改革，路在何方？》、《大学中文系的自我定位》、《校友与大学文化》六文，另外，还有十六则议论当下的“学术随感录”。为何加一括号，以“续”相称？那是对于“八十年代”青春激情的呼应。1988年，我曾放下手头的研究，为《瞭望》周刊及《人民日报》撰写《关于“学术语法”》等六则“学术随感录”。这组短文，收入《学者的人间情怀》等书，在学界影响颇大。不同于昔日的一鼓作气，这回的写作，断断续续，只是表达了一介书生对于“当代中国学术”的持续关注。

依旧扮演“观察者”的角色，有“视野”，有“情怀”，偶尔也有“介入”，但从来不是登高一呼的“英雄”。那是因为，我始终记得举鼎绝膑的教训。心境不即不离，态度不愠不火，论题不大不小——偶尔发言，也只求“切己”、“深信”以及“力所能及”。

比起专治“当代中国”的学者，我的文章不够专深厚重，但注重历史溯源，强调当代人的切身感受，自认还有可取处。至于“站队”以及硝烟弥漫的“论战”，非我所能，也非我所愿。还是胡适那句老话：多研究些问题，少谈些主义。

2009年8月12日于香港客舍

《从文人之文到学者之文》后记

两年前(准确地说，是2001年2月至7月)，我在北京大学第一教学楼204教室，为研究生开设“明清散文研究”专题课。课刚开讲，反应很好，三联书店的朋友听说了，提议出版讲课记录稿。于是，请几位研究生帮助录音，并做了初步的整理。学生们工作过分认真，“有闻必录”；我则问心有愧，不好意思“带病(语病)出场”。既想保存讲课时的语气与神态，避免混同于一般论文，又不希望留下太多的纰漏，贻人笑柄，于是，只好略做“修补”。拿起放下，放下拿起，如此磨磨蹭蹭，直到非交稿不可，方才草草收住。

一开始没经验，有的课(归有光、王思任)没录上，有的(龚自珍)则换带子时缺了一大截；还有三讲(徐弘祖、刘侗、傅山)整理出初稿后，感觉不满意，自己压下来了。至于李渔、袁枚、章学诚三家，已做好准备，但没来得及开讲。这样七折八扣，原先设想的十八家，就剩下眼下的九讲了。需要说明的是，“开场白”只是讲授提纲，没

三联书店，2004 年

有临场发挥，与其他各讲的风格很不一致。这自然有点可惜。而逝者不可追，除非重来一遍，否则，也只能保留这个遗憾了。

当初确定书名时，我脱口而出——“明清散文十八家”。其实，那时课刚开始，真不知道能讲几家。为研究生开设的专题课，往往是讲到哪儿算哪儿，有“计划”但难以“实现”。事后想想，这

“脱口而出”的背后，大有深意在焉。讲一学期的明清散文，可以是十六家，也可以是二十家，为何一口咬定十八？了解我的学术背景的，马上会联想到陈独秀的“十八妖魔”。确实如此，不是大家熟悉的十八姨、十八省、十八学士、十八贤人，也不是常被挂在嘴上的十八罗汉、十八层地狱、十八般武艺，而是名不见经传的“十八妖魔”。这“十八妖魔”四个字，在《汉语大辞典》里是查不到的，那是陈独秀创造出来的，见于其《文学革命论》。

1917年2月，陈独秀在《新青年》2卷6号上发表日后影响深远的《文学革命论》，呼应胡适提倡白话文的主张，除了大家熟悉的文学革命“三大主义”，还有就是“与十八妖魔宣战”。在陈独秀看来，中国文学发展到元明清，本该大有作为，可惜给“十八妖魔”毁了，以致“远不能与欧洲比肩”。“此妖魔为何？即明之前后七子及八家文派的归、方、刘、姚是也。此十八妖魔辈，尊古蔑今，咬文嚼字，称霸文坛，反使盖世文豪若马东篱、若施耐庵、若曹雪芹诸人之姓名，几不为国人所识。”极力表彰元杂剧及明清小说，这我很赞同；但把同时代的文章一概斥为“无病呻吟”，“直无一字有存在之价值”，则未免过分了些。搞革命的，需要理想与激情，认准“古文”该死、“白话”当活，胡适、陈独秀于是大声呐喊。至于明清之文是否真的如此不堪，以致必须彻底打倒，等日后打扫战场时再做商量。我原先学的是现代文学，对这“十八妖魔”说的来龙去脉及其利弊得失，自是了然于心。开这门课，也算是为五四新文化运动“打扫战场”，呈现当初情急之余，被当作脏水泼掉的“明清之文”的另一侧面。还是“十八家”，只不过不再是陈独秀想象的那“十八妖魔”。

课堂讲授不同于个人著述，不能不更多考虑听众的接受能力，往往清晰有余而厚实不足。跻身“讲坛”丛书，希望保留原先的闲文与穿插，更使本书显得不够严谨与丰腴。但借助明清十八家文章，呈现三百年间（16世纪中叶至19世纪中叶）中国散文发展的大致脉络，并引起学生对这一古老文体的兴趣，是这一课程的主要目的。计划虽未全部完成，但基本思路及大致面目已经出来，不妨就此打住。

最后，感谢修课的近百位同学，他们的掌声与笑声，是对讲课者的最大鼓励。至于帮助录音以及初步整理的几位研究生——魏泉、葛飞、杨志、吴献雅、陈丹丹、季剑青、陈洁等，更是给我的工作提供了很大的方便，没有他们的积极参与，就没有本书的问世。

2004年1月31日于圆明园新居

《文学的周边》自序

收集在本书中的，是我近两年在不同场合六次专题演讲的整理稿。

为什么不直接说是“演讲稿”,而非要啰里啰唆,说成是“演讲”的“整理稿”呢？就因为从声音转为文字，从会场转为书斋，从听众转为读者，变化实在太大。当初台上台下的会心一笑，现在很可能变得莫名其妙；当初借助身体语言，能让听众心领神会的地方，如今也都失去了效应。更何况，还有当初急不择言，现在看来明显不妥，或者一时紧张，未能充分发挥之处。所有这些遗憾，都必须在“整理”时加以修补。

有人才高八斗，出口成章，只要获得讲台，就能如长江大河般滔滔不绝，没有废话，也没有常识性错误。那种职业演讲家的派头，我学不来。除了学识才情方面的限制，还有一点，那就是长期当教师落下的“职业病”——特别看重台上台下的对话与交流。演讲中，不时根据听众的眼神与表情，调整思路与论述策略，或删繁就简，

新世界出版社，2004 年

或补充说明，或借题发挥，目的只有一个：让听众心甘情愿地跟上你的脚步。这种随着听众情绪的变化，偶尔岔开去，东走走、西看看，现场效果很好，可落实在纸面上，就会显得稀松、芜杂。因此，公开发表的演讲稿，大都不是原始记录，多少经过了一番修饰。既保持演讲的口吻，又不失论述的精当，这中间的分寸，不大好拿捏。

作为一种思想启蒙、社会动员或者学术普及的手段，晚清以降，“演说”成了“传播文明三利器”之一。梁启超百年前的预言，如今得到了充分的实现。可演讲不同于个人著述，除非你面对的是范围很小的专家同行，否则，再高明的演讲家，也都很难避免“粗枝大叶”的讥讽。口头说说也就罢了，你还白纸黑字，印出来给人家看，那就更加危险了。好在有兴趣阅读演讲集的，大都欣赏其“活泼有余”，而不太计较其“专深不足”。

虽说都与“演讲”这一行为有关，但本书各文风格相差甚远。这其实是文章的制作方式及过程决定的：有依据记录稿整理的，有按照演讲大纲重写的，还有拿着文字稿登台表演的。这就难怪各“演讲稿”之间，文风很不一致。唯一可以相提并论的是，都曾在讲台上亮过相，因而，多少都顾及到了“说—听”这一因素，与发表在学报上的高头讲章还是有很大差别。

将面对不同听众、没有统一主题的六次“演讲”结集成书，如何确定书名，绝对是个难题。既谈文学、艺术，又谈教育、出版，还有学术史以及大众传媒什么的，让我怎样命名才能收拢得住？眼看我愁云惨淡，夏君建言：既然你文学出身，而教育、出版、艺术等又跟文学“剪不断，理还乱”，何不就叫“文学的周边”？

感谢夏君的点拨，更感谢那些为我组织演讲会的朋友们，还有热心的听众，以及为我做记录的几位台大学生。没有他们的大力支持，此书就不可能问世。

2004年3月31日于巴黎国际大学城

《二十世纪中国文学三人谈·漫说文化》小引

这里合刊的，是两册有趣的小书。

说“小书”，很容易理解。相对于时贤动辄四五十万字的大著，这不到十万字的篇幅，实在够寒碜。不敢打肿脸充胖子，说什么以一当十，言简意赅。小书就是小书，不必讳言。只不过西哲有云：“大狗叫，小狗也得叫。”我想补充一句：叫得欢的小狗，其憨态也自有可观及可爱处。如此不太恰当的比喻，用在我们当初的“表演”，还是挺贴切的。

这就说到“有趣”了。面对这两册小书，最可能感叹“有趣”的，很可能不是热心的读者，而是作者本人。从1985年到1990年，我和钱理群、黄子平三人，在区区燕园里，“热火朝天”地切磋学问，先是纵论“20世纪中国文学”，后又“漫说文化”。而这两次合作（加上“未完成”的《二十世纪中国小说史》），多少都引起了学界的关注。学术上的创获到底有多大，不好说；倒是那种合力奋进的精神状态，很是感人。或许，这就是人们常说的“80年代学术”

人民文学出版社，1988 年

北京大学出版社，2004 年

的特征：虽则粗疏，但生气淋漓。

到了为出版《漫说文化》（长沙：湖南教育出版社，1997）而分头撰写《岁月无情又多情》、《漫说“漫说……”》和《十年一觉》时，已颇有“白头宫女说玄宗”的意味。其实，不过几年光景，可物换星移，再也没有了当初的豪气、志气与稚气。

将“志气”与“稚气”相提并论，并非玩弄文字游戏。正因为所知有限，方才果敢决绝，认准了，就一直往前走。若等到饱读诗书、阅尽沧桑，那时很可能反而四顾茫然。在这个意义上，80 年代的我们，年纪虽不小，但依然“童言无忌”，也自有可爱处。

翻阅此类“开风气”的小书，在作者是追忆时光流逝，在读者则可以一窥学术之演进。近些年，不断有学界新秀反省我们当初的“反省”，引申、证实或质疑“20 世纪中国文学”这一命题。顺带的，也就对这一概念产生的契机、背景、动力以及效应等感兴趣。于是，常有人通过各种途径打探这册 1988 年由人民文学出版社推出的《二十世纪中国文学三人谈》，也不时有出版社的朋友建议重印此书，但都被我们婉言谢绝。理由很简单：未能更上一层楼，贸然重做冯妇，愧对江东父老。

直到有一天，读到某君大作，将《论“二十世纪中国文学”》的发表作为“历史事件”来考察，这才猛然醒悟——那文、那书，早已进入历史，既没必要修订，也不可能完善。念及此，有点悲伤，可也仿佛卸下了千斤重担。

想想也是，不就因历史的偶然，侥幸留下几行蹒跚学步的足迹？既然随时都可能被重新卷起的海浪冲刷得一干二净，又有什么可矜持的？就这个样子，不做进一步阐释，也不纠正当初的失误，让其素面朝天，更能显示此书的“历史价值”。唯一需要补充的是当初因某种特殊原因而被撤下的《关于“二十世纪中国文学”的两次座谈》。

蓦然回首，最令人感怀的，其实不是什么是非与功过，而是促成那几回“三人行”的思想潮流、社会氛围，以及自以为颇具创意的对话文体。

2003 年 4 月 2 日于京北西三旗

从北大到台大

——《晚清文学教室》序

前年秋冬，我有幸在台湾大学中国文学系客座一学期。上任的第二天，系主任叶国良先生送了一册刚刚印制完成的《国立台湾大学中国文学系系史稿（1929—2001）》，其中的“沿革”部分称：1945年台湾光复，国民政府接收这所创办于1929年的“台北帝国大学”，改名“国立台湾大学”，并将原文政学部分解为文学院与法学院；文学院下设中文、历史、哲学三系，台大中国文学系于是得以正式成立：“唯当时百废待兴，乃由北大中文系教授、台湾省国语推行委员会主任委员魏建功先生代为邀聘教员，参与规画。”细读“年表”及“传记”，发现台大中国文学系早年诸多名教授，大部分是北京大学的毕业生，如毛子水、董作宾、洪炎秋、戴君仁、台静农等，再加上毕业于燕京大学的郑骞和毕业于清华大学的董同龢，难怪我到此讲学，有“宾至如归”的感觉（参见拙文《作为著述家的许寿裳》，《鲁迅研究月刊》2004年3期）。

台北：麦田出版社，2005 年

此前也曾多次来台参加各种学术会议，但大都来去匆匆，无法与当地学者——更不要说青年学生——深入交流。好不容易有了“下马”观花的机会，自是不敢轻易放过。台湾四月，除了良辰美景、风味小吃，以及友朋间的高谈阔论，最让我难以忘怀的，便是与诸多台大学生的“亲密接触”。

离开台北前两天，在文学院大楼办公室里，接受了王兰芬女士的专访，于是有了那篇流传颇广的《陈平原：台大学生沉潜，北大学生气如虹》(《民生报》2003 年 1 月 20 日；《世界日报》等报刊转载时，题目略有改动)。“2002 年 9 月起在台大中文系开课，陈平原搬出拿手绝活，为大学部开了‘晚清文学与文化’，研究所则开了‘20世纪中国文学专题’。吸引了台湾各大学中文系的许多学生，除了台大，还有政大、师大、清华、辅大、中央等学校的学生慕名而来。其中中央与清华的学生每次都必须从中坜和新竹坐车赶到台北上课。”这段话里，除了“拿手绝活”四个字言过其实，其他的都还好。王女士希望谈论北大与台大的异同，我不知好歹，信口说了一通，比如：“北大学生的好处是气势如虹，很有精神，把才气都写在脸上，张扬，读书刻苦；台大学生比较内向，温和，讲礼貌，读书认真。”诸如此类的“比较”，自然是当不得真。在报纸（而非专业集刊）上讨论两所不同社会环境下成长起来的著名大学，其实是很危险的。吃力不讨好不说，你的任何褒贬抑扬，都可能被视为“不公”（或“不恭”）。更何况，你随口答问，人家任意剪裁，效果如何，天才知道。好在王女士曾在北大待过，所记大致不差。

这则专访，引了我的一段表白：“我曾在许多国家开过课，这次是除了北大外，我上得最愉快的一次。”这倒是真心话，绝无拍马溜须的意思。当过教师的人都知道，你的表演，受自家学识限制，也受学生情绪感染。课堂氛围的营造，有赖于师生的共同努力，这才真的叫“一个巴掌拍不响”。台上台下，能呼应，有默契，这样的课，讲起来舒服，听起来也畅快。长期在北大讲课，养成对于听众的某种期待——包括点头、哗笑以及提问。这样一来，出外讲学，容易有失落感。台大的课堂，对我来说，因其不远不近——太远了没反应，太近了不必调整——颇具挑战性。一开始，双方都有个适应的过程；但很快地，我和我的台大学生，能够从对方的眼神里读出“弦外之音”。这点让我很得意。

考虑到台大中国文学系的课程设置，没有与“晚清文学与文化”相衔接的，作为教师，我的自由度很大，可以不顾及任何“规定动作”。因此，这门以大学二三年级学生为主的选修课，被我讲成了类似北大研究生的专题课。事先说好，这么讲，难度大，只供观赏，不必追随，能听多少算多少。真没想到，绝大部分学生都听下来了，而且感觉良好。更让我惊讶的是，几位学生，竟然在梅家玲教授的授意下，为这门课作了录音，事后又整理成文字稿。我知道自家讲课的特点，学生们要把这些“泥沙俱下”的言辞整理成文，可不是一件轻松的事。不只整理，还要出书，这下更让我羞愧不已。郑板桥所说的“删繁就简”，对于教师来说，必不可少；能否“领异标新”，那可就难说了。

“晚清文学与文化”这门课，共十七讲，每讲三小时，其基本内容，大都依据我此前所撰各书，如《中国小说叙事模式的转变》、《二十世纪中国小说史》第一卷、《小说史：理论与实践》、《中华文化通志·散文小说志》、《中国现代学术之建立》、《文学史的形成与建构》、《中国大学十讲》、《图像晚清》等，还有若干未结集的单篇论文。单就理论深度及资料翔实而言，课堂实录无论如何不及个人著述，但前者之“虚拟课堂”形式，使得其必定深入浅出，容易为一般读者所接纳。如此说来，此类书，若处理得好，即便无甚深意，也都别具一格。

本书所收五讲，主题相对集中，而且与我在台出版各书有所趋避。至于故作摇曳，弄出“外一讲”来，除了体现师生之间良好互动，更是表达我的心愿——倘若此类“外一讲”不断出现，对于“好为人师”的我来说，岂非天下乐事？

2004年7月29日于京西圆明园花园

《陈平原夏晓虹随笔》前言

长期生活在一起，熟悉彼此的思路与趣味，于是，“内举不避亲”，互相为对方的著作写序——这样公私不分的“蠢事”，已经发生过好几起。这回可好，从原先的穿靴戴帽，到如今的平分秋色，可谓“更上一层楼”。按照丛书的要求，分别撷取若干文章，凑成一集，据说，这样有利于读者的阅读与品鉴。

其实，这样做，危险系数相当大。为什么？本来还有些神秘感，以为挺不错的；给你这么一选，全都露了馅。想象只要“精选”，就能出好文章，那是天大的误会。就好像锅里本就没有多少肉，你再怎么精心打捞，也都是白搭。有的人才高八斗，出口就能成章；有的人则一辈子也生产不出什么“杰作”。这很不公平，但没办法，世界本来就是这个样子。

更何况，两个人的文章搁在一起，不免让人驰骋遐想。天性好奇者，想看看他俩是否互相抄袭；明察秋毫者，则执着于比勘孰高孰低。更有文心细密的，希望在文章的缝隙里读出呼应、对峙、

太白文艺出版社，2005 年

致意或者质疑。这样的阅读，当然自有其道理。不过，假如你从中找到什么“密电码”或“暗道机关”，那纯属你的独特发现，与作者的写作动机无涉。

在我们，工作的目标很简单——选择若干文章，集成一册，以为结婚二十周年的纪念。如此而已，岂有他哉？

2004年2月8日于京西圆明园

《大学何为》自序

将近年所撰关于大学的文章结集成书，总该有个理由。比如，跟本人已刊诸书相比，是否有所推进？相对于学界同仁的著述，又有哪些特点？即便没能在理论上独树一帜，起码也得在学术思路或写作策略上显示自家面目。记得小时候过年，最常见的对联是：“天增岁月人增寿，春满乾坤福满门。”可这不能成为爆竹声中编排新书的充足理由。还是略为回顾各文的写作经过，也算是给自家著述添加若干略带广告性质的注脚。

作家查建英采访时，曾追问我在2003年北大改革论争中的立场：“那场争论当中，人文学者是反对张维迎改革方案的主力，而社科学者，特别是经济学家们，则是支持的主力。我觉得你的态度在人文学者里比较少见，你始终保持一个温和的调子来讨论问题，你赞成的似乎是一种‘保守疗法’，一种稳健的逐步的改革。”（参见本书《我的“八十年代”》一文）这是一个很敏锐的观察。确实如此，我谈北大改革四文，虽然也入各种集子（如沈颢主编《燕

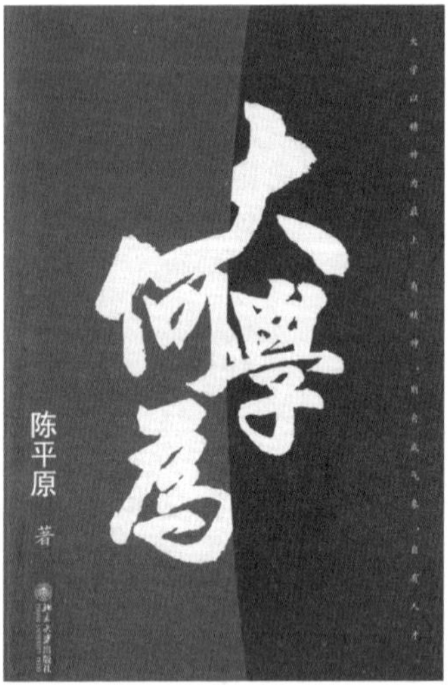

北京大学出版社，2006 年

园变法》，上海文化出版社，2003 年 9 月；博雅主编《北大激进变革》，华夏出版社，2003 年 9 月；钱理群、高远东编《中国大学的问题与改革》，天津人民出版社，2003 年 10 月；甘阳、李猛编《中国大学改革之道》，上海人民出版社，2004 年 1 月），但不是这场论争的代表性论述。因为，针对性不强，基本上是自说自话；作为论辩文章读，不过瘾。

为什么？并非不晓得报章文体倾向于“语不惊人死不休”，只因我更欣赏胡适创办《独立评论》时所说的，作为专家而在公共媒体上发言，要说负责任的话，既不屈从于权威，也不屈从于舆论。

大学改革，别人说好说坏，都可以斩钉截铁，我却深知兹事体大，休想快刀斩乱麻，毕其功于一役。历史证明，那样做，不只不现实，而且效果不好。

相对于论战诸君，我之立论稍微不同，很大原因在于，我对百年中国大学（尤其是北大）有过若干研究。已经刊行的《北大旧事》、《老北大的故事》、《北大精神及其他》、《中国大学十讲》等（《北大旧事》，北京：三联书店，1998年；《老北大的故事》，南京：江苏文艺出版社，1998年；《北大精神及其他》，上海：上海文艺出版社，2000年；《中国大学十讲》，上海：复旦大学出版社，2002年），不敢说有多精彩，但起码让我对中国大学的历史与现状有较多的了解。理解大学问题的复杂性，理解改革的代价，也理解各种冠冕堂皇的口号背后，很可能隐含着利益争夺甚至各种卑污的权谋。因此，与其说我在参加论战，不如说我在延续已有的叩问与思考——叩问大学的历史与现实，思考大学的理念与实践。

正如德里达说的，“大学存在于它企图思考的世界之中”，要想承担起历史责任，组织一种创造性的抵抗——“抵抗一切（政治、司法、经济等）（对大学）的重占企图，抵抗一切其他形式的主权形态”（参见杜小真、张宁主编《德里达中国讲演集》134页，北京：中央编译出版社，2003年），其实是十分艰难的。尤其在当代中国，谈论大学改革，涉及理想与现实、中国与西方、制度与精神、个人与国家等，远不只是制定若干操作手册那么简单。

在《大学三问》中，我特别强调："今天谈论大学改革者，缺的不是'国际视野'，而是对'传统中国'以及'现代中国'的理解与尊重。"而在《国际视野与本土情怀》中，我又认定："大学不像工厂或超市，不可能标准化，必须服一方水土，才能有较大的发展空间。百年北大，其迷人之处，正在于她不是'办'在中国，而是'长'在中国——跟多灾多难而又不屈不挠的中华民族一起走过来，流血流泪，走弯路，吃苦头，当然也有扬眉吐气的时刻。你可以批评她的学术成就有限，但其深深介入历史进程，这一点不应该被嘲笑。如果有一天，我们把北大改造成为在西方学界广受好评、拥有若干诺贝尔奖获得者，但与当代中国政治、经济、文化、思想进程无关，那绝对不值得庆贺。"如此强调大学植根于本民族的历史文化情境，无法简单复制，故全书以《大学之道》起兴，而不以关于北大改革诸文开篇。在我看来，后者只是波澜壮阔的中国大学改革的一个小小的插曲，好戏——或者烂戏——还在后头呢。

"中国经验"，尤其是百年中国大学史，是我理解"大学之道"的关键。我当然明白，今日中国的大学制度，主要是"旁采泰西"而不是"上法三代"的结果。因此，在思考及论述中，除了孔夫子以降的历史经验，更倚重西贤有关论述。比如，关注"大学的理想"（参见约翰·亨利·纽曼著、徐辉等译《大学的理想》，杭州：浙江教育出版社，2001 年），也探究“大学的功用”（参见 Clark Kerr 著、陈学飞等译《大学的功用》，南昌：江西教育出版社，1993 年）；思考“学术责任”（参见唐纳德·肯尼迪著、阎凤桥等译《学术责任》，北京：新华出版社，2002 年）；也努力“走出象牙塔”（参见德里克·博克著、徐小洲等译《走出象牙塔——现代大学的社会责任》，杭州：浙江教育出版社，2001 年）；进入“美国校园文化”（参见亨利·罗索夫斯基著、谢宗仙等译《美国校园文化——学生·教授·管理》，济南：山东人民出版社，1996 年），也面向“21 世纪的大学”（参见詹姆斯·杜德斯达著、刘彤等译《21 世纪的大学》，北京：北京大学出版社，2005 年）。教育学家的著述固然精彩，以下三段关于大学的评说，同样或者更让我感动：

> 大学是研究和传授科学的殿堂，是教育新人成长的世界，是个体之间富有生命的交往，是学术勃发的世界。每一任务借助参与其他任务，而变得更有意义和更加清晰。（雅斯贝尔斯著、邹进译《什么是教育》第 150 页，北京：三联书店，1991 年）

> 为了实现人的潜能，为了克服我们政体不易于理解各种重要政体形式的倾向，大学必须站出来帮助孤立无援的理性。大学是容纳探索和思想开放的地方，它鼓励人们不是功

> 利性地而是为了理性而利用理性，它提供一种气氛使哲学怀疑不致被道德风尚和占上风的势力吓倒，它保存伟大的行为、伟大的人物和伟大的思想，以使对潮流的挑战和质疑能够得到滋养。（布鲁姆著、缪青等译《走向封闭的美国精神》第268页，北京：中国社会科学出版社，1994年）

> 大学，与所有类型的研究机构不同，它原则上（当然实际上不完全）是真理、人的本质、人类、人的形态的历史等等问题应该独立、无条件被提出的地方，即应该无条件反抗和提出不同意见的地方。（杜小真、张宁主编《德里达中国讲演集》第61页，北京：中央编译出版社，2003年）

雅斯贝尔斯（Karl Jaspers,1883—1969）、布鲁姆（Allan Bloom，1930—1992）和德里达(Jacques Derrida，1930—2004)，这三位大学者，政治立场以及学术面貌迥异，或存在主义、或保守主义、或解构主义；但作为哲学家或政治学家，他们都聚焦大学在急遽变化着的当代世界中的地位与作用，都将人文学作为大学的核心，关注其跌宕起伏的命运，这是我所感兴趣的。或许，正因为他们不是教育专家，不太考虑技术层面的教育组织、教育管理、教育经济等，而集中精力在文化、精神、价值层面上思考大学问题，这样一来，反而能在“教育名著”视野之外，开辟广阔的思考及

北京大学出版社，2008 年

论述空间。而这也正是我切入“大学”的角度——在我看来，中国的大学改革，需要教育学家、历史学家、哲学家以及一切对教育感兴趣的读书人的共同参与。

谈论中国大学，可以是专业论文，也可以是专题演讲，还可以是随笔、短论、答问等。不完全是为本书之体例驳杂辩解，假如希望兼及历史与现实，确实不一定非高头讲章不可。或长枪，或短棒，或匕首，或弹弓，只要有效，不妨十八般武艺一起上。我之不薄“演讲”，是因为特别看重公众对于“大学”这一社会组织及文化传统的自我反省能力。书中好些章节，是作者应邀在北大、清华、华师大、首都师大等为大学生和研究生所做的演讲稿。《我们需要什么样的大学》的前四节是在教育部教育发展研究中心主办的“大学精神、大学理念与校园文化”研讨会（成都）上的专题演讲，后两节则是在陕西电视台“开坛”节目中与各民办大学校长的对话。《大学之道——书院与20世纪中国教育》以及《文学史视野中的“大学叙事”》虽是专业论文，却也曾在香港中文大学和日本京都大学组织的学术研讨会上宣读，并获广泛好评。至于在凤凰卫视“世纪大讲堂”上所做的专题演讲“中国大学百年”（文稿刊《中国大学教学》2005年10期），因主要观点已见《中国大学十讲》中的同名论文，这次不再收录。

一般说来，“演讲”以及“答问”，远不如“论文”专深，好处是体现一时代的文化氛围。假如你的拟想读者不是教育专家，而是关注中国大学命运的读书人，那么，采用这种现场感很强的“对话”姿态（包括保留听众的提问），未尝不是“讨巧”。作为一种生活方式、一种教育类型、一种论述策略、一种影响极为深远的独特文体，“对话”是人类探索真理以及认识自我的有效途径。不满足于传递或接受专业知识，更希望学习思考，追求真理，参悟人生，那么，永无止境的“叩问”与“对话”，是必不可少的一环。

这么说，类似胡适《〈尝试集〉再版自序》所自嘲的“戏台里喝彩”。其实，将论文与随感、演讲与答问、历史与现实、宏大叙事与私人记忆等掺和在一起，造成一种明显的“对话”状态，在我，不是有意为之，而是歪打正着。本书之“未完善”，正好对应着中国大学改革的“进行时”——正因为中国大学仍“在路上”，既非十全十美，也不是朽木不可雕，这才值得你我去追踪，去思考，去参与。

在这个意义上，本书的“学术思路”比“著述文体”更值得重视，那就是：从历史记忆、文化阐释、精神构建以及社会实践等层面，思考“大学”作为人类社会极为重要的组织形式，是什么、有什么、还能做些什么。

丙戌正月初六，是日阳光普照，最低气温零下十度，
浓郁的水仙花香中，编定全书并撰序

《日本印象》小引

1993年9月至1994年7月，我有幸得到日本学术振兴会的邀请，在东京大学和京都大学从事研究。此前此后，也曾多次访问日本，但都不像这一次悠游自在。无论是在家念书，还是出外玩耍，全都兴之所致，随意挥洒。回国后，写了若干随笔，集成一个小册子,那就是1996年由辽宁教育出版社推出的《阅读日本》。

“日本”不是我的专门研究对象，但中日之间的恩怨情仇，对于每一个中国或日本的知识分子来说，都是无法回避的。记得原东京女子大学教授伊藤虎丸先生说过：中日之间,“友谊”容易,“理解”很难。意思是说，没有“理解之同情”或“同情之理解”，只是因应政治局势的需要唱高调,那样的“友谊”不可靠。在不断的“干杯”背后，潜伏着国家利益、文化差异以及历史记忆等，所有这些，都不应该被忽视或刻意抹杀。在这方面，政府的立场、专家的论述以及大众的趣味，三者之间犬牙交错，关系十分微妙。

作为业余爱好者，我之谈论日本，确实只是“印象”而已。

华中师范大学出版社，2006 年

此类文章，不同于专家之学，只求生动、真切，而不可能全面、深刻。于是，文字之外，借助图像，力图做到“图文并茂”。当初连载于《东方》杂志，确实配了好些精心搜集的插图，效果很不错。可结集成书时，为了丛书体例的统一，只好忍痛将图像删去。这回的“改头换面”，主要做了两方面的工作：一是截取自认比较有心得的前两辑——“东游小记”和“阅读日本”（由于篇幅所限，删去了“东游小记”中“东京之‘行’”和“新年音乐会”两篇），舍弃关系较为疏远的“东京读书记”和“结缘小集”；二是配上大量相关图片。

十年前的旧书，得以翻新出奇，心里蛮高兴的。更何况，新版之兼及图文，接近我原先的设想。原书写成于中日关系良好的年代，不免更多地看到现代日本光明的一面。十年后的今天，对明治以降日本的历史与文化有了较为深入的了解，我仍不改初衷。就像初版“后记”所说的，作为一个对异文化有浓厚兴趣的读书人（而非专家），我更多关注如何向对方学习，而不是疗救人家的疾病。

2005年10月6日于哈佛燕京

《学术随感录》自序

既坚守象牙塔，撰写中规中矩的学术专著；又对已经制度化了的知识生产，保持一种冷静审视的态度，这是二十年间我所坚持的学术理念。专业著述不说，已完成的对于当代中国人文学术的叩问，辨析文化思潮的，有《当代中国人文观察》（人民文学出版社，2004年）；反省大学体制的，有《大学何为》（北京大学出版社，2006年）；追忆学问人生的，有《当年游侠人》（三联书店，2006年）。再有，就是这本当初随意挥洒、如今则必须"苦心经营"的《学术随感录》。

之所以选择"随感"体式，跟我的学术经历有关。1988年的七八月间，年轻气盛的我，一时兴起，写了一组纵论学界风尚的小文章，分别是：《告别"诗歌"走向"散文"》、《"文摘综合症"》、《"愤怒"与"穷"》、《关于"学术语法"》、《"不靠拼命靠长命"》、《学问不等于人生》。最后一则给了《人民日报》，前五篇在《瞭望周刊》上发表时，均冠以"学术随感录"的副题。

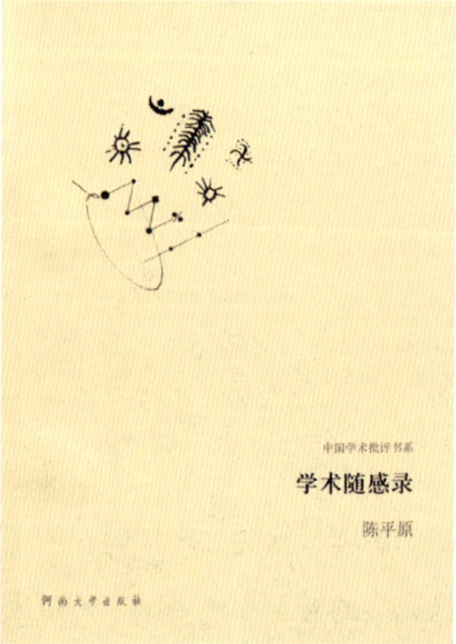

河南大学出版社，2006 年

近年，《关于“学术语法”》一文，被作为倡导学术规范的发轫之作，得到较多的关注；而在我，这组文章的最大意义，是寻求专业著述之外的“另一副笔墨”。

那时，我的博士论文《中国小说叙事模式的转变》已由上海人民出版社刊行，另一本专著《二十世纪中国小说史》第一卷正紧锣密鼓进行中。写专著须全神贯注，心无旁骛；可我偏偏“两耳”常闻“窗外事”，有些小感触，非一吐为快不可。当然，一张一弛，处理得好，不失为一种自我调剂。在这组“随感录”前，我曾撰有收录在《书里书外》（浙江文艺出版社，1988 年）中的《京华买书记》、《江南访书录》等。这些随意挥洒的“闲文”，竟然得到李庆西、黄子平、夏晓虹等友朋的鼓励。夏君的设想尤其精妙：“在两本学术专著之间，应穿插进一批轻松活泼的短文，以调节精神。”可这理想化的设计，实际操作起来难度很大：一如我们的国民经济，往往是“计划赶不上变化”——该长的长不了，该短的短不来。最后呢，只好不问长短，捡到篮里就是菜了。

这么多年下来，专业著述之外，写点小文章，借以关注现实人生，并保持心境的洒脱与性情的温润，这点，我基本上做到了；至于效果如何，只能说是“差强人意”。

说到“随感”，不想做过多文体溯源，我在《分裂的趣味与抵抗的立场——鲁迅的述学文体及其接受》（《文学评论》2005年5期）中曾谈及：“鲁迅谈‘杂文’，有时指的是‘不管文体’的文章结集方式，有时讲的又是日渐‘侵入高尚的文学楼台去的’独立文类。”本书所标榜的“随感录”，介于“独立文类”与“结集方式”之间，大体包括随笔、杂感、短论、序跋、书评、答问等。将这些随意书写、不登大雅之堂的小文章结集成书，除了留下自家精神探索的印记，更希望从一个特定角度见证二十年来中国学术之变迁。

《瞭望周刊》上那组“学术随感录”，以及此后陆续撰写的《学者的人间情怀》、《学术史研究随想》等，因收在即将由三联书店重刊的《学者的人间情怀》中，为避重复，这里只好割爱。本书不收专业论文，这点很清楚；即便同是短文，人物素描、往事追忆、自序自跋，还有游记文字等，也都不在收录之列。一句话，本书所收，仅限于有关“学术”的“随感”。

全书分“学界观察”、“出版遐想”和“书林漫话”三辑，每辑又切割成三个略有区隔的专题。各专题所收文章，大致按发表时间为序；也有因主题相近，稍微变通的。如此编辑，总的目的是，让这一百多则短文，不致成为“一地散钱”。

将二十年间的“随感”结集成书，无论如何做不到“首尾回应”；就连学术立场上的“一以贯之”，也都无法保证。时势在变，世风在变，作者的学问及心情也在变。唯一自得之处，乃是“读圣贤书”时，没有忘记“闻天下事”。在某种意义上说，本书文体的驳杂以及论题的分散，正体现了作者尽量贴近当代中国文化脉搏、认真思考学问人生的努力。能走到哪一步，很难说，但起码落实了作者再三表白的“学者的人间情怀”。

丙戌元宵，于京西圆明园花园灯火阑珊处

《左图右史与西学东渐》前言

1895年8月29日的《申报》上，刊出了社论《论画报可以启蒙》。此文关于画报意义的论述，在晚清很有代表性。概括起来，不外以下两点：一是图像可以深化书籍，一是画报便于读者接纳。“古人之为学也，必左图而右史。诚以学也者，不博览古今之书籍，不足以扩一己之才识；不详考古今之图画，不足以证书籍之精详。书与画，固相须而成，不能偏废者也。”这一点，宋人郑樵早已有言在先，近人鲁迅也有相当精彩的补充说明。晚清人较为成功的论述，还在于如何借画报的通俗易懂，来真正落实时人所向往的“启蒙之道”。“现今画报盛行，宜家置一编，塾置一册”——之所以如此自信，乃是因识字不多者，也能阅读画报。所谓“不特士夫宜阅，商贾亦何不可阅？不特乡愚宜阅，妇女亦何不可阅”，强调的重点在“乡愚”、“妇女”与“商贾”，而不是有能力读书阅报的“士夫”。

十五年间，刊行四千余幅带文字的图像，并因关注时事、传播新知而声名远扬，如此理想的个案，真是可遇而不可求。这里

香港：三联书店，2008 年

所说的，自然是《点石斋画报》。“天下容有不能读日报之人，天下无有不喜阅画报之人。”——如此富有煽动力的表述，乃《点石斋画报》的“自我表扬”。创刊两年后，《点石斋画报》声名远播，于是重开招商广告，其《画报招登告白启》（1886 年 7 月《点石斋画报》第 83 号）中便有此等豪言壮语。有趣的是，如此句式，与日后康有为《日本书目志·识语》中的“仅识字之人，有不读经，无有不读小说者”十分接近。这固然只是舞台上的自我喝彩，可百年后的今日，《点石斋画报》确实成了我们了解晚清社会生活乃至“时事”与“新知”的重要史料。

对于《点石斋画报》等晚清画报的解读，可以侧重雅俗共赏的画报体式，可以看好“不爽毫厘”的石印技术，可以描述新闻与美术的合作，可以探究图像与文字的互动，可以突出东方情调，可以强调西学东渐，可以呈现平民趣味，也可以渲染妖怪鬼魅……所有这些，均有所见也有所蔽，有所得也有所失。因学识浅陋而造成的失误，相对容易辨析；至于因解读方式不同而导致的众说纷纭，则很难一言以蔽之。因为，实际上，所有研究者都是带着自己的问题意识来面对这四千幅图像的，不存在一个可供对照评判的“标准答案”。

多年来，我曾在不同场合提及：“创刊于1884年5月8日，终刊于1898年8月的《点石斋画报》，十五年间，共刊出四千余幅带文的图画，这对于今人之直接触摸‘晚清’，理解近代中国社会生活的各个层面，是个不可多得的宝库。”这话有瑕疵，须略为修正：不仅《点石斋画报》，众多徘徊于“娱乐”与“启蒙”之间的晚清画报，都将“对于今人之直接触摸‘晚清’”起决定性作用。承认这一点并不难，难的是如何整理、描述、阐发在晚清这一特定时空中，传统中国的“左图右史”怎样与西学东渐之“图像叙事”结盟，进而汇入到以“启蒙”为标识的现代化进程。这里牵涉一系列问题，如宗教与世俗、商业与政治、文人与大众、图像与文字、知识与审美、新闻学与历史感、高调论述与低调启蒙等，所有这些，都需要逐步厘清。本书的工作目标是：描述晚清画报之“前世今生”，呈现其“风情万种”，探究此“五彩缤纷”背后蕴藏着的历史文化内涵。

利用图像之直观性与亲和力，宣传自家的真理与正道，此乃佛教、道教、基督教等宗教的共同特点。这一努力，不只催生出众多供人膜拜的圣像，更造就了大批艺术史上的珍品；除此之外，还提供了一种新的叙事方式。我关注的是，以图像为主体所进行的叙事，与以文字为媒介所进行的叙事之间，到底有什么联系，是否可以互相沟通与补充。本书第一章借助晚清三种教会读物——《教会新报》、《天路历程土话》以及《画图新报》，在宗教传播与文化交流的视野里，探讨“图像叙事”的转移以及再生。经由如此“牛刀小试”以及随之崛起的《点石斋画报》的成功表演，“图像叙事”作为一种文化选择，将在20世纪中国文化史上发挥巨大作用。

作为晚清西学东渐大潮中的标志性事件，《点石斋画报》的创办，涉及诸多至关重要的领域。首先，它开启了图文并茂因而可能雅俗共赏的“画报”体式，这既是传播新知的大好途径，又是体现平民趣味的绝妙场所，日后大有发展余地。其次，“画报”之兼及“新闻”与“美术”，既追求逼真，也包含美感，前者为我们保留了晚清社会的诸面相，后者则让我们体会到中国美术的嬗变。再次，“画报”之兼及图文，二者之间，既可能若合符节，也可能存在不小的缝隙，而正是这些缝隙，让我们对晚清的社会风尚、文化思潮以及审美趣味的复杂性，有了更加深刻的了解。最后，那些并非无关紧要的图中之文，对于我们理解晚清报刊文体的变化，同样也不无意义。本书第二章除借助“新闻与石印”、“时事与新知”、“以图像为中心”、“在图文之间”等话题，勾勒《点石斋画报》的整体风貌，同时关注其“流风余韵”——百年来诸多文人学者对此“遗迹”之追摹、怀念与凭吊，从另外一个侧面阐发这一晚清独特的文化景观。

晚清带有幻想意味的小说，往往出现飞翔的意象，并将其作为“科学”力量的象征。在这一有关科学的“神话”中，气球与飞艇作为飞向天空、飞向未来、飞向新世界的重要手段，被赋予了特殊的功用与荣誉。本书第三章将首先勾勒晚清科学小说中“飞车”的形象，接着追溯作家们可能的知识来源，包括出使官员的海外游记、传教士所办的时事和科学杂志、突出平民趣味的画报、古来传说之被激活和重新诠释等等，最后，论述这种获取知识的特殊途径，如何既“成全”又“限制”了晚清科学小说的发展。

晚清北京尘土飞扬的大街上，走过若干身着崭新校服的女学生，吸引了众多民众以及记者/画师的目光。千万别小看这幅略显黯淡的图景。正是这些逐渐走出深闺的女子，十几年后，借助五四新文化潮流，登上了文学、教育乃至政治的舞台，展现其“长袖善舞”的身姿，并一举改变了现代中国的文化地图。画报的存在，起码让我们了解，这些其实并不弱小的“弱女子”们，如何在公众的凝视下，逐渐成长的艰辛历程。那些充满好奇心的“凝视”，包含惊讶与激赏，也隐藏着偏见与误会；但所有这些目光，已经融入女学成长的历程，值得我们认真钩稽、仔细品味。本书第四章借助五个具体场景，迅速掠过那风云激荡的年代，给予晚清女学“惊鸿一瞥”。

在晚清画报中，“帝京”仍是热门话题。只不过，由于大众媒体的发达以及政治思潮的涌动，画报中的“帝京”，逐渐丧失了神圣感与神秘性。具体表现是：政治的、军事的北京迅速消退，而经济的、文化的北京逐渐占据主导地位。四时节序、饮食男女、世态人情、旧学新知等都市生活的各个层面，因画报的日常叙事性质，得以充分展开。如此骚动不安、杂花缤纷的帝京景象，既是晚清社会的真实写照，也蕴含着某种变革的动力。对照同时期“文字的帝京”与“图像的帝京”，探讨新兴的画报与都市日常生活之间的良性互动，可以从另一个侧面解读晚清的文化变革。本书第五章将京沪两地画报互相比照，探讨其关于帝都北京的记忆、想象、窥视与重现，尤其集中在“城阙”所凝聚着的历史意识，“街景”所体现的空间布局，以及旧俗新知所表露出来的万千气象。

全书仅五章，且不设“总论”，原因是，这只是我讨论晚清画报的部分成果。除了篇幅限制外，更因作者对自家文章冷暖自知，资料欠缺或论述不周者，只好割爱了。至于若干论题尚在酝酿，若干画报（如天津的《人镜画报》，广州的《时事画报》、《平民画报》等）没来得及展开论述，所有这些，都只能留待日后努力。

本书五章，原本是专论，都曾在学术会议上宣读，或在书刊上单独发表。现将各文出处交代如下：

《晚清教会读物的图像叙事》曾在台湾大学主办的“晚清—40年代：文化场域与教育视界”学术研讨会（2002年11月7—8日）上发表，初刊《学术研究》2003年11期，收入梅家玲编《文化启蒙与知识生产：跨领域的视野》（台北：麦田出版社，2006）；另外，作者曾以此文为基础，在美国耶鲁大学东亚研究中心发表题为“作为绣像小说的《天路历程》”的专题演讲（2004年9月28日）。

《晚清人眼中的西学东渐——〈点石斋画报〉研究》全文收入《点石斋画报选》（贵阳：贵州教育出版社，2000）、《庆祝王元化教授八十岁论文集》（上海：华东师范大学出版社，2001）及《中国出版史料·近代部分》第二卷（武汉：湖北教育出版社，2004年10月）；文中各节，曾以《在图像与文字之间》（《读书》2000年7期）、《以图像为中心》（《二十一世纪》59期，2000年6月）、《〈点石斋画报〉之流风余韵》（《文史知识》2000年7期）、《新闻与石印——〈点石斋画报〉之成立》（《开放时代》2000年7月号）、《遥远的“时事”与“新知”》（《中华读书报》2000年10月25日）为题，分别刊发。

《从科普读物到科学小说——以“飞车”为中心的考察》乃作者提交给香港中文大学主办的“Early Modern Chinese Translations of Western Literature”国际学术研讨会（1996年1月3－6日）的论文，中文本初刊《中国文化》13期（1996年6月），后收入王宏志编《翻译与创作——中国近代翻译小说论》（北京大学出版社，2000年）；英文本收入David Pollard主编的*Translation and Creation:Readings of Western Literature in Early Modern China,1840-1918*（John Benjamins Publishing Company,1998）。

《流动的风景与凝视的历史——晚清北京画报中的女学》最初在美国Rice大学主办的“Beyond Tradition and Modernity: Gender, Genre, and the Negotiation of Knowledge in Late Qing China”国际学术研讨会（2005年3月3—6日）上发表，中文本刊《中华文史论丛》2006年1期、陈平原等著《教育：知识生产与文学传播》（合肥：安徽教育出版社，2007）；英文本收入钱南秀主编的*Different Worlds of Discourse: Transformations of Gender and Genre in Late Qing and Early Republican China*（Leiden:Brill,2008）。

《城阙、街景与风情——晚清画报中的帝京想象》乃作者在香港中文大学主办的“历史与记忆：中国现代文学国际研讨会”（2007年1月4－6日）上的主旨演说，初刊《北京社会科学》2007年2期，收入樊善标等编《墨痕深处：文学、历史、记忆论集》

（香港：牛津大学出版社，2008）。

原系单篇论文，故文后都注出写作时间；除了便于读者理解，更希望说明，为何有些后出的研究成果，我没能与其展开对话（当然，也有疏漏的，见下文）。正是基于此学术史考量，此次合刊，除错别字外，各文未做任何改动。有些明显的错漏，在文后用“附记”的形式加以辨正，如第二章谈论石印术之传入中国、第三章补充《教会新报》之介绍气球。

李孝悌先生的《走向世界，还是拥抱乡野——观看〈点石斋画报〉的不同视野》（《中国学术》十一辑，北京：商务印书馆，2002年秋）一文，总结过去十几年间中外学界阅读《点石斋画报》的四种方式：将其视为老妪都解的大众文化的代表性刊物（叶晓青）；强调其在新知传播、思想启发上所扮演的重要角色（王尔敏）；专注这份城市刊物所显现的传统文化的质素和志怪式的乡野图景（李孝悌）；从全球化的角度出发，论证《点石斋画报》的意涵（瓦格纳）。大概是受资料方面的限制，李先生并未将我的研究纳入考察的视野。

其实，在此之前，关于《点石斋画报》，我已在中国大陆及香港报刊上发表了大大小小九篇文章，并出版了《点石斋画报选》（贵阳：贵州教育出版社，2000）和《图像晚清》（与夏晓虹合作，天津：百花文艺出版社，2001）二书。说这些，并不是抱怨；我感叹的是，因两岸学术体制不同，加上检索不便，常常令人遗憾地忽略了对方十分重要的存在。按理说，谈论中国问题，海峡两岸的学者，应该是最有发言权的。可偏偏是这两个最大的学术群体，存在着很深的隔阂。当初我谈论《点石斋画报》时，参考了德国、美国、日本、澳大利亚等国学者的相关著述，可竟然遗漏了两篇发表在台湾的重要论文——王尔敏的《中国近代知识普及化传播之图说形式》(《近代史研究所集刊》19期，台北：中央研究院，1990)和康无为的《画中有话：点石斋画报与大众文化形成之前的历史》(《读史偶得》，台北：中央研究院，1993)，实在不可原谅。推己及人，我很能理解李先生的论述；同时，对于自家学术心得能在香港以繁体字印行（因而有可能流入台湾），格外欣喜。

既然是在“四说”之外，我得略为介绍自家研究的特点。同样关注《点石斋画报》在传播时事与新知方面的意义，我的论述，兼及新闻史、绘画史与文化史，尤其关注图文之间的缝隙，坚信正是这些缝隙，让我们对晚清的社会风尚、文化思潮以及审美趣味的复杂性，有更加深刻的了解。另外，大概是出身中文系的缘故吧，我对借助图中之文来理解晚清报刊文体的变化，以及考察图像叙事与文字叙事之间的差异，有特殊的兴趣。再者，与其他学者不同，我关注的是整个晚清画报，不仅仅局限于《点石斋画报》一家。

·

吴趼人小说《二十年目睹之怪现状》第二十二回，有一读报细节，颇耐人寻味。主人公“我”（即九死一生）外出归来：“只见我姊姊拿着一本书看，我走近看时，却画的是画，翻过书面一看，始知是《点石斋画报》。便问那里来的？姊姊道：‘刚才一个小孩拿来卖的，还有两张报纸呢。’说罢，递了报纸给我。我便拿了报纸，到我自己的卧房里去看。”小说中没有具体评述《点石斋画报》，可将其留给虽也精明但毕竟属于“女流之辈”的姊姊，而让男主人公独独拿走全是文字的报纸。行文之中，有意无意地，将图像与文字——具体说来是画报与报纸，做了高低雅俗的区分。

不登大雅之堂的“画报”，难入藏书家法眼，故当初虽曾风风火火，很快就星流云散，隐入历史深处了。等到学者们意识到其研究价值，已是“百年一觉”。随着中外学界兴趣陡增，若干晚清画报得以影印刊行；但若想了解全貌，还是得像傅斯年说的那样：“上穷碧落下黄泉，动手动脚找东西。”

十几年来，我有机会东奔西走，在各国图书馆里寻找那些泛黄且松脆的晚清画报，颇为幸福。在此寻访的过程中，给我帮助较大的图书馆有：北京大学图书馆、中国国家图书馆、上海图书馆、中山大学图书馆、广东省立中山图书馆地方文献部、日本东洋文库、东京大学东洋文化研究所图书馆、东京都立中央图书馆、英国伦敦大学亚非学院图书馆、剑桥大学图书馆、大英图书馆、法国法兰西学院汉学研究所图书馆、德国海德堡大学汉学研究所图书馆、美国哥伦比亚大学东亚图书馆、哈佛大学燕京图书馆、香港大学冯平山图书馆、台湾大学图书馆等。借本书出版之机，谨向上述图书馆诚挚道谢。

即便如此努力搜寻，我能阅读到的晚清画报，数量还是很有限。有的只闻其声，不见其人；有的偶一现身，神龙见首不见尾；很少像《点石斋画报》那样面目完整，且因屡次重刊而容易获得的——这也是很多学者愿意集中精力讨论此画报的原因。最让人难以释怀的，是那些与你擦肩而过，让你惊艳不已，但又随即消失在茫茫人海中的“佳丽”。举个例子，1997年春天，我在哥伦比亚大学东亚图书馆找到了1907年刊行于北京的《益森画报》，当时以为平常，只是做做笔记，影印几页而已。回到北京，确定国内各图书馆均未藏此刊，赶紧请人代为复印，可无论如何，再也难觅芳踪了。

晚清画报虽说是我的研究课题，但妻子夏晓虹倾注了很多心血。在我寻寻觅觅的漫长征途中，随时可见她的身影。还记得，合作编注《图像晚清》时，我在海德堡大学讲学，她在东京大学教书，每天电子邮件往还，报告各自的“发现”，不仅完成了著述，且借此消除了异国生活的寂寞。

最后，提供一则有趣的画报史资料。光绪四年（也就是《点石斋画报》创刊前六年）的正月初七，出使英法大臣郭嵩焘在听取关于画报历史及制作方式的演讲后，做了如下记录：

> 刻画三法：用铜、用石、用木。铜版价昂。石板起于一千八百三十年，价廉费省，故近来印画多用石板。木板用黄杨木凑合成之，用螺丝钳接，可以分段镌刻，刻毕斗合，尤易集事，《伦敦画报》专用之。各国新奇事，皆遣画工驰赴其地摹绘。……继《伦敦画报》起者《克来非其》。与《伦敦画报》相仿则有《机器》新报、《攀趣》新报、《凡匿台绯阿》新报。或详器物，或主讽刺，或绘名人小像，其用意又各不同也。

最早谈论泰西画报的中国文人，乃热心接受西方文化的郭嵩焘，这个小小的发现，虽无关大局，却还是让我得意了好些天。这一点，《大英博物馆日记》（济南：山东画报出版社，2003年；台北：二鱼文化，2004年）已提及，考虑到那书难入专业人士眼，故不避献曝之讥，老调重弹。

2008年5月12日于香港中文大学客舍

《北京记忆与记忆北京》自序

将《“北京学”》置于全书开篇的位置，颇有“做学问科”的嫌疑。其实，没那么深奥（或曰：没那么无聊），只是因为找不到更好的编排方式，各辑文章按写作时间排列。如果以此推断，试图从“学术”角度加以评判，那可真是“文不对题”。那文章的题目很吓人，实际上不过是一则随感。说到天上去，也只是预感到“北京”作为学术课题的“伟大意义”。据说，此文乃“北京学”这一话题的最初文献（参照马万昌《对北京学基本理论问题的思考》，《北京联合大学学报》2003年1期）；但谁都明白，“话题”与“成果”之间，相差十万八千里。

相对来说，我对《“五方杂处”说北京》、《想象北京城的前世与今生》以及《北京记忆与记忆北京》三文，稍有信心些——虽说文体驳杂，起码在某种程度上体现了我的研究思路、学术趣味和人文关怀。更重要的是，前者缘于我六年前在北大为中文系研究生开设的“北京研究”专题课，后两者则关涉我和原哥伦比亚

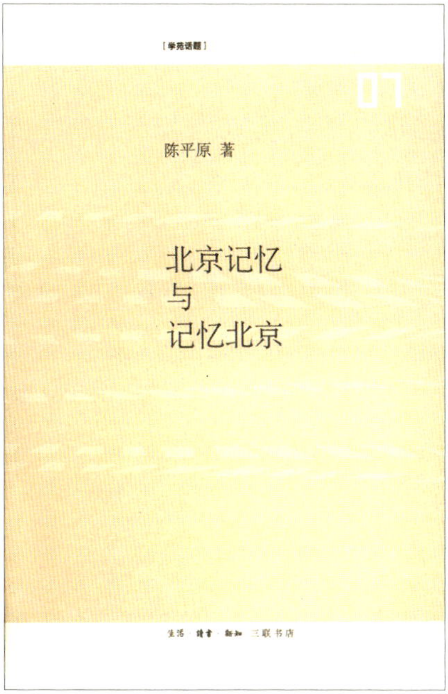

三联书店，2008 年

大学教授、现哈佛大学教授王德威共同主持的“北京：都市想象与文化记忆”国际学术研讨会及相关论文集。其实，关于“北京”这座城市，我还真撰写过若干专业论文，只是有的已入《触摸历史与进入五四》(北京大学出版社，2005)，有的将收《左图右史与西学东渐——晚清画报研究》，故只好割爱了。这样也好，本书于是得以轻装上阵，不必整天端着“学问”的架子。

“为什么是北京”，很多喜欢谈论北京的人，都会面临这样的追问。记得在《“五方杂处”说北京》中，我是这么解答的：“为什么是北京，对于很多人来说，其实不成问题。住了这么多年，有感情了，就好像生于斯长于斯，没什么道理好讲。当初只是凭直感，觉得这城市值得留恋。久而久之，由喜欢而留意，由留意而品味，由茶余酒后的鉴赏而正儿八经的研究。”到目前为止，我还是“茶余酒后的鉴赏”多,而“正儿八经的研究”少。也正因此，本书的定位是“随笔”——或者说,是一种人文性质的“北京阅读”，而不是学术意义上的“北京研究”。

书分三辑，分别讨论城、人、书。为什么谈论北京时，非要收入在京访书、买书、读书的文章不可？当然是与这座城市的特点有关，也与作者的生活经历密不可分。说白了，“本书的主角确实是北京，但那只是以学术文化为主轴的北京；而且是透过一个生活在北京的学者不无偏颇的目光以及略嫌芜杂的笔调，所隐约呈现出来的”——这话出自我为台湾版《人在北京》所撰“自序”。

2003 年底，台湾联合文学出版社刊行了我的随笔集《人在北京》。书出版后，不断有热心的编辑前来打听，建议刊行该书的简体字版。之所以谢绝，是怕跟我在大陆已刊各书的选文重叠。这一回，拗不过三联书店郑勇君的再三催促，抽去一半旧作，增加一半新文，让其“改头换面”，粉墨登场。

各辑文章的排列，意思显豁，无须作者饶舌。唯一需要多说两句的，是《生于忧患》一文。2003年的四五月间，面对满街白花花的口罩，还有电视里“抗击SARS，打赢首都保卫战”这样悲壮的标语，生活在北京的人们，真的“面不改色心不跳”的，不能说没有，但肯定很少。课堂上，我将刊有此文的报纸复印给同学们，据说很是“鼓舞人心”。这大概是我近年所撰文章中，唯一真的感觉“有用”的。

2007年6月7日于圆明园花园

《千年文脉的接续与转化》小引

最近十几年，我出版了若干著作，其中多有涉及学术史、教育史、文化史的。如此治学，说好听点，叫作“跨学科”；说不好听，则是“不务正业”。世人所理解的“正业”，就是你拿学位谋教职的那个“学科”或“学科方向”。近年中国学界的一大迷思，正是这“独尊正业”，而极力贬斥“野狐禅”。谈“学问”而过分看重“学科”与“边界”，这可不是好现象。依我浅见，学者一旦“进入状态”，问题意识、论述对象、思想方法、文章趣味等交相辉映，左冲右突，“行于所当行，止于所不可不止”，这才是理想的学问境界；即便暂时做不到，也不该过早划定楚河汉界，以致限制了自家学识与才情的发挥。

答应香港三联书店，选几篇代表性论文，结成一册小书。为此而追溯自家学术历程，恍然发现，这些年虽四处游走，最用力且较有心得的，依旧还是文学史研究。当然，我所理解的“文学”，兼及古今，包蕴文史乃至教育。因此，偶尔涉足学术史、教育史或文化史，不但不会妨碍，而且还可能促进我对“中国文学”特

香港：三联书店，2008 年

色、境遇及前景的思考。

有趣的是，不仅是“文学”，而且还是“中国现代文学”——没想到，转了一大圈，我还是回到了原先入门的地方。

说起来，对“现代文学”这一学科，我还是颇多反省的。在《走出“现代文学”》（1991 年）中，我谈及这个学科的内在局限，以及如何看待若干学者的“走出去”与“打回来”；在《学术史上的“现代文学”》（1996 年）中，我谈及“现代文学”的不确定性，促使我们保持清醒的头脑，这未尝不是好事；而在《重建“中国现代文学”——在学科建制与民间视野之间》（2006 年）中，我谈及作为学科或课程的“中国现代文学”（或曰“中国新文学”），几乎从一开始，就遭遇强大的论敌，以致必须不断地论证自身存在的合理性。这种强烈的危机感，使得其格外珍惜已经取得的成绩，也特别擅长思考过去、分析现在、规划未来。一再辨析“中国现代文学”作为一个学科的陷阱与生机，希望经由一系列的反省与批判，实现创造性的“重建”，可见，本人虽不时有反叛的举措，其实还是对其相当迷恋。因而才会出现如此尴尬的局面，平日不大讲“现代文学”课程，可到了选“代表作”，一转眼就溜进这“爱恨交加”的“自己的园地”。

我之谈论“中国现代文学”，与时下的学科建制与教学大纲颇有差异。单就打通近代、现代、当代而言，二十多年前与钱理群、黄子平合撰《论“二十世纪中国文学”》（1985 年）等，早已解决，且已被许多同行接纳。更重要的还在于，承认经由晚清“文学改良”与五四“文学革命”的努力，现代文学与古典文学之间存在巨大缝隙，同时，关注那深层的历史联系。也就是说，谈论“传统”与“现代”，兼及表层的断裂与深层的继承，在“断裂性”与“连续性”之间，主要着力于后者，努力辨析“千年文脉的接续与转化”。这一思路的形成，最初缘于周作人的一段话。1928 年，周作人为俞平伯《杂拌儿》作跋，再次阐述“复兴”与“革命”、“新”文学与“旧”传统之间的辩证关系：“现代的散文好像是一条湮没在沙土下的河水，多少年后又在下流被掘了出来；这是一条古河，却又是新的。”我要追问的是，这条“河”为何埋入地下，又怎样重获新生；如此既古又新，日后生机何在，该如何向前流淌；作为当代学人，我们是否有可能“介入”，以致影响其流向与流速。所有这些，都值得你我深究。

思考“千年文脉的接续与转化”，除思想文化潮流外，也格外关注学堂、报章、演说与文学生产的联系，这点，明显受梁启超“传播文明三利器”说的影响。在这中间，辨析大转折时代各种文体之间错综复杂的关系，是我的兴趣所在。此外，还有“一以贯之”的言说策略，那就是，既不独尊“五四”，也不偏爱“晚清”，更愿意把这两代人放在一起论述。

这牵涉我对五四新文化运动的理解。在《中国小说叙事模式的转变》(1988年)、《中国现代学术之建立——以章太炎胡适之为中心》(1998年)以及《触摸历史与进入五四》(2005年)的“导言”或“导论”中，我一再强调晚清与五四的合力——谈论“五四”时，格外关注“‘五四’中的‘晚清’”；反过来，研究“晚清”时，则努力开掘“‘晚清’中的‘五四’”。因为，在我看来，正是这两代人的共谋与合力，完成了中国文化从古典到现代的转型。正因为兼及“五四”与“晚清”，这种学术视野，使得我必须左右开弓：此前主要为思想史及文学史上的“晚清”争地位；最近十年，随着“晚清”的迅速崛起，学者颇有将“五四”漫画化者，我的工作重点于是转为着力阐述“五四”的精神魅力及其复杂性。

复旦大学出版社，2010 年

在《中国小说叙事模式的转变》的“自序”中，我曾谈及，对于学术论文来说，“重要的是论证”，而不是结论。如此立说，主要是不满足于当时学界流行的“思想火花”以及“主题先行”，感叹许多文章立意甚好，但缺一口气，煮成了“夹生饭”。对于学者来说，找到好题目不容易，把好题目经营好，做深做透，做到“题无剩义”的地步，这是一种“境界”。题目不好、资料欠缺或个人才华限制，那没办法；但如果万事俱备，而因为学者本人用心不足，疏于经营，导致论文（著作）太紧太松、太浓太淡、太肥太瘦，那可就太遗憾了。

什么时候仓促成阵，哪篇文章气定神闲，一般来说，作者本人心中有数。而所谓“文章甘苦”，也不只作者才能体会，有经验且不带偏见的读者，同样可言之凿凿。倘若学界评判与自家趣味合一，那就有七八分把握了。书中四文，大都在学界获得好评；更重要的是，“自我感觉”良好。

2008年7月3日于台大尊贤馆

《大学有精神》后记

在某个特定场合，被逼着非做自我评价不可，我以“低调的理想主义者”应对。意思是说,对自己的理念有所认识,也有所坚持,但与此同时，关注“可行性”，故对人对己都不过分苛求。说得好听是“通达”，不好听呢，就是缺乏“不全宁无”的决绝姿态，一旦证实“此路不通”,很容易就转身而去。倾听高调者“中国无大学”之类的宏论,我惊讶其横扫千军如卷席的气势；而观看实践派“三步并做两步走”的举措，我又想起“杀君马者道旁儿”的古训。如此理性、温和的立场，使得拙文读起来“不够过瘾”，很难博得满堂掌声。除了认定“这里就是罗陀斯”，有本事，我们就在这里起跳；再就是,铭记老校长胡适为《独立评论》创刊所写的那段话：“我们深信，争自由的方法在于负责任的人说负责任的话。”

关注中国大学的历史与现状，将其作为一个学术课题，展开深入持久的对话，对于一个文学教授来说，确实带有某种偶然性。可“既来之，则安之”，渐渐地，我也能感觉到某种劳作的艰辛以及收获的喜悦。比起专业的教育学或教育史专家来，我的学术训练及精力投入明显不足；只是在兼及文史、提奖精神方面，可能略有斩获。记得前年的“两会”期间，曾应《瞭望》周刊之邀，剪裁旧作成一短文，名曰《大学以精神为最上》，据说获得很多读者的欣赏。某种意义上，这就是“长话短说”、“大题小作”的好处。

本书的特点，除了历史与现实对分，再就是论文及演讲各半。后者既指向“目光”，也牵涉“文体”。演讲诉诸听觉，需要大白话、新见解，引证不能太多，切忌满篇咬文嚼字、引经据典。这样一来，对于问题的深入探讨与彻底解决，多少总有些限制。演讲鼓励现场发挥，一旦说开去，常常“摇曳多姿”，这与史学论文之讲究准确、严谨，不免有些差距。还有一点，演讲时，不能假定听众熟悉你的以往著述，且一书在手随时翻查，为了辞能“达意”，往往自我引用。单篇看没问题，集中起来阅读，就会略嫌重复。如此“文体辨析”，某种意义上，也是一种自我辩解。因为，各文的论述与引证偶有重叠；为了文章的整体性，不做删改，这点敬请读者原谅。

本书收文十一篇，另加三则附录。上编观历史，下编谈现实。至于“远行留‘背影’”与“荷戟独‘彷徨’”，除表明论述对象及作者心境，还隐含了两个书名，即 1926 年北新书局刊鲁迅小说集《彷徨》，以及 1928 年开明书店刊朱自清散文集《背影》。如此“拉大旗做虎皮”，主要指向二书的“卷首语”。《彷徨》无序，引《离骚》句为题词：“路漫漫其修远兮，吾将上下而求索。”《背影》序言提

北京大学出版社，2009 年

及当今散文大发展："有种种的样式，种种的流派，表现着，批评着，解释着人生的各面，迁流曼衍，日新月异。"一力主求索，一明辨文体，这也是本书的特色与追求。

十五年间，虽说不时涉足大学话题，删繁就简，归纳成集，也就这次由北大出版社刊行的《老北大的故事》（增订本）、《大学何为》、《大学有精神》三书了。此前的《北大精神及其他》（上海文艺出版社，2000）和《中国大学十讲》（复旦大学出版社，2002）不再重印，部分文章分别散入《老北大的故事》（增订本）和《大学有精神》；至于若干专业论文，则留待他用。

“十年辛苦不寻常”，更何况十有五年。曾撰有答问《书里书外话“大学”》，大致讲述、清理了整个暗中摸索的过程，略加修订，作为“代自叙”。

2009年2月2日，春节后的第一个星期一，于京西圆明园花园

我的“大学研究”之路

——《历史、传说与精神》代自叙

我之关注大学问题，最早是因与夏晓虹合编《北大旧事》而广为人知。但就学术思路的形成而言，则必须往前推十年。我的博士论文主要讨论晚清以及五四新文化运动中“小说叙事模式的转变”，很自然地，牵涉新教育与新文学的关系：“梁启超以废科举开学校育人才为政治上的‘变法之本’；其实，这何尝不是文艺上的‘变法之本’。从某种意义上说，没有‘新教育’，就没有中国现代小说，也没有中国小说叙事模式的转变。”讨论清末开始的书院改学堂，我的侧重点在课程设置如何影响青年学生的知识结构，乃至转变其文学趣味与小说技法。这原本是独立的一章，题目就叫“从士大夫到留学生”，洋洋洒洒，写了三四万字，写完后，越看越虚，没把握，删繁就简，就成了现在《中国小说叙事模式的转变》（上海人民出版社，1988）第一章“导言”里的第四小节。

功夫没下足，文章做不好，但我坚信，自己的思路没错——谈新文学或新文化运动，必须将其与新教育联系起来。

1993 年秋到 1994 年夏，我有幸获得日本学术振兴会的奖助，在东京大学和京都大学做研究。这是一段值得追怀的好时光——暂时脱离忙碌的日常生活，在一个陌生的环境里，静下心来，自由自在地、不带任何功利目的地读书。你可以想象，在这种境况下，我会翻阅有关东大、京大的书籍，其中东大为百年校庆而编纂的“写真集”《东京大学百年》，以及十卷本的《东京大学百年史》，其学术立场以及编纂策略，给我很大触动。于是，写了篇短文，题目叫《大学百年——从〈东京大学百年〉说起》，刊在 1994 年 10 月 29 日《文汇读书周报》上。文章劈头就说：“再过四年，我所在的北京大学就将迎来百年大庆。没人让我操心，只是自己跟自己过意不去，老觉得该为它做点什么。”校庆纪念，很容易做成热闹有余而深切不足的“官样文章”。因为“无官一身轻”，我愿意而且能够做的，就是从学术的角度，来阅读、叙述、品鉴、辨析这所大学的历史，并借此凸显某种精神价值。恰好，我所在的北大，有此潜能，值得认真经营。

大概是 1996 年春夏，我们开始了情趣盎然的“上穷碧落下黄泉，动手动脚找东西”。开始见一篇收一篇，后来发现，这样不行，编出来的书面目模糊。在这过程中，逐渐跳出几个关键词：首先是“老北大”。之所以将目光集中在“老北大”，既是退却（“新北

香港：三联书店，2009 年

大”很复杂，一下子说不清），也是进取（可借此突出某种精神传统）。其次是“故事”。无论是当初的“素描”,还是几十年后的“追忆”，生气淋漓的叙述中，均包含着若干误传与误记；可这些东西不该随意抛弃，因其更能体现“生命之真”。意识到这一点，我刻意强调“历史”与“文学”间的张力。第三是“小品笔调”。这当然是与中文系教授的趣味有关——同样记录一件事，可以是浮光掠影，也可以是入木三分，我们当然愿意选择有趣且雅致的文字。就像该书的序言说的：“杂感、素描、随笔、小品、回忆录以及新闻报道、档案材料等，有带露折花的，也有朝花夕拾的，将其参照阅读，十分有趣。”

《北大旧事》之所以不同于一般的选本，与那篇题为《老北大的故事》的序言有关。借助这篇序言，我们将“大学”作为“永恒的风景”来观赏、品读的思路，得到了广泛的了解与认同。说来好笑，这篇序言原本是交给一家大型文学杂志，编辑很喜欢，可最后关头，主编看到“北大之闹学潮，可谓渊源有自”字样，大惊失色，坚决要求删改。我不愿妥协，于是将文章转给了《读书》。《读书》分两期刊发，而且标明了“老北大故事之一”、“老北大故事之二”，留下了日后再接再厉，撰成“系列文章”的契机。这么说来，可谓“因祸得福”。

《北大旧事》编成于1996年，序言发表于1997年，至于正式成书，则迟至1998年1月。那是出版社方面的考虑，想借校庆活动的“东风”。其实，这样处理，效果不是很好，容易被误认为一般的校庆读物——来也匆匆，去也匆匆。

在我看来，“教育”无法完全脱离“政治”，但“大学史”不应该成为“政治史”的附庸——尤其是当我们将“政治”简化为“党派利益”的时候，更是如此。我在《哥大与北大·教育名家》中提及：国共两党出于各自的政治利益，对民国年间的“学潮”评价天差地别，但着眼点都是政局稳定与否。教育家则不然，从培养人才的角度立论，对学生的“荒废学业”不能不深表遗憾。

1930年冬，蒋梦麟出任北大校长后，实行教授专任，推行学分制，要求毕业生撰写论文并授予学位，追求高等教育正规化。对于蒋校长的这一努力，1980年代撰写或修订的北大校史，都是持批判态度的。替蒋梦麟“评功摆好”，引来一些批评，我的辩解是：“我并不否认五四运动为北京大学带来了巨大的光荣，也是历届学生引以为傲并极力追摹的目标，但我不主张将一部北大校史建构成加挂教学和科研的‘学生运动史’。”在这篇题为《大学史的写作及其他》的答辩文中，我还提道：“恕我直言，北大百年，蔡元培校长引进的德国大学模式及其兼容并包精神，影响极为深远；蒋梦麟校长推崇的美国大学模式及其正规化教学思想，同样值得认真对待。将后者说成是为了配合国民党的思想控制而采取的措施，似乎过于深求了些。”十年后的今天，承认著名教育家蒋梦麟的历史功绩，在学界已基本上达成共识。

北大校史的“变脸”，某种意义上，折射出了整个中国思想及文化的转型。就拿北大校长来说，三十年前，我们不能确定马寅初的贡献；二十年前，我们对如何评价蔡元培拿捏不准；十年前，谈论胡适时我们仍然举棋不定——而所有这一切，如今都成了“常识”。或许，这就是“历史的进步”。最近十年，大学史的研究突飞猛进，有外在的动力——各大学都努力给自己贴金，编撰校史时，不再有那么多的顾忌；也有内在的原因——我们终于认可了，现代中国大学的建设与发展，事关国家民族的命运，应超越党派利益，不该将其捆绑在阶级斗争的战车上。

同是1998年，紧接着三联版的《北大旧事》，我在江苏文艺出版社推出了《老北大的故事》一书。一编一撰，二者对照阅读，更有意思。前者让大家对这所大学的“人和事”感兴趣，后者则力图发掘那些有趣的“人和事”背后隐藏着的各种沉重话题。就我自己而言，真正用心用力的，当然是《老北大的故事》。

1997年春夏，在美国哥伦比亚大学访学期间，因资料凑手，撰写了一组短文，总题为《哥大与北大》。这八则先刊美国《明报》、后发表在《中华读书报》的小文，借若干校长及教授的故事，钩稽这两所大学的历史联系。回北大后，所撰《北京大学：从何说起？》、《北大传统：另一种阐释》等，那已经是拉开架势，将“北大”作为学术对象来审视和辨析了。在文体上，《老北大的故事》介于“专著”与“随笔”之间，第二辑“校史杂说”较有学术分量，但也不同于专业论文。

跟专业的教育史家不同，我的研究带有明显的问题意识，首先是解决自己心中的困惑，而后才是史学价值的追求。不过，一旦进入具体课题的实际操作，我还是努力保持史家实事求是、多闻阙疑的风格。我说过，在中国，争辩教育得失，不专属于教育家和教育史家，而是每个知识分子都必须承担的权利与义务。我已出版的几本小书，大体上都是实践这一诺言，即便不够专业，起码也是认真思考的产物。

北大不是一所普通的学校，百年历史上，九曲十八弯，是理解中国现代教育最好的切入口。这一特性，使我得以超越一般的“校史论述”，从“个案研究”，迅速上升到对整个现代中国大学命运的思考。单就这一点而言，我很庆幸。也正因为如此，“百年庆典”结束了，我的研究还可以继续往前推进。换句话说，这不是一个“应景”的题目。

其实，中国各著名大学，大都有自己的校史编纂队伍，也出版过相关著述。如逢五十大庆或百年盛典，更是推出系列出版物。可这些作品，或近于招生广告，或类似工作总结，除了校友及少数教育史专家，很少有人关注。随着《北大旧事》以及《老北大的故事》的出版与热销，众多零散的关于老北大的私人记忆被集合起来，而且被作为一种“大学叙事”，加以辨析、阐释与发挥。借助若干老北大的人物和故事，来呈现所谓的“北大传统”和“北大精神”，这种编撰策略，效果很不错。于是，江苏文艺出版社和辽海出版社紧接着组织了“老大学故事丛书”和“中国著名学府逸事文丛”。随后出版的“中华学府随笔”丛书以及“教会大学在中国”丛书，走的也是这条路子——谈论大学的历史，从硬邦邦的论说与数字，转向生气淋漓的人物和故事。此举起码让大家意识到，大学不是一个空洞的概念，而是一个知识共同体，一个由有血有肉、有学问有精神的人群组成的知识共同体。关于大学历史的讲述,不一定非板着面孔不可,完全可以讲得生动活泼。从“故事”入手来谈论“大学”,既怀想先贤,又充满生活情趣,很符合大众的阅读口味,才会一时间成为出版时尚。

谈论大学的历史,为什么选择“讲故事”?我在《文学史视野中的“大学叙事”》中谈到,那是因为撰写正史的权力,掌握在主政者手中,没有足够的档案资料(以北大为例,1950年代以后的人事档案不能查阅),民间很难从事这项工作。而一旦成为官修正史(即便只是“大学史”),需要平衡各方利益,必定收敛锋芒,回避矛盾。这样的写作,既不尽心,也不尽兴。所以我才会让开大路,自居边缘,讲述那些五光十色的“老大学的故事”。如此,则讲者别有幽怀,听者心领神会。

至于你问为什么大家都关心大学问题,在《我们需要什么样的大学》中,我提到外在原因和内在原因,后者包括:第一,中国的大学体制及教育方式有问题;第二,跟其所处的社会环境一样,中国大学也在转型;第三,正因为有问题,在转型,具备往各个方向发展的可能性,公众才有批评及建议的热情。最后一点同样不该忽视:大学话题不属于“禁区”,虽有些言不尽意,但总比以前捂着盖着好多了。

我对北大的关注,从最早的研究五四新文学,到后来的注重现代中国学术,再到逐渐逼近作为现代知识生产基地的大学制度,这一学思历程，使得我倾向于将北大置于教育史、文学史、思想史、学术史的脉络中来考察。可是，在“百年中国”的叙事框架中，讨论北大的成败得失，不是一件容易的事。这里牵涉论者的政治立场、理论预设、研究策略，也与叙述笔调密切相关。后者往往不被看好，以为是“雕虫小技”。大概跟自家学术背景有关，谈论中国大学，我不但关心“说什么”，而且注意“怎么说”。你若问什么是好的“叙述笔调”，其实没有一定之规，关键在于，必须契合论述对象以及个人趣味。

我谈北大，关注“北大人物”，那是因为我“人在燕园”，希望借梳理若干师长与这所大学结下的不解之缘，来亲近、体贴、理解、阐释这所大学。这么一种个人化的叙述，有好处，也有局限。因“结缘”而带来的强烈的主观色彩以及作者身影的浮现，使得这组文章多了些激情与温馨，而相对缺少距离与冷静。这也是没办法的事。对于“半文半学”的论述策略，其长其短，作者必须心里有数。

作为史家，我承认个人经验对于历史书写的意义——前辈的“追忆文章”如此，我的“故事考辨”也同样。辨析国人对于“大学”的想象，需要坚硬的史料（如档案文件），也需要华丽的乐章（如诗文小说）。虚实之间，构成巨大的张力，让史家得以穿梭其间，驰骋想象，挥洒才情。这样的“大学研究”，不涉及办学规模、经费预算以及综合实力评估等技术因素，显得有点“虚”；但其注重

“个性”与“表述”，凸显“故事”与“精神”，在林立的教育史著述中，别有一番风情。

我曾多次提及，中国的高等教育分成三千年的“大学”和一百年的“University”，二者并非同根所生，很难直接过渡。正是这样一种区分，使得我乐于为中国大学“寻根”——探讨诸如传统书院能否实现现代转型的问题。

所谓为中国大学“寻根”，包括三个不同层面的问题：第一，史实钩稽；第二，理论反省；第三，现实需求。在史实层面，我以为现代中国大学只有一百多年的历史，是晚清以降中国人向西方学习，“另起炉灶”弄出来的，跟西汉的“太学”或明清的“国子监”没有直接关系。为了所谓的“民族自尊”，而刻意拉长中国“大学”的历史，既没必要，也不可能成功。

这么说，不等于否定中国大学“寻根”的价值。我对20世纪中国教育成功移植西洋制度表示欣赏，但对其抛弃悠久的书院传统则深表遗憾。在《大学之道——传统书院与二十世纪中国高等教育》中，我从教育体制、教育理念以及教学方法的角度，谈论传统书院教育如何成为今日中国大学改革可资借鉴的思想资源。可惜的是，像《传统书院的现代转型——以无锡国专为中心》那样的个案研究，目前我做得太少，还不具备足够的说服力。但我用来质疑“接轨”热潮的“中国经验”，既包括传统书院，也包括百年中国大学史。《中国大学十讲》中，除北大外，我还关注清华大学、中央大学、中山大学、南开大学、西南联大、无锡国专等，这份名单，一看就是“别有幽怀”。

学以救弊，不同时代，有不同的“弊”，需要学者去直面乃至抗衡。1920年代，蔡元培先生曾说过，对于传统中国教育，不宜估计过高——他担心表扬传统教育会压抑国人学习西方的热情；今天情况完全变了，“接轨说”已成主流，从官员到学界到大众，开口闭口都是哈佛、耶鲁，恨不得直接拷贝任何一所稍有名气的西方大学。正因此，我才有必要跳出来，批评“今天谈论大学改革者,缺的不是‘国际视野’,而是对‘传统中国’以及‘现代中国’的理解与尊重”。我当然明白，传统书院或民国年间的大学，有很多弊病，之所以热心“发潜德之幽光”，不外是希望借此拓展学术视野，增加不同的思想资源，免得21世纪的中国大学，真的变成“欧洲大学的凯旋”。

我借用老北大的人物和故事，来呈现所谓的“北大精神”。这种写作方式，日后成为各大学校庆写作中经常借鉴的模式，可惜大都仅得其皮毛。首先，我讲“故事”，不仅仅是因其“好玩”，更因这些故事蕴含着某种我认可的“精神”，这才值得我去上下求索、左右开掘。其次，假如将“老大学的故事”作为阅读、考辨的对象，那么，需要史家的学养与眼光，而不仅仅是文人趣味。

第三，无论什么时代，“大学”的生存与发展，都与整个社会思潮密不可分，必须将政治、思想、文化、学术乃至经济等纳入视野，才能谈好大学问题。第四，必须超越为本大学“评功摆好”的校史专家立场，用教育家的眼光来审视，用史学家的功夫来钩稽，用文学家的感觉来体味，用思想者的立场来反省、质疑乃至批判，那样，才能做好这份看起来很轻松的“活儿”。

谈论中国大学，可以是专业论文，也可以是即兴演说，还可以是随笔、短论、答问等。之所以长枪短棒、匕首弹弓一起上，一是兼及历史与现实，努力介入当下的社会（教育）改革，二是思考尚不成熟，为文略嫌匆促。在《北大精神及其他》的“后记”中，我谈到希望有一天能就北京大学撰写沉甸甸的专著；但同时，我也表示，不悔且不薄如此寻寻觅觅的过程。因为，在我看来，“这是一个能够调动研究者的激情与想象力、具备许多学术生长点的好题目，即便山路崎岖，前景也不太明朗，也都值得尝试”。

我曾经说过：“从事学术史、思想史、文学史的朋友，都是潜在的教育史研究专家。因为，百年中国，取消科举取士以及兴办新式学堂，乃值得大书特书的‘关键时刻’。而大学制度的建立，包括其蕴含的学术思想和文化精神，对于传统中国的改造，更是带根本性的——相对于具体的思想学说的转移而言。”反过来，教育史的思考与撰述，对我从事文学史或学术史的研究，大有裨益。

这一番“游历”，在我已出版的《中国现代学术之建立》、《触摸历史与进入五四》等书，以及正在撰写的《作为学科的“文学史”》中，都打上了深深的烙印。

更重要的是，此番“越界”，开拓了我的学术视野，养成了不受学科限制、自由驰骋的阅读以及思考的习惯。恕我大胆，借用林语堂的《四十自叙诗》，真可谓“从此境界又一新，行文把笔更自如”。

至于说我对中国大学问题的探讨，到底有多大的收获，这很难说。或许，还不到结账的时候，我的思考仍然“在路上”。有问题意识，有真切感受，也有若干精彩的个案研究，但搭不起自家独立的大厦。唯一敢说的是，意识到思想、制度、话语方式三者之间错综复杂的关系，并略有“触摸”，如此而已。希望有一天，我真能像朱熹说的那样，“旧学商量加邃密，新知培养转深沉”，那时，再来删繁就简、推陈出新，发布我探讨大学问题的“最大成果”。

既然是“在路上”，自然不肯轻易放弃。在《大学何为》的“自序”中，我提到，会从历史记忆、文化阐释、精神构建以及社会实践等层面，思考“大学”作为人类社会极为重要的组织形式，是什么、有什么、还能做些什么。

从我在中国大陆已刊或将刊的五本有关“大学”的著作中，

精选二十万字，交香港三联书店刊行，以便更多的朋友阅读与了解。能有如此机会，何乐而不为？只是《老北大的故事》一书，台北的立绪出版社2001年已刊行了繁体字版，这回就不再选录了。另外，以上自叙文字，大都借用我答《出版商务周报》记者的提问；这则“答问”，曾以《书里书外话“大学”》为题，刊于2007年10月28日《出版商务周报》第22、23版上，特此说明。

2008年7月29日于香港中文大学客舍

《走马观花》自序

春天来了，百无聊赖的农夫一时兴起，在荒郊野外抛撒下若干花籽。未曾想到，有“贵人”慕名前来参观。于是，一纸令下，为求悦目赏心，将满山遍野正疯长着的闲花野草，“剪裁”成错落有致的花园。这可苦煞了农夫——改也不是，不改也不是。挣扎了一番，最后决定：丑媳妇总归要见公婆，干脆素面朝天。

这个寓言，指向本书的编纂策略——当初随意挥洒，如今非要整理成前后呼应井然有序的“著述”，实在没这个本事。承认这只是旅途中或旅行后的东涂西抹，确证作者曾兴致勃勃地东游西逛过，如此而已，岂有他哉！

虽未刻意经营，二十年间，除本书外，我另有《阅读日本》（辽宁教育出版社，1996年）、《大英博物馆日记》（山东画报出版社，2003年）以及《日本印象》（华中师范大学出版社，2006年）三书。其中的《日本印象》，乃是截取《阅读日本》前两辑，配上若干精美图像，属于“删繁就简”，加上“更新换代”。此外，在诸多愉

上海书店出版社，2009 年

快的旅行中，我还撰有不少草稿、日记、书札等，只是无暇整理成文。此类旅行文字，有无称心的笔墨尚在其次，关键是需要“从容把玩”的心境。

读书之余，喜欢游览，管他东方西方、国内国外，只要是大好河山、名胜古迹，我都能访则访。至于是否撰写游记，端看“机缘”——有一见如故、浮想联翩的；也有厮混甚久、毫无感觉的。在《〈阅读日本〉后记》中，我曾提道：“在一个恰当的时空，碰到一个契合你心境及趣味的阅读对象，而且你有足够的时间及知识准备来仔细品尝，这样的机遇并不常有。”作为学院中人，面对“与国际接轨”的考评压力，撰写并发表游记，不但不加分，还可能给人不务正业的印象。好在本人不在意，二十年间，居然断断续续，时写时辍，留下了若干旅行文字。

明知是上不了台面的小文章，仍敝帚自珍，因其真实地记录了当初的欣喜、惊愕与感慨。选择《走马观花》作为书名，看中的正是这成语的歧义。没错，对于东西方任何一座都市或乡镇，像我这样的旅行者，其观察必定是“浮光掠影”，与专门家之“鞭辟入里”，不可同日而语（本书多处在此意义上使用“走马观花”一词）。可单是这么界说，过于谦虚，不够真诚。其实，“走马观花”还有另一层意思，那就是喜气洋洋——典出唐人孟郊的诗句“春风得意马蹄疾，一日看尽长安花”（《登科后》）。

因缘际会，有了旅途中的小憩，于是，顺手采撷点花草，给自己保留记忆，给朋友提供娱乐。不用说，这些都是“表面文章”。但在讥笑其“浮浅”的同时，请体味文章背后的“得意”——在我看来，对于旅行者来说，这种“喜气洋洋”的心情格外值得珍惜。

单说“走马观花”，似乎还不够；再配上一句“信马由缰”，感觉上更完美些。我之游历山川名胜，有兴致，但无计划——可古今，可中外，可雅俗。如此“观花”，希企的是“乘兴而来，兴尽而返”；偶尔舞文弄墨，说实话，已属第二义。

2007年6月5日于京西圆明园花园

《大学、文学与文学教育》小引

2007年11月17日至30日，我应南洋理工大学中华语言文化中心邀请，任“陈六使中华语言文化教授基金”访问教授。该基金是由南洋大学毕业生协会于1998年3月设立，目的是纪念南大的倡办人陈六使。所谓受邀者乃“国际知名学者”，这我不关心；但对“推动中华语言与文化的发展”，却很有兴趣。尤其是牵涉命运多舛、自强不息的南洋大学，更是感觉“义不容辞”。说起来，我与南洋大学，还有一段小小的因缘。二十多年前，因研究林语堂，略为关注过这所大学；数年前访问马来西亚，阅读大量相关史料，对此事的来龙去脉多有了解。而撰写《南洋大学的故事》，更是让我有机会向陈六使等“南大人”表达敬意。

访新期间，我做了两次公开演讲：2007年11月25日在新加坡旧国会大厦艺术之家议事厅，演讲题为《解读“当代中国大学”》；2007年11月29日在南大第二讲堂，演讲题为《作为物质文化的“中国现代文学”》。此外，还有一次小规模的讲座，时间是2007

新加坡：南洋理工大学中华语言文化中心，2010 年

年 11 月 21 日，地点在南大中华语言文化中心会议室，讲题为《重建“文学史”》。

三个演讲，分别涉及现代中国的大学、文学与文学教育；而这，正是我近年关注的主要课题。作为文学教授，我之关注大学问题，最早是因刊行《老北大的故事》（1998 年）而广为人知。但就学术思路的形成而言，则必须再往前推十年。我的博士论文主要讨论晚清以及五四新文化运动中“小说叙事模式的转变”，很自然地，牵涉新教育与新文学的关系。因为，没有新教育，就没有中国现代小说，也没有中国小说叙事模式的转变。正因此，我在许多场合提到，从事学术史、思想史、文学史的朋友，都是潜在的教育史研究专家。百年中国，取消科举取士以及兴办新式学堂，乃值得大书特书的“关键时刻”。而大学制度的建立，包括其蕴含的学术思想和文化精神，对于传统中国的改造，更是带根本性的——相对于具体的思想学说的转移而言。反过来，教育史的思考与撰述，对我从事文学史或学术史的研究也大有裨益——如此“越界”，起码开拓了我的学术视野，养成了不受学科限制、自由驰骋的阅读以及思考的习惯。

比起专业著述来，学术演讲自有得失。有经验的读者都明白，“口若悬河”与“梦笔生花”不是一回事，适合于讲演的，不见得适合于阅读。一场主宾皆大欢喜的讲演，抽离特定时空，很可能不知所云。相反，一篇精彩的专业论文或小说散文，即便由高明的演员朗读，也不见得能吸引广大听众。讲演者的姿态以及讲演时的技巧，同样影响到演说的成败。不同于专业著述的条分缕析，成功的讲演，必须突出大思路，而且讲求幽默，语出惊人，这样，方才能让现场的听众不断地“拍掌”、“大拍掌”。可这些，我都做不到；勉强达标的，是思考之认真以及表达之顺畅。

这回结集刊行的，便是此三次演讲的整理稿。以我的经验，所有的演讲，最精彩的部分，乃是听众的踊跃提问以及演讲者的临场发挥。很可惜，这三次活动，都没有完整的现场记录稿，因而，只好让我一个人唱独角戏了。

两周时间，除了备课、访书、演讲，还有足够的余裕，使我得以在原南大、现南洋理工大学美丽的校园里徜徉，并从容地品味新加坡的美食及历史文化。感谢带我在大街小巷里东游西逛的各位友人，还有为我在报纸上“摇旗呐喊”的两位记者朋友——李慧玲和周兆呈。

当然，最应该送上诚挚谢意的，是具体操办此事、并主持我第一次公开演讲的南洋理工大学中华语言文化中心主任李元瑾教授，以及第二次演讲的主持人、我多年的朋友、南洋理工大学人文与社会科学学院院长王宏志教授。

2009年2月12日于京西圆明园花园

附记：

看过我的“小引”，李教授知道我很在意现场问答，于是找来原始录音带，请人整理，附进了书中。对此，我十分感激。

《作为学科的文学史》后记

原本设想为本书撰写一长篇“前言”或“导论”，临到落笔时，发现许多话前两年在新加坡演讲时已提及，再说就有点重复了。干脆偷懒，将演讲稿作为“代序”，放在书前。这样一来，“后记”就轻松多了，可以说些自己感兴趣的“闲话”。

进入现代社会，“合理化”与“专业性”成为不可抗拒的世界潮流；“文学”作为一个“学科”，逐渐被建设成为独立自足的专业领域。最直接的表现便是，文学教育的重心，由技能训练的“词章之学”，转为知识积累的“文学史”。如此转折，并不取决于个别文人学者的审美趣味，而是由整个中国现代化进程决定的。“文学史”作为一种知识体系，在表达民族意识、凝聚民族精神，以及汲取异文化、融入“世界文学”进程方面，曾发挥巨大作用。至于本国文学精华的表彰以及文学技法的承传，反而不是其最重要的功能。反省当今中国以“积累知识”为主轴的文学教育，呼唤那些压在重床叠屋的“学问”底下的“温情”、“诗意”与“想象力”，在笔者看来，既是历史研究，也是现实诉求。

作为课程设置的“文学史”，与作为著述体例的“文学史”，以及作为知识体系的“文学史”、作为意识形态的“文学史”，四者之间互相纠葛，牵一发而动全身。本书希望在思想史、学术史与教育史的夹缝中，认真思考“文学史”的生存处境及发展前景。具体的论述策略是：从“学科”入手，兼及学问体系、学术潮流、学人性格与学科建设。

谈论作为知识生产的“文学史”，体会其中体制与权力的合谋，意识形态与技术能力的缝隙，还有个体学者与时代氛围的关系；众多努力中，尤其注重从“教育”角度切入。论及前辈“学者”，世人多看重其传世之作；可据此判定“教授”的功业，则不无偏颇。引入早就随风飘逝的“风声雨声读书声”，在“课堂”与“校园文化”、“社会思潮”之间建立某种关联，是希望进一步落实大学“教书育人”的功能。在我看来，只有兼及教育史、学术史与思想史的视野，方能在“知识”与“技能”之外，体现“文学教育”之“情怀”。

过去谈学科建设，对“学问”背后的政治权力注意不够；现在则反过来，受福柯影响，满眼看过去，“知识”全都变成了“权力”。这同样也是一种遮蔽。在中文系所有课程中，很难找到比“中国现代文学”跟意识形态建构关系更为紧密的了。可即便如此，这一课程的建立与拓展，也并非只是从属于政治，仍有其学理上的依据。笔者力图深入若干学科领域，探究意识形态与学术传统之间的纠葛与张力。

在我看来，“文学史”是一门既可爱又可疑的学问。正因此，本书既总结百年来中国人从事“文学史”研究及教学的经验，又质疑那种根深蒂固的“文学史”情结，指出20世纪的中国人，选择“文学史”作为文学教育的主要途径，有得也有失。辨析得失的同时，更希望探究可能的出路。

若论写作时间，本书最早完成的是第六章（1993年）。并非十七年间的笔墨全都集中于此，但确实是“剪不断理还乱”，持续与此课题展开深入对话。先是追随王瑶先生叩问“中国文学研究现代化进程”，入手处是胡适、鲁迅等学者研究（1988年起）；接下来是在北大开设“中国文学研究百年”专题课，讨论小说史、散文史等学科领域的进展（1996年起），最后是将“大学史”与“文学史”相互参照，思考“‘文学’如何‘教育’”（1998年起）。可到了著作问世，则是后来者居上。全书共十章，大致分为三块，分别讨论学科建立与学术思潮、学人及其著述、专业领域如何拓展。

第一章至第四章从课程、教师、教材、课堂入手，讨论百年来中国大学里以“文学史”为中心展开的“文学教育”，分析其利弊得失。其中最有心得的，是对于“课堂”的发掘与表彰。如何在大学里讲授“文学”，古今中外，没有一定之规，可以追摹的，只有前人的足迹。那些充满激情与灵性的“课堂”，凭借老学生的“追

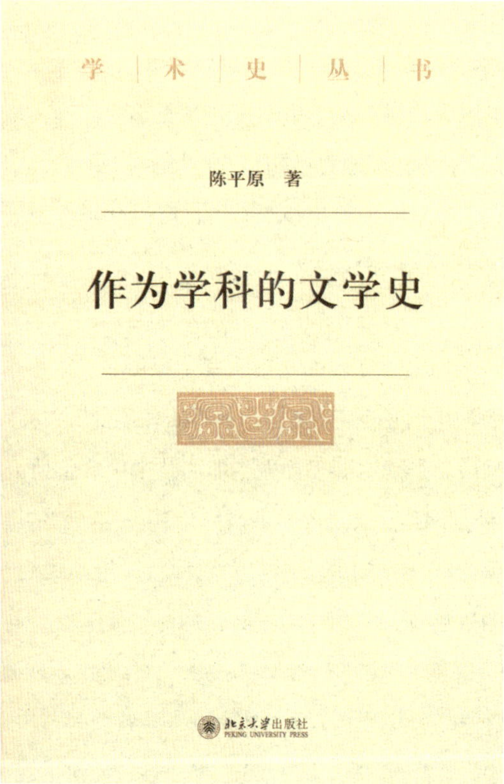

北京大学出版社，2011年

忆”，得到部分重现。已经成为著名教授的老学生们，之所以津津有味地讲述早就隐入历史深处的“文学课堂”，除了借此构建学术谱系，更是在与当下的学术界或教育界对话。作为后来者，我们因前辈的“追怀”而获得真切的“历史感”，同时，也获得某种“方向感”。

第五、第六章谈论具体的文学史家。之所以选择黄人和鲁迅（笔者还有若干文学史家的专论，不想收入），除了二人的学术贡献，更因其工作隐含着巨大的张力，在前者是“大辞典”和“文学史”，在后者则是“杂文”与“学术”。大学教育讲究知识的体系化，文学史又是其中重要一环，论述方式很容易凝固；黄人和鲁迅的努力，为我们敞开了一片新天地。

第七至第十章牵涉小说史、散文史、戏剧史和现代文学四个专业领域，属于典型的学术史思考。当初计划闳阔，为何只剩下寥寥四章？一是整个学界进展神速，不时有“崔颢题诗在上头”的感觉；二是深感自家学力有限，如古典诗歌研究，讲课时多有涉及，但不敢落笔为文；三是课堂讲授与学术著述的巨大差异。

“中国文学研究百年”这门课，我在北大讲了四轮（1996年、2000年、2002年、2009年），另外，还在台湾大学（2002年秋季学期）演述过。每次讲授的内容，随研究深入而不断变化，但无论如何演进，课堂讲授还是不同于专业著述。本书七、八、十这三章，更多保留讲课的风格；至于第九章，则是作为论文来经营的。

讲课可以粗枝大叶，论文必须细针密缝；讲课较多引介学界成果，论文力图完善自家立场；讲课不无表演的成分，讲究现场效果，论文则面对整个中外学界，注重分寸感。本书之所以特别注重“文学课堂”，与笔者在课堂上反省“作为学科的文学史”，对这一“讲授方式”的利弊得失有深切体会，不无关系。

其实，在思想史、学术史与教育史的夹缝中，思考“文学史”的生存处境及发展前景，我在《中国现代学术之建立》、《触摸历史与进入五四》、《当代中国人文观察》、《大学何为》等书中，多少也有所涉及，只是不若本书这么集中而已。这就问到一个问题：为什么本书写作时间这么长？

作为大学教师，我必须为追随多年的研究生开设各种新课，引领他们尽早进入比较有发展前途的学术领域。如此左冲右突，四面开花，对训练学生或许不错，对自家著述则不无伤害。明知过度分散精力乃兵家大忌，伤其十指不如断其一指，可最终还是推出不少“半成品”。这一点，笔者颇为懊恼。写作时间拖得太长（中间穿插别的著述），容易患“审美疲劳症”；而为了每篇文章的完整，各章之间又互有重叠。如此一来，各章水准不一，立场也略有移动，跟早年撰写《中国小说叙事模式的转变》的状态很不一样。

当然，写作时间长也有好处。随着时间的推移以及研究的深入，有些原先想不清楚的问题，日后豁然开朗。比如谈小说史我比较有把握，戏剧史则非所长；可前者写得太快，近乎急就章，后者从容淡定，效果反而好多了。更值得一提的是《“文学”如何“教育”——关于“文学课堂”的追怀、重构与阐释》的写作经过。八年前，我在《文汇报》（2002 年 2 月 23 日）上发表一则短文《“文学”如何“教育”》，得到某种响应。2007 年起，以“此情可待成追忆”为题，我曾先后在安徽师范大学、南京大学、东南大学、华东师范大学与大学生、研究生讨论现代中国的“文学课堂”。2009 年秋冬，我将两条线索合一，成为今天论文的基本格局，并先后在“深圳读书节”以及（台湾）东华大学、复旦大学做主题演讲。查阅写作日记，此文 2007 年 5 月 10 日初稿于京西圆明园花园，2009 年 11 月至 2010 年 1 月二稿于香港中文大学客舍，2010 年 2 月至 3 月三稿于京西圆明园花园，2010 年 7 月 24 日至 8 月 6 日定稿于香港中文大学客舍。正因如此回旋往复，长期琢磨，使得此文自觉比较惬意。

本书的主体部分，乃最近几年撰写完成的。但也有若干章节，在我以前各书出现过。除了对旧作略加修订，再就是决定：收入《作为文学史家的鲁迅》的《文学史的形成与建构》（南宁：广西教育出版社，1999 年），收入《小说史学的形成与新变》的《文学的周边》（北京：新世界出版社，2004 年），以及收录《新教育与新文学》和《学术讲演与白话文学》的《中国大学十讲》（上海：

复旦大学出版社，2002年）等，此后不再刊行。

本书各章，最初以论文形式发表在以下各学术刊物上：《新教育与新文学——从京师大学堂到北京大学》，初刊《学人》第十四辑，江苏文艺出版社，1998年12月；《知识、技能与情怀——新文化运动时期北大国文系的文学教育》，初刊《北京大学学报》2009年6期、2010年1期；《学术讲演与白话文学——1922年的“风景”》，初刊《现代中国》第三辑，湖北教育出版社，2003年5月；《“文学”如何“教育”——关于“文学课堂”的追怀、重构与阐释》，初刊（香港）《中国文学学报》创刊号，2010年11月；《晚清辞书与教科书视野中的“文学”——以黄人的编纂活动为中心》，初刊《北京大学学报》2007年2期；《清儒家法、文学感觉与世态人心——作为文学史家的鲁迅》，初刊《学人》第四辑，江苏文艺出版社，1993年7月；《小说史学的形成与新变》，初刊《现代中国》第五辑，湖北教育出版社，2004年12月；《古典散文的现代阐释》，初刊《中山大学学报》2004年6期；《中国戏剧研究的三种路向》，初刊《中山大学学报》2010年3期；《重建“中国现代文学”》，初刊（香港）《人文中国》第十二辑，上海古籍出版社，2006年9月。

对于刊发拙文的各种专业刊物，以及提供讲台的诸多学术会议，还有各位同行的批评与鼓励，我深表谢意。此外，我还想向北京大学、华东师范大学、台湾大学、香港中文大学那些修过我专题课的研究生们致谢，正是他/她们的掌声、嘘声以及精彩提问，帮助我不断地深入思考。日本神户大学中岛长文教授将我的《作为文学史家的鲁迅》译成日文，原加拿大多伦多大学教授米列娜教授以及德国海德堡大学瓦格纳教授将我的《晚清辞书与教科书视野中的"文学"——以黄人的编纂活动为中心》译成英文，让我深感荣幸。最后说一声，没有先师王瑶先生二十多年前的提醒，我或许不会进入这一领域；而没有第一读者夏晓虹教授的认真审阅，我的专业论述很可能留下不少遗憾。

2010年10月31日于香港中文大学客舍

《假如没有“文学史”……》小引

终于赶在开学之前，完成此书的编选及校对，自然是大大地松了口气。

去年10月底，将《作为学科的文学史》书稿交给北京大学出版社；做完索引，发现篇幅太大，于是撤了一组短文。当时就想，日后会刊行一册与此专业著述相呼应的小书。因为，谈论作为著述、课程、学科以及知识体系的“文学史”，是我最近十几年所做的主要工作，手头还有不少零星文章。

1月中旬，结束讲学任务，回到北京，翻阅去年年底刊行的《现代中国》第十三辑，发现打头阵的是宇文所安、田晓菲夫妇和北大中文系教师座谈记录，题为《文学史的书写与教学》。那次座谈会是我主持，现场气氛很热烈，重读记录整理稿，依旧兴致盎然。原来，各家对于“文学史”的理解，竟如此错综复杂、五彩缤纷。

其实，不只同一现场“众声喧哗”，同一作者也可跨越时空自己与自己“对话”。想想我头一回认真讨论文学史问题，是撰于1995年的《“文学史”作为一门学科的建立》，其中有这么一句：“不只将其作为文学观念和知识体系来描述，更作为一种教育体制来把握，方能理解这一百年中国人的‘文学史’建设。”十五年间，我的很多论述，都是围绕这句话打转——众多评论、随笔、序跋，其基本思路不外是在学术史与教育史的夹缝中，认真思考“文学史”的生存处境及发展前景。如此反省当今中国以“积累知识”为主轴的文学教育，呼唤那些压在重床叠屋的“学问”底下的“温情”、“诗意”与“想象力”，在我看来，既是历史研究，也是现实诉求。

什么是“文学”，如何进行“文学教育”，怎么看待“文学史”课程及著述，诸如此类的问题，在思想史、学术史立场之外，必须兼及教育史的视野。之所以如此强调，除了学术判断，还有作为教师的切身体会。从1996年起，我在北大中文系多次开设“中国文学研究百年”、“中国现代文学学科史”等学术史方面的课程，希望为学生拓展学术视野，利于其日后学问路上的寻幽探微。这里有此前撰写小说史、散文史积累的经验，有阅读西方理论家著述获得的灵感，但更多的是从学术史角度进去，有所体会，有所批评，也有所借鉴。谈及此，不能不牵涉上世纪80年代末追随导师王瑶先生编写《中国文学研究现代化进程》，以及90年代初与友人合作创办《学人》并提倡学术史研究的努力。

2005年秋，我曾在《现代中国》第六辑的“编后”中称：“在

三联书店，2011 年

正襟危坐的论文之外，建立‘对话’栏目，容纳若干很有见地、但未必符合学院派脾性的‘言谈’，也算是有张有弛，相得益彰。作为文体的答问、对话、座谈、演讲等，不可能像专业论文那样精雕细刻，但其‘逸笔草草’，也自有其特殊魅力。”这一思路，至今仍觉可取。念及此，决定提前编选关于“文学史”散论的小书，以便与北大出版社即将刊行的《作为学科的文学史》相呼应。

这册小书，包含“何谓‘文学史’”、“新旧文学史著作”、“文学史会议及文集”、“另一种‘小说史’”、“文学史研究新视野”五辑。如果说《作为学科的文学史》集中讨论学科建立、学人著述、专业领域三大问题，撰文时正襟危坐；那么，眼下这册小书，更像是作者随手采撷的闲花野草，虽则散漫，却也鲜活。二者互相观照，别有一番趣味。

至于以“假如”为书名，并非全然抹杀“文学史”的价值，而是蕴含“知识考古学”意义上的反省与质疑。就像书中同题文章开门见山所说的：“在我看来，‘文学史’是一门既可爱又可疑的学问。”质疑眼下遍地开花的“文学史”著述，某种意义上，也是在呼唤“兼及技术含量、劳动强度、个人趣味、精神境界”的“可爱”的文学史。

2011年2月21日于京西圆明园花园

《现代中国的文学、教育与都市想象》自序

能入选北京师范大学出版社的“当代中国名家文库”，自然深感荣幸。可“荣幸”是短暂的，“惶恐”却成了好长一段时间挥之不去的阴影。因为，在我看来，对于学者来说，编“学术自选集”，其实很冒险。效果好，人家说那是应该的，因为是“精品”嘛；要是不尽如人意，那可就惨了，马上有人兴师问罪：选了大半天，就这两下子，还敢叫“名家”？好在丛书名不是我起的，之所以答应加盟，是希望借此呈现自家某一时段的学术面貌。

这么说是因为，这不是我第一次“涉险”。1997年广西师范大学出版社推出“跨世纪学人文存”，有《陈平原自选集》；2008年香港三联书店刊行“三联人文书系”，有我的《千年文脉的接续与转化》。前者选录刊于1984—1995年间的论文十四则，分现代文学、小说史、学术史以及当代文化四组；后者收文四篇，集中讨论学堂、报章、演说以及思想文化潮流与“现代中国文学”之关系。轮到为北京师范大学出版社编“自选集”，自然多有规避，

选录1996—2008年间刊发的论文,且格外关注“现代中国的文学、教育与都市想象”。

书编好后，按时间顺序略为排列，发现竟然很均匀。十三年间,最为丰产的,也不过年选两篇；绝大多数年份则是“独生子女”。1997年和2001年无文入选，那是因为早已挤进了香港三联版《千年文脉的接续与转化》。真正“歉收”的，是2000年和2004年，屈指数来，那两年正集中精力完成《点石斋画报选》(贵州教育出版社,2000年)及《从文人之文到学者之文——明清散文研究》(北京：三联书店，2004年)。如此铺排，不是为了吹嘘自家“质量稳定”，而是想说明，若我这样的中才，即便手脚勤快，一年也出不了两三篇好文章。以目前学界流行的评价指标衡量，实在是愧煞我也。

依照北京师范大学出版社的规定，选文共分三组，分别对应文学史、教育史和都市研究。至于时间段，则是晚清以降的中国。既然边界清晰，题目显豁，似乎没什么好说的了。其实不然，为了体现自家学术趣味，我还是偷偷埋了三个桩脚。一是学术史，即收入《中国现代学术之建立——以章太炎、胡适之为中心》(北京大学出版社，1998年)的《半部学术史，一篇大文章——现代中国学者的自我陈述》；二是图像史，即收入《左图右史与西学东渐——晚清画报研究》(香港：三联书店，2008年)的《城阙、街景与风情——晚清画报中的帝京想象》；三是正在苦心经营

北京师范大学出版社，2011 年

的“述学文体研究”，即《分裂的趣味与抵抗的立场——鲁迅的述学文体及其接受》。换句话说，选择这十二则小文，除文章本身的水平外，希望体现不同的学术旨趣与方法，且在注重学术的同时，兼及现实关怀（如谈大学那一组）。

各文刻意注明最初出处，既体现自家蹒跚学步的足迹，也是对诸多刊载拙文的杂志表达谢意。

2010 年 2 月 10 日于京西圆明园花园

《压在纸背的心情》序

承蒙复旦大学出版社好意，约我编“三十年集”。一开始是谢绝，原因很简单，没那么多好文章可选。1997年广西师范大学出版社推出“跨世纪学人文存”，有我的《陈平原自选集》，选录刊于1984—1995年间发表的论文十四篇；2010年北京师范大学出版社刊行“当代中国名家文库”，又有我的《现代中国的文学、教育与都市想像》，选录1996—2008年间刊发的论文十二篇。这中间还穿插着香港三联书店的“三联人文书系”，其中有我的《千年文脉的接续与转化》（2008）——好在仅选四文，集中讨论学堂、报章、演说与“现代中国文学”之关系。作为学者，一年能有一两篇好文章已经很不错了，哪经得起这么编来选去。

改变主意，同意加盟，是因为出版社答应我可以不选论文，只选评论或随笔，而且着眼点不是“好文章”，而是“个人三十多年来的切身的经历、体验，独特的观察与思考”。这样一来，从“专业成绩”转为“学术观察”，那我有兴趣，也有把握。

三年前,《小康》杂志做过一个专题——《解读“后三届”:政治经济人文领域的中坚力量》,其中有我的自述:“跟我们的长辈很多在反右、文化大革命中受到严酷打击或迫害相比,50年代生人还是比较顺利的,但绝大多数也都曾经有过心灵的创伤,体会到人生的冷暖,在这种寂寞人生的苦难中逐渐成长起来。所以,这些人的心理素质比较好,抗打击能力比较强。”“我们的成长过程是伴随着这个国家的命运一路走来,一步步跟着这个时代的变化而变化,当然,我们也参与到推动这个时代变化的努力中。”“文革”后百废待兴的局面,给我们这代人登上历史舞台提供了很好的机遇。某种意义上,我们是幸运儿。

也是为了纪念恢复高考制度三十年,北京大学出版社刊行《永远的1977》,我在序言《未必“永远”的记忆》中提及:“本书的作者,尽管境遇和立场不太一样,但基本都是‘恢复高考’这一决策的直接受益者。这就决定了其叙述策略以及自我反省的力度。说全书弥漫着某种‘成功人士’的‘踌躇满志’,不算太刻薄。可这主要不是作者的问题,而是文体的特性决定的——三十年后‘追忆逝水年华’,很容易就走到这一步。那些‘落魄江湖’的,或不愿参与其事,或因文章不合时宜而被淘汰,留下来的,必定偏于‘春光明媚’。”说这些,是为了提醒我的同代人,别太得意,回首往事时,多点悲悯与自省。

之所以将自家的“三十年集”题为“压在纸背的心情”,也是这个意思。放长视野，我们这代人的“阅历”、“观察”以及“心情”，或许比我们做出来的“学问”还要有意义。看一代年轻人如何从“十年浩劫”中走出来，定定神，然后左冲右突，上下求索，还是挺让人感动的。后世的学者，训练、视野以及研究条件都比我们好，但读书时的心情、心气与心境，未必赶得上我们。有感于此，选择四十二则长短不一的随笔、序跋、对话或评论，勾勒自己走过来的学术道路，以及路边的野花野草、远处的好山好水，给近三十年中国学界的演进提供一份证词。

可真正操作起来，荆棘丛生。1978 年春天进入中山大学校园，1984 年秋天北上求学，这中间七年，忙着修课程，做作业，学写专业论文，没有适合入选的散文随笔。这也就罢了，我可以用“纪事”的方式，介绍那些年到底做了什么无关紧要的“好事”，发了多少未脱稚气的“论文”。问题在于，那篇刊于《人民日报》的“高考作文”，选还是不选，很是犹豫。我曾写过《永远的“高考作文”》（《瞭望》1992 年 38 期），用自嘲的口吻提及此文给我带来的荣誉与苦恼。前两年还有人把这篇作文搁在网上，详细批点，好好娱乐了一番。我当然明白此文的毛病，可就像小孩子穿开裆裤一样，没什么好害羞的。更重要的是，这文章确实改变了我的命运，让我得以走进“八十年代的春天”。那就选吧，最后还是夏君一锤定音。

从 1985 年的“三人谈”起，每年选文一两则，这不难做到。

复旦大学出版社，2011 年

请学生根据选目下载或转录所收各文，重读一遍，马上发现问题：有的内容残缺（如《“进化的观念”与小说史研究》，有的注释粗疏（如《独上高楼》），这还不包括删去“违碍”字眼的。终于想明白了，一是杂志自有体例，二是年轻人常常碰到的尴尬——被删节。这回不做添补，就照当年报刊登载的样子收录，以便存真。

按什么原则编排文章，一时颇费思量。如《学者的人间情怀》写于 1991 年 4 月，那时我在香港中文大学做访问学人，对学界前途以及个人命运多有思考。可文章经过一番审查与打磨，面世是在两年之后。考虑到当年情境，文章何时与读者见面并成为公共话题，远比个人心情更重要。因此，最后决定，此书所收各文，以发表时间为序。

依照丛书体例，需要撰写一篇万字左右的回顾性文章。可我想我就免了，因为，个人经历集中各文多有涉及，将《怀想三十年前的“读书”》、《“好读书”与“求甚解”——我的“读博”经历》、《学者的人间情怀》、《与〈读书〉结缘》、《我的大学研究之路》等串连起来，约略可见这三十年走过的路，没必要再多费口舌。

在撰于1992年的《超越规则》中，我曾这样表述：“现代学术日趋精细，操作性越来越强，只希望学者不要完全舍弃忧生忧世的学术背景，以及贯穿在整个研究过程中的人文关怀。”这也是我编此书的宗旨——关注那些压在纸背的心情，为自己，也为整个中国学界。从“高考作文”起步，一路跌跌撞撞，好不容易走到今天。有抱负，有收获，也有诸多遗憾，唯一聊以自慰的是，三十年来，一直在探索，没有过早地停止前进的脚步。

2010年11月14日于香港中文大学客舍

《读书的“风景”》小引

很早就有一个企图，为大学生写本书，谈谈如何“读书”；或者为研究生写本书，谈谈怎样“做学问”。迟迟不愿动笔的原因是，以我多年教学经验，深知今日中国的大学生与研究生，自主性远比当年的我们强多了。学问不见得很好，但视野一定开阔；机遇确实很多，诱惑及陷阱也比比皆是。对于长辈的“谆谆教诲”，不当面顶撞你，就算是客气的了，你还希望他 / 她言听计从？不管你高屋建瓴，义正词严，还是放低身段、循循善诱，同学们大都“我自岿然不动”。设身处地想想，也不是没有道理——值此社会转型、思想转型、知识转型的大时代，“老经验”不见得能解决“新问题”，同学们为什么非听你教训不可？

老师有老师的经验，老师也有老师的毛病；最明显的，莫过于“好为人师”——总觉得自己有责任指导年轻一辈，让其少走弯路。其实，一代人有一代人的长处，一代人有一代人的困境，不身临其境，很难深切体会什么叫“艰难的选择”。既然“绝知此事要躬行”，你那些陈年往事以及纸上文章，确实是可听可不听。再说，对于人生来说，有些弯路是非走不可的，怎么打预防针也没用；某种意义上，这是成长必须付出的代价。

有感于整个中国学界浮躁之风盛行，从2006年初开始，我奉北大中文系学术委员会令，为研究生开设“学术规范与研究方法”专题课。总题不变，各讲合纵连横，每轮调换三分之一。尽管用心讲学，还是担心浪费同学们的宝贵时间。八个二级学科，诸多专业方向，将近一百名学术趣味迥异的研究生，这课可真是不好上。去年4月11日，我做了个课堂调查（不记名），想看看同学们的反应，再决定此课程的去留。没想到，反响颇为热烈，在回答“您认为本课程是否有必要为研究生持续开设”时，答“非常必要”的六十七人，答“可设为选修”的二十五人，无人选择“没必要”。仔细分析，同学们评价高的是谈“学者生涯与学术道德”、论“西南联大的历史、追忆及其阐释”，说“国际视野与本土情怀”，不太看好的则是“从工具书到数据库”之类。换句话说，大家关注的是学术史、学术理想以及学术热情，而非具体的治学方法或学科知识。这给我很大的启示——具体而微的技术问题，因学校、因专业、因个人才情而异，且坊间不缺此类书刊；反而是表面上“不着边际”的“高谈阔论”，若能讲出自家体会，更容易收获掌声。事后，我选择其中二题，给大学生及公众演讲，效果也很好。看来，谈“读书”、论“治学”，

北京大学出版社，2012 年

不一定非循序渐进不可，因为，这里的关键不在“学识”，而在“趣味”。

对我来说，既希望尽教师的职责，又不愿耳提面命，于是，换一个法子“劝学”。书中展示的，不是包治百病的“良方”，也不是经济实用的“指南”，只不过是一片郁郁葱葱、期待有心人徜徉其间并评头品足的“读书的风景”。至于诸君瞥过一眼之后，是否愿意深入堂奥，那得看各人的机缘。选择“读书”、“大学”、“人文学”三个话题，有自家兴趣及能力的限制，但更主要的是，我以为此乃当下中国大学的“关键问题”。

故意不选“正襟危坐”的专业论文，更多的是公开演讲（甚至保留演讲后的答问），乃取其“平易近人”。这些演说稿，基本上是面向大学生及研究生，演说的场所包括北京大学、清华大学、中国人民大学、中国科学院自动化研究所、国家图书馆、华东师范大学、上海大学、浙江大学、“浙江人文大讲堂”、东南大学、武汉大学、河南大学、华南师范大学、“广州讲坛”、海南大学，以及台北的政治大学、美国的纽约大学、英国的爱丁堡大学、澳大利亚的悉尼大学、韩国的仁川大学、新加坡的旧国会大厅等。

书中文字，一半以上从未入集；其余的，选自北京大学出版社的《老北大的故事》（增订本）、《大学何为》、《大学有精神》、《当代中国人文观察》（增订本）、《二十世纪中国文学三人谈·漫说文化》，以及三联书店的《学者的人间情怀——跨世纪的文化选择》。

正题好说，副题颇费斟酌——什么叫“大学生活之春花秋月”？当然，冬天夏天也能读书，但在我看来，春秋更要紧。不管是教师还是学生，假期归来，重新走进教室，都有一种莫名的紧张与激动（有人欣喜，有人厌烦，有人无奈）。当初拟书名，为了对应“风景”一说，脑海里马上蹦出三个词：春风秋月、春花秋实、春花秋月。“风月”本指清风明月，极言风景佳胜（如朱熹《六先生画像·濂溪先生》之“风月无边，庭草交翠”），可如今多被用于男女间情爱之事，容易引起误会；至于以播种/收获说“春秋”，很切合学校的工作目标，可也正因此，显得过分拘泥，不够洒脱。想来想去，还是“花月”好，不太虚，也不太实，可意会，也能言传。

转眼间，冬去春来，又到了踏青时节。江南莺飞草长，连塞北也即将桃红柳绿，不由得记起晋人陶潜的“遗训”——“春秋多佳日，登高赋新诗”。既然写不出什么好诗，那就奉献给读者一册小书。毕竟，书中自有“风景”在。

2012年3月3日于京西圆明园花园

《“文学”如何“教育”》小引

这是一本“迟到”了二十多年的“新书”。说“新书”，自然是指本书的内容；说“迟到”，则针对的是出版社。1988年底，我应郭枫先生之邀，奉上题为《文化碰撞中的文学》的书稿。那时，创办于1985年的新地出版社，在刊行“当代中国大陆作家”丛书之外，还想推出评论家的集子。书稿是1989年初我赴港参加学术研讨会时，托古剑先生转交的。本来只是模糊的记忆，近日拜读古剑《书缘人间——作家题赠本纪事》（山东画报出版社，2010），发现书中正好提及此事（70—71页）。可很快地，风云突变，物是人非，书稿理所当然地被“束之高阁”。

书稿没能出版，当然有点遗憾。但说实话，我对此书的学术水平缺乏自信。在1988年11月20日撰于北京大学畅春园宿舍的“自序”中，开篇就是：

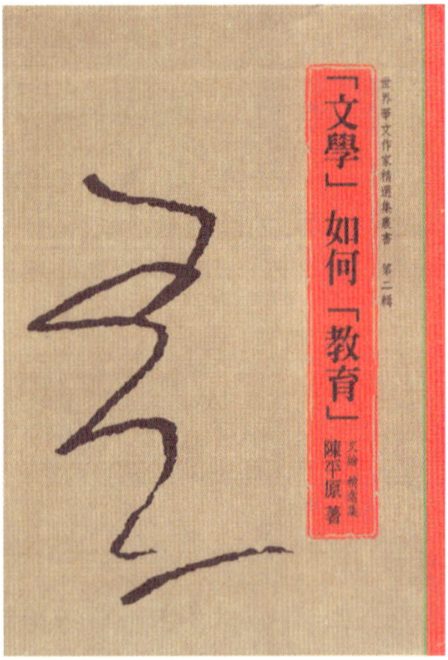

台湾新北：新地文化艺术，2012 年

或许，这本从研究角度到论述风格都颇为驳杂的小书，除了反映论者的蹒跚脚步外，更从一个侧面展现了这一代人走过的学术道路。十年浩劫过去，我们这一代“知青”，拍打掉身上的尘土，踏进神秘的大学校园，并没有一下子沉醉在学术之中；即使写论文，也更倾向于借学术发感慨谈人生。从研究课题的“厚今薄古”，到论述中强烈的主观色彩，以及不可或缺的感叹号和着重号，都无不隐约可见折射于学术中的时代的面影。长处是借助于较为丰富的生活阅历，比较容易体悟作家的创作心态和作品产生的文化氛围，进而把握作品的内在精神；短处是人生感慨多而理论思维少，主观色彩强而客观评判弱。真的是“成也萧何败也萧何”。收集在这本小书中的文章，已经算是颇为正经的学术论文，不包括那些直接针对社会、人生发言的即兴式短论。即便如此，有些地方仍然带有明显的论战意味，语调也未免刻薄了些。至于立论的偏颇与论述的粗疏，那是另一个问题。

此书稿以我1987年在浙江文艺出版社刊行的《在东西方文化碰撞中》为主体，外加1988年同样由浙江文艺出版社刊行的《书里书外》中的两篇长文——《江南读书记》和《青灯梵呗话小说》。正如那篇初刊《文学角》1989年4期、后收入我的《大书小书》（广东旅游出版社，1992年）中的《〈文化碰撞中的文学〉自序》所说：“书中文章都是发表过的，只作了一些必要的技术性处理；不尽如人意者当然很多，不过那只能留待新作弥补了。”

新地出版社刊行批评丛书的计划落空，没想到，郭枫先生很快又变出了新花样——在北大设立“郭枫文学奖”。此奖只颁发了一次，可对我这个初出茅庐且正面临困境的年轻学者来说，意义十分重大。十年前撰《〈中国小说叙事模式的转变〉新版后记》，我专门提及此事：

此书在国内曾获得过若干奖励（包括全国高校首届人文社会科学研究优秀著作二等奖，1995），但说实话，最让我激动的，还是一次规模很小的文学奖。查1990年日记，4月7日则有这么一段话：“下午领郭枫文学奖，获二等，一千五百元（三百美金，一百人民币）。”在那个特定年代，台湾作家郭枫先生出资建立一个小小的基金会，支持大陆的文学事业，至今仍令人难以忘怀。更让我感动的是，虽然评委中有好几位是我的师长，但直到评选结果正式公布前，对于整个评奖过程，我一无所知——本人既没提出申请，评委中也无人向我通风报信。事情已经过去十几年，我从来没有查证，但我相信自己的直觉：师长们想用此举表达他们对当时正“很不得志”的我的关怀与期待。

此奖之让我永远铭记，还在于其来得十分及时，让父亲终于看到儿子有可能“时来运转”。当得知儿子与他素所景仰的吴组缃先生、林庚先生等一并获奖时，父亲得意之情溢于言表，一次次询问与此事相关的任何细节。其时少不更事，老表示“没什么”，对于父亲的啰唆还颇有怨言。一年后，父亲不幸病逝，我才猛然间想起此奖对于我和我父亲的意义。

时至今天，对此“获奖经验”，我依旧记忆犹新。古话说：“滴水之恩，当涌泉相报。”正因此，两个月前，当郭先生邀请我参加第二届“21世纪世界华文文学高峰会”并为“世界华文作家精选集丛书”供稿时，我马上答应调整行程，跑来“共襄盛举”。

《〈文化碰撞中的文学〉自序》提及，此书可与我刚在上海人民出版社刊行的《中国小说叙事模式的转变》（1988）相参照。没想到，《文化碰撞中的文学》不幸流产，而《中国小说叙事模式的转变》反而捷足先登。若当年不出意外，我在台推出的第一书，本应属于新地出版社。只可惜，“起了个大早，赶了个晚集”，二十多年后，我才真的有机会在新地出书。快意之余，唯一感叹的是，眼下这本《“文学”如何“教育”》，不再是“排头兵”了。此前，我已在台刊行以下十一种著作：

1.《中国小说叙事模式的转变》，台北：久大文化，1990年，350页；

2.《千古文人侠客梦——武侠小说类型研究》，台北：麦田出版，1995年，310页；

3.《小说史：理论与实践》，台北：淑馨出版社，1998年，344页；

4.《中国现代学术之建立》，台北：麦田出版，2000年，468页；

5.《老北大的故事》，台北：立绪出版社，2001年，313页；

6.《触摸历史与进入五四》，台北：二鱼文化出版公司，2003年，215页；

7.《当年游侠人——现代中国的文人与学者》，台北：二鱼文化出版公司，2003 年，205 页；

8.《人在北京》，台北：联合文学出版社，2003 年，311 页；

9.《大英博物馆日记》，台北：二鱼文化出版公司，2004 年，184 页；

10.《中国散文小说史》，台北：二鱼文化出版公司，2005 年，410 页；

11.《晚清文学教室——从北大到台大》，台北：麦田出版社，2005 年，223 页。

随着两岸学术文化交流日渐密切，对于台湾学者来说，阅读简体字已不成问题。因此，同一种著作，刊行简体繁体两种本子的机会越来越少。对于新地以及此前为我出版书籍的麦田、二鱼、淑馨、立绪、久大文化、联合文学等，我心存感激。

依据丛书的整体设计，我提供了作者小传、学术年表等。至于本书的主体部分，前三章曾以论文形式发表：《新教育与新文学——从京师大学堂到北京大学》，初刊《学人》第十四辑，江苏文艺出版社，1998 年 12 月；《知识、技能与情怀——新文化运动时期北大国文系的文学教育》，初刊《北京大学学报》2009 年 6 期及 2010 年 1 期；《"文学"如何"教育"——关于"文学课堂"的追怀、重构与阐释》，初刊香港《中国文学学报》创刊号，2010 年 11 月。第四章《"文学史"之是非曲直》有点奇特，乃集合五则短文而成，按发表顺序排列，且分别注明出处。此章并非一气呵成，故时有犹疑、穿插乃至重叠，好处则是显示自家学术思路的演进。三篇长文带上一组短论,大致体现了我这十几年来关于“文学教育”的思考。是耶非耶，任君评说。

2012 年 8 月 24 日于香港中文大学客舍

“出口”未必“成章”

——《京西答客问》小引

对于有“人间情怀”的学者来说，除了书斋里的阅读与写作，如何恰如其分地对公众“发言”，绝对是一门学问。面对各种或友好、或恶意、或刁钻古怪、或暗藏玄机的提问，你当然可以统统“无可奉告”。拒人于千里之外，虽可自保，却辜负了现代传媒的“大好春光”。常在河边走，又想不湿鞋，这分寸可不太好拿捏。不信，请看受过专业训练的诸多部门的新闻发言人，没几年纷纷落马，就明白这活儿不容易。当然，作为学者，如果你不当红，不想赶时髦，也不将自己放置在风口浪尖，选择性地面对记者及媒体，这就好办多了。

媒体大都标榜“客观公正”，实际上自有其立场、利益及趣味，作为受访者，你只能接受这些前定的条件。惹不起的，不妨尽可能躲；编造各种理由，谢绝那些没把握的采访，这本事我总算练出来了。主要以“文章”或“著述”面对读者，机缘凑合，方才“抛头露面”，而且，还要求审读采访稿。偶尔碰到高傲的才子才女，不理这一套，你改过了，她 / 他照样改过去。好在一般情况下，主客互相体谅，合作还是愉快的。前提是，你对该媒体颇有了解，且无求于人，发现话不投机，随时准备撤退。如此保守的“媒体策略”，基于如下判断——传媒犹如电压不稳的高音喇叭，任何一种声音都可能因夸张而变形：弄得好，洛阳纸贵；弄不好，就得蒙受不白之冤。若爱惜自家羽毛，希望过平静的书斋生活，还是谨慎点好。

无论中外，“问答” / “答问”都是报刊、广播、电视、网络上的常见文体。特定场合，有人拿笔速记，有人手握话筒，有人按下了录音机，然后就是哇啦哇啦一阵主客问对。没几天，“声音”转化成了“文字”，刊载在各种报刊或书籍上，当初的“谈话”，也就水到渠成地被当作“文章”来阅读与品鉴了。其实，此类由“问”与“答”构成的“文章”，有深有浅，有雅有俗，有正有邪，很难一言以蔽之。这里涉及合作双方的意愿、时机与能力，牵涉整理的过程与宗旨，最后，编辑乃至总编都还会插一杠子，通过增删、润色、插图乃至版面语言，表达他们的喜怒哀乐。因此，呈现在某一媒体上的“答问”，不全是你的“作品”——即便是书面采访或由你最后定稿。

同样是采访稿，因观察角度不同，可以是“问答”，也可以是“答

凤凰出版社，2012 年

问”——前者属于新闻学，后者则与文章学接壤。毕竟是中文系教授，我对撰述的“文体”颇为讲究。明人吴讷《文章辨体序说》称：“问对体者，载昔人一时问答之辞，或设客难以著其意者也。《文选》所录宋玉之于楚王，相如之于蜀父老，是所谓问对之辞。至若《答客难》、《解嘲》、《宾戏》等作，则皆设辞以自慰者焉。”而徐师曾的《文体明辨序说》则曰：“古者君臣朋友口相问对，其词详见于《左传》、《史》、《汉》诸书。后人仿之，乃设词以见志，于是有问对之文；而反复纵横，真可以舒愤郁而通意虑，盖文之不可阙者也。”古已有之的“问答之辞”，可以是实录，也可以是虚拟，当然，还有另一种可能，那就是有无相生、虚实相间。本书各文，接近这第三条道路——确有记者采访或听众提问，但答问时颇多选择与斟酌，事后又根据录音稿整理、增删或润色。在这个意义上，“出口”并不一定“成章”。

“出口”不能“成章”的原因，有个人才华限制，也有媒体本身的特性，比如舆论环境、话题关注度、记者素质、文章篇幅等的限制，由不得你“撒野”或逞才使气。此外，还有受访者自我保护的本能——不愿成为炒作对象，故意回避某些敏感话题；即便当时脱口而出，也可能在修订过程中“消音”。这样的“答问”，缺少精彩的“段子”，也不“大爆内幕”，更没追求“语不惊人死不休”，实在不好看。但比起新闻发言人的言不由衷、套话连篇乃至混淆是非来，学者的“答问”起码比较真诚，且言之有物。

从 1985 年的“三人谈”起步，对于“学术对话”的性质、功能及美感，我深有体会。不过，同样是“口说”转化为“文章”，友朋间平等且随意的“对话”，与偶然闯进你的生活、就某一话题紧追不舍，再根据录音整理的“问答”，还是有很大的差异。再好的采访者与受访者，在这种场合，多少都有点“急功近利”，不够坦然，也不够从容，汲汲于如何“圆满完成任务”，很难有高水平乃至超水平的发挥。你唯一能控制的，就是不受“现场氛围”的影响，拒绝为了追求“掌声雷动”而提高声调与嗓门，尤其警惕越说越激动，越说越离谱，直到背叛自己的学术立场。

好的“答问”，绝非只是“大胆敢言”，或善于回避各种“雷区”，关键是明确的自我定位以及恰如其分的表达。我曾感叹当下中国的新闻记者普遍缺乏“文体感”(《学者与传媒》,《上海文化》2005 年 1 期)，也批评过近年大学校长致辞日渐媚俗，不太明白自己的位置以及发言的姿态(《毕业典礼如何致辞？——警惕“根叔体”的负面效应》,《南方都市报》2011 年 7 月 8 日)，这都基于一个假设：无论“说话”还是“撰文”，高低雅俗，端看是否“得体”。

首先求“得体”，而后才讲酣畅淋漓、回环往复、曲径通幽、别有幽怀等。重读一遍此书所收“答问”，自我评价是：基本合格，可与自家已刊著作及文章相参照，形成某种互文关系；故虽不“精辟”，但还算“得体”。

二十多年间，公开发表的“答问”或“口述”当然不只这些；可有的已入集，有的被误记，有的多冗言，删繁就简，即便保留下来的，也仍有交叉重叠处。只是考虑到文章的完整性，且为了尊重历史，不做大的增删。凡题目改动或文字上作了修饰的，文后均有说明。

为了扣紧全书主旨，副题统一成答某某问——至于有的提及姓名，有的只记媒体，并非厚此薄彼，只是记忆问题。文前文后记者所撰“题记”或“采访手记”，若非照抄“作者简介”的，则予以保留。之所以采取这些“小动作”，意在说明：“答问”不同于一般的“作文”，既受制于、也得益于主客间的配合。

感谢本书所收答问或专访的采写者及刊载者，没有他 / 她们幕前幕后的劳作，也就没有这册小书。

2012 年 2 月 19 日撰于京西圆明园花园，2 月 22 日改定

《花开叶落中文系》序

刚刚过去的这五年，忙忙碌碌的我，出版了大大小小十五本书。表面上“战绩辉煌”，可实际上，有的是文章结集，有的是旧作修订，有的是游记随笔，真正的专著只有《左图右史与西学东渐——晚清画报研究》（香港：三联书店，2008 年）和《作为学科的文学史》（北京：北京大学出版社，2011 年）。即便这两种著作，也是多年经营的结果，大半章节成于此前。并非偷懒，也不是才华枯竭，而是精力过于分散，东一榔头西一棒子。学问之所以做到如此“汗漫无所归依”，与我这几年的生活状态密切相关。

2008 年 1 月，我应聘出任香港中文大学中国语言及文学讲座教授。椅子还没坐暖，北大要求我回来接任中文系主任。两校协商的结果，我成了双聘教授。两边的工作都很重要，两边的工作都必须做好，于是，只好南北奔波。中大那半年相对好些，以教学及研究为主，平日里与北大保持密切联系，偶尔应召回京；北大这半年则杂事繁多，既然长不出三头六臂，只好放弃长篇论文

三联书店，2013 年

的写作。灵机一动，学会了见缝插针，将开场白、演讲稿、书刊序跋等，全都作为“文章”来经营。

比起个人撰述来，北大中文系主任的责任无疑更为重大。四年任期，还算用心用力，未见明显缺失。刚上任时，我的表态是：“努力阻挡北大中文系下滑的趋势”；现在看来，这目标基本上实现了。我当然明白，“在其位”就得努力“谋其事”；可在具体操作时，常有力不从心的感觉。最主要的，并非时间紧迫耽误写作，也不是人事纠纷尔虞我诈，而是自家的学术理念与当下的学术制度不吻合，时有言不由衷的痛苦。这厢刚撰文批评，那边又开会提倡，左手右手互相掐架，实在做不到“理直气壮”。既怕自家的特立独行影响北大中文系的整体形象及利益诉求，又不能全心全意贯彻学校及教育部的指令，如此左右支绌，着实有点心力交瘁。

我的“就职演说”中，有这么一段话：“我们必须适应这个变化了的世界，但不一定非‘随风起舞’不可，中文系应努力营造一种氛围，让老师们保持平和的心态，从容地读书、教书、写书。当然，单说‘支持’而不讲‘责任’，那也不公平；对于很多学者来说，确实需要某种外在的‘压力’。但我希望这种‘压力’不是具体的论文指标，而是一种‘氛围’，以及无言的督促。现在都主张‘奖励学术’，可如果缺乏合适的评价标准，奖励不当，反而徒增许多矛盾。我希望通过逐步摸索，建立一套相对合理的考核与评价体系。”在一个热情但又浮躁的时代，靠营造氛围来推动学术，说来容易，真要落实，很难。创办《北大中文学刊》、《中国文学学报》（与香港中文大学合作），设立“胡适人文讲座”、“鲁迅人文讲座”，组织“博雅清谈”，完善各种规章制度等，都是指向这一目标。这些举措，有一定的效果，但整个大环境如此，实在无法“力挽狂澜”。这一点，在卸任前所做“述职报告”中，我有清醒的分析。

四年任期一到，我坚决要求卸任；对此，很多人不以为然。有认定我想远走高飞的，有替我打抱不平的，还有人惋惜我没能“更上一层楼”。去年秋天接受《环球人物》记者专访（参见《陈平原：不凑热闹，不怕出局》，《环球人物》2012 年 30 期），有一段对话发表时被删去。记者问：“作为北大中文系的系主任，您的言行比其他人更受到外界的关注。这种身份、或者说这种关注对您来说，是一种可以借以‘发声’的力量，还是一种负担、约束？”我的回答是：“虽然自我介绍时，总强调自己是‘北大教授’；但我还是隐约感觉到，‘北大中文系系主任’这个头衔，能增加说话的分量。问题在于，这年头各领域都闹‘通货膨胀’，任何一所中国大学，校长、书记、副校长、副书记、校长助理一大堆，还有院长、部长什么的，最后才轮到你系主任，有什么好夸耀的？倘若在政界、商界，‘系主任’这头衔太小了；要说在学界，我是不是‘系主任’，其实关系不大。更何况，我实在缺乏行政兴致与官场智慧——不只一位朋友提醒，我的公文、讲稿及给领导的信，都太个人化了，不合时宜。去年接受《中国青年报》记者采访，我谈及：‘当了北大中文系主任，有些话不太方便说，让我很苦恼。作为一个教授，我对教育部的决策、对北京大学的现状，可以直截了当地提出批评。现在，有些话只能绕着弯子或换另一种方式说。过多考虑讲话的策略与效果，这不是我的风格。可当下中国，很多人把人情与学问混为一谈，我不能把个人趣味凌驾于院系前途之上。’这样的苦恼，别人觉得很好笑。好在今年9月起，我卸任了，以后就以‘教授’的身份说话，那样更本色些。至于‘力量’是不是因此而减小，我不知道，也管不了。”

说自己“缺乏行政兴致与官场智慧”，并非标榜清高，而是真诚的自我反省。因为，不管你官大官小，只要做行政，就必须讲究合作、折中与权谋。不耐烦无聊的琐事，不习惯跟各种类型的人打交道，不愿意受委屈，不能掩饰自己的不满乃至不屑，这样的人做行政，一定很痛苦，而且效果不好——起码在中国是如此。作为学者，你可以表里如一，可以无欲则刚，甚至千里走单骑；可若是当行政主管（不管级别高低），你这么做，对所在单位没有好结果。

不断有饱经沧桑的朋友善意提醒，我看世界“太天真”，说话时“过于直截了当”，考虑问题又“不计工本”。这样的行事风格，在今日中国大学，显得不合时宜。想想我对某些领导或潮流的不满、不屑以及不配合、不转弯，即便没说出来，也都写在脸上，自然不适合做行政工作。可话说回来，若不当系主任，我有必要把人际关系想得那么透彻、把话说得那么委婉吗？整天瞻前顾后，琢磨领导意图或风气变化，必定患得患失，那是做不好学问的。本就不是天纵之才，加上先天不足后天失调，紧赶慢赶才走到今天这一步，不想再委屈自己了。那篇《我们和我们的时代》，大概只有同代人感同身受，读出其中的苦涩与无奈。我们这代人，原本志存高远，经历那么多曲折与苦难，学问上、精神上到底还能走多远，如何突破各种外在以及内在的限制，是我一直思考的问题。别的不说，过多的世俗羁绊，导致我们的思考与表达都不够果敢与决绝，连"独善其身"都显得勉为其难。

既然"事功"不可为，那就凝神静气做学问，这基本上还是可以自己把握的。除了上课，今年我的主要任务是收拾心情，调整气息，进入较好的学术状态。在此之前，编一册小书，收录近五年间有关"中文教育"的评论、随笔与杂感。长文不在其中，因已进入或即将进入专业著作；短文中涉及"大学"、"五四"或"都市"等话题的，也都另行安置。本书的宗旨是，借助一个有过短暂行政经验的中文系教授的目光，来烛照或凸显当前文学教育及行政管理的若干问题。

本书所收均为旧文，仅起"立此存照"的作用；至于这五年间个人的得失成败、酸甜苦辣，日后专门追忆与辨析。这里需要略加解说的是：两篇在中文系教师会上的讲话，此前未曾公开发表；《毕业典礼如何致辞》乃长篇论文的一节，为因应时事而提前刊发；十多则这段时间所撰的发刊词、编后记、丛书总序等，虽与中文系及文学教育密切相关，因很容易说开去，故暂时搁置。

此时此刻，编纂这册小书，除了自家心境，还有一个特殊因缘——北大中文系即将从静园五院迁往未名湖畔的人文学苑。明知“何处春江无月明”，告别那春天里瀑布般倾泻而下让人心旌摇动的紫藤花，以及秋阳下层层叠叠如火焰燃烧的爬山虎，还是有点感伤。

花开叶落，本是大自然的规律，只是相处时久，依恋日深，不免也都有些“伤春悲秋”。作为一个百年老店，北大中文系并非第一回迁址；每次转移，都伴随着几多风雨。于是乎，我辈匆匆过客，乃借追怀“往事如烟”，鉴赏“师友风流”，勾勒“另类系史”，以体现自家的“中文情怀”。

2013年2月7日于京西圆明园花园

附录 陈平原著作年表

* 1987《在东西方文化碰撞中》，浙江文艺出版社，1987 年；
* 1988《中国小说叙事模式的转变》，上海：上海人民出版社；台北：久大文化，1990 年；韩文译本《中国小说叙事学》（李琮敏译），韩国拯救出版社，1994 年；北京大学出版社，2003 年；北京大学出版社，2010 年；香港中文大学出版社，2007 年；
* 1988《书里书外》，浙江文艺出版社，1988 年；
* 1988《二十世纪中国文学三人谈》（与黄子平、钱理群合作），北京：人民文学出版社，1988 年；
* 1989《二十世纪中国小说史》第一卷，北京：北京大学出版社，1989 年；北京大学出版社，1997 年；
* 1992《千古文人侠客梦——武侠小说类型研究》，北京：人民文

学出版社，1992 年；台北：麦田出版社，1995 年；（插图珍藏本），北京：新世界出版社，2002 年；（插图本）天津：百花文艺出版社，2009 年；北京大学出版社，2010 年；

* 1992《大书小书》，广州：广东旅游出版社，1992 年；
* 1993《小说史：理论与实践》，北京：北京大学出版社，1993 年；台北：淑馨出版社，1998 年；北京大学出版社，1999 年；韩文译本（李宝暻、朴姿映译），Erum Publishing Co.,2003 年；北京大学出版社，2010 年；
* 1995《学者的人间情怀》，珠海：珠海出版社，1995 年；
* 1996《阅读日本》，沈阳：辽宁教育出版社，1996 年；
* 1996《书生意气》，上海：汉语大词典出版社，1996 年；
* 1997《陈平原小说史论集》（三卷），石家庄：河北人民出版社，1997 年；
* 1997《陈平原自选集》，桂林：广西师范大学出版社，1997 年；
* 1997《漫卷诗书——陈平原书话集》，杭州：浙江人民出版社，1997 年；
* 1997《游心与游目》，成都：四川人民出版社，1997 年；

* 1997《漫说文化》（与钱理群、黄子平合作），长沙：湖南教育出版社，1997年；
* 1998《中国现代学术之建立》，北京：北京大学出版社，1998年；台北：麦田出版，2000年；北京大学出版社，2005年；北京大学出版社，2010年；
* 1998《中华文化通志·散文小说志》，上海人民出版社，1998年；
* 1998《老北大的故事》，南京：江苏文艺出版社，1998年；台北：立绪出版社，2001年；北京：北京大学出版社，2009年；
* 1999《文学史的形成与建构》，南宁：广西教育出版社，1999年；
* 2000《北大精神及其他》，上海文艺出版社，2000年；
* 2001《掬水集》，天津：百花文艺出版社，2001年；
* 2001《茱萸集》，沈阳：春风文艺出版社，2001年；
* 2001《图像晚清》（与夏晓虹合作），天津：百花文艺出版社，2001年；（珍藏本），天津：百花文艺出版社，2006年；
* 2002《中国大学十讲》，上海：复旦大学出版社，2002年；
* 2003《触摸历史与进入五四》，台北：二鱼文化出版公司，2003年；
* 2003《当年游侠人——现代中国的文人与学者》，台北：二鱼文

化出版公司，2003 年；北京：三联书店，2006 年；

* 2003《大英博物馆日记》，济南：山东画报出版社，2003 年；台北：二鱼文化出版公司，2004 年；
* 2003《人在北京》，台北：联合文学出版社，2003 年；
* 2003《看图说书——中国小说绣像阅读札记》，北京：三联书店，2003 年；
* 2003《陈平原序跋》，南京：东南大学出版社，2003 年；
* 2004《当代中国人文观察》，北京：人民文学出版社，2004 年；北京：北京大学出版社，2010 年；
* 2004《从文人之文到学者之文——明清散文研究》，北京：三联书店，2004 年；
* 2004《中国散文小说史》，上海人民出版社，2004 年；台北：二鱼文化出版公司，2005 年；北京大学出版社，2010 年
* 2004《文学的周边》，北京：新世界出版社，2004 年；
* 2004《二十世纪中国文学三人谈·漫说文化》，北京大学出版社，2004 年；
* 2005《触摸历史与进入五四》【增订本】，北京大学出版社，2005 年；

北京大学出版社，2010年；*Touches of History: An Entry into 'May Fourth' China*，translated by Michel Hockx，LEIDEN・BOSTON: Brill Academic Publishers，2011；

* 2005《中国现代小说的起点——清末民初小说研究》，北京大学出版社，2005年；北京大学出版社，2010年；
* 2005《晚清文学教室——从北大到台大》，台北：麦田出版社，2005年；
* 2005《同学非少年——陈平原夏晓虹随笔》（与夏晓虹合作），西安：太白文艺出版社，2005年；
* 2006《大学何为》，北京大学出版社，2006年；北京大学出版社，2008年；
* 2006《当年游侠人——现代中国的文人与学者》【增订本】，北京：三联书店，2006年；
* 2006《日本印象》，武汉：华中师范大学出版社，2006年；
* 2006《学术随感录》，开封：河南大学出版社，2006年；
* 2007《学者的人间情怀——跨世纪的文化选择》，北京：三联书店，2007年；

* 2008《左图右史与西学东渐——晚清画报研究》，香港：三联书店，2008 年；
* 2008《北京记忆与记忆北京》，北京：三联书店，2008 年；
* 2008《千年文脉的接续与转化》，香港：三联书店，2008 年；上海：复旦大学出版社，2010 年；
* 2009《大学有精神》，北京：北京大学出版社，2009 年；
* 2009《老北大的故事》【增订本】，北京大学出版社，2009 年；
* 2009《历史、传说与精神——中国大学百年》，香港：三联书店，2009 年；
* 2009《走马观花》，上海书店出版社，2009 年 4 月，205 页；
* 2010《大学、文学与文学教育》，新加坡：南洋理工大学中华语言文化中心，2010 年；
* 2010《当代中国人文观察》【增订本】，北京大学出版社，2010 年；

2011《作为学科的文学史》，北京大学出版社，2011 年；

* 2011《假如没有“文学史”……》，北京：三联书店，2011 年；

2011《现代中国的文学、教育与都市想象》，北京师范大学出版社，2011 年；

* 2011《压在纸背的心情》，上海：复旦大学出版社，2011 年；
* 2012《读书的“风景”——大学生活之春花秋月》，北京大学出版社，2012 年；
* 2012《“文学”如何“教育”》，【台湾】新北市：新地文化艺术，2012 年；
* 2012《京西答客问》，南京：凤凰出版社，2012 年；
* 2013《花开叶落中文系》，北京：三联书店，2013 年。